In meinem Kopf klangs irgendwie besser

Nina Kenwood

# IN MEINEM KOPF KLANGS IRGENDWIE BESSER

Aus dem Englischen von Annette von der Weppen

CARLSEN

*Für Dan*

FSC
www.fsc.org
MIX
Papier aus verantwortungsvollen Quellen
FSC® C083411

Carlsen-Newsletter: Tolle Lesetipps kostenlos per E-Mail!
Unsere Bücher gibt es überall im Buchhandel und auf carlsen.de.


Originalverlag: Text Publishing
The Text Publishing Company Pty Ltd Swann House, Australia
Originaltitel: It sounded better in my head
Umschlaggestaltung und -typografie: formlabor
Umschlagfotografien: © plainpicture/ Kniel Synnatzschkep (p586m934392)
Aus dem Englischen von Annette von der Weppen
Lektorat: Annika Harmel
Herstellung: Karen Kollmetz
Satz: Dörlemann Satz, Lemförde
ISBN: 978-3-551-58411-3

# 1

# Hier muss sich niemand einen Vorwurf machen

Es ist Weihnachten, wir sind gerade mit unserem alljährlichen Scrabble-Spiel nach dem Mittagessen fertig (mit Bonuspunkten für Worte, die irgendwie mit Weihnachten zu tun haben), als Dad sagt, wir müssten reden. Er nimmt dafür seine Schlechte-Neuigkeiten-Stimme, deshalb rechne ich mit einer weiteren Ermahnung, endlich meinen Führerschein zu machen, oder der Ankündigung, dass er seinen Twitter-Account reaktiviert hat.

»Natalie, es fällt mir wirklich schwer, dir das zu sagen, aber wir, äh, wir wollen uns trennen«, sagt er.

»Wer ist ›wir‹?«

»Deine Mutter und ich.«

»Trennen?« Das Wort liegt mir schwer und fremd auf der Zunge.

»Schluss machen«, sagt Dad, der natürlich immer noch eins draufsetzen muss.

Mum kommt ins Zimmer und kaut an einem Apfel. Sie hat sich geschworen, dieses Jahr Weihnachten nur Obst zum Nachtisch zu essen, weil sie bis Januar zwei Kilo abnehmen will, was mir jetzt, wo ich weiß, dass sie sich auf ihr Singledasein vorbereitet, schon eher einleuchtet.

»Ihr wollt euch trennen?« Mein Ton ist freundlich, damit ihnen Raum bleibt, um »Nur Spaß!« zu sagen. Vielleicht ist das Ganze ja auch bloß ein raffinierter Scherz, auch wenn unser Haushalt sonst nicht zu Scherzen neigt, schon gar nicht wenn sie so unlustig und verstörend sind wie dieser.

Mum scheint von meiner Frage überrascht und kaut sehr lange auf ihrem Apfelbissen herum, bevor sie antwortet.

Nein, sie *wollen* sich nicht trennen, Modalverb im Präsens, sondern sie *HABEN* sich bereits getrennt, vollendete Gegenwart und Großbuchstaben. Die Entscheidung ist nicht neu. Also, für mich schon, aber sie selbst wissen das schon ewig. Seit zehn Monaten, um genau zu sein.

»Was soll das heißen, seit zehn Monaten?« Entrüstet klappe ich meinen Laptop zu. Ich würde ja gern behaupten, in den letzten Minuten vor diesem schicksalhaften Gespräch mit irgendwas Tiefschürfendem beschäftigt gewesen zu sein, aber in Wahrheit habe ich mir gerade ein Video angesehen, wo sich eine Katze vor ihrem eigenen Spiegelbild erschreckt.

Mum wirkt leicht überrumpelt. *Ihre* Idee war das nicht, sagt sie, mir das ausgerechnet hier und heute mitzuteilen. Natürlich nicht. Schließlich ist *Weihnachten*.

»Erinnerst du dich noch, wie dein Vater Anfang letzten Jahres so lange in Europa war?«, fragt sie mich.

»Flüchtig.« Ich will endlich zu dem Teil der Geschichte kommen, wo sie mir erklären, warum sie mich fast ein ganzes Jahr lang belogen haben. Oder wann genau sie aufgehört haben, sich zu lieben, und warum mir das offenbar völlig entgangen ist.

»Flüchtig? Ich war einen ganzen Monat lang weg, Natalie!« Dad macht ein gekränktes Gesicht. Er sitzt auf unserem uralten Sitzsack, dessen Füllung schon lange nichts mehr füllt, sodass Dad sich total eng zusammenfalten muss, die Knie fast unterm Kinn.

»Ja, doch, ich erinnere mich.« Er war nach London geflogen und hatte mir so ein hässliches T-Shirt mit einem etwas unscharfen Porträtfoto von Prinz Harry vorne drauf mitgebracht, weil es in unserer Familie so üblich ist, von jeder Reise möglichst geschmacklose Souvenirs mitzubringen. Dieses T-Shirt ist jetzt mein zweitliebstes Schlafanzug-Oberteil, gleich nach meinem grünen Slytherin-Pyjama.

»Jedenfalls haben wir diese Zeit dazu genutzt, über unsere

Beziehung nachzudenken, und als dein Vater zurückkam, haben wir – einvernehmlich – beschlossen, dass wir nicht mehr als Paar zusammenleben wollen.« Mums Augen glänzen gefühlvoll, aber sie ruiniert diesen Eindruck, indem sie wieder mit einem lauten, fröhlichen Krachen in ihren Apfel beißt.

Das ist alles so widerlich beherrscht und souverän. Unerträglich. Ich will Tränen, Geschrei, dramatische Szenen. Ich will, dass auch andere das Gefühl haben, ihnen säße ein fetter Riese auf der Brust.

»Hier muss sich niemand einen Vorwurf machen«, sagt Dad – genau der Satz, den jemand sagen würde, der sich einen Vorwurf machen sollte.

»Und diese Entscheidung habt ihr im Februar getroffen?« Ich hoffe immer noch, dass ich da was missverstanden habe.

»Ja«, sagt Dad.

»Vor. Zehn. Monaten.« Ich kann das noch so laut und langsam sagen, dadurch wird es für mich nicht begreiflicher.

»Richtig.« Dad nickt ermutigend, als würde ich mich mit einer kniffeligen Matheaufgabe herumschlagen.

»Aber das ganze letzte Jahr habt ihr doch noch zusammengelebt.«

»Mit getrennten Schlafzimmern«, sagt Mum.

»Weil Dad so schnarcht, hast du gesagt.«

»Na ja, deshalb auch. Und wegen unserer Trennung.«

»Aber ... ich hab euch doch gerade erst zwei Küchenschürzen im Partnerlook geschenkt, und ihr habt gesagt, solche hättet ihr euch *schon immer gewünscht.*«

»Die können wir doch trotzdem noch tragen, Liebes.«

»Könnt ihr nicht!«

Es gibt so viele Gründe, warum das überhaupt nicht geht.

Wir mögen ja nur eine Kleinfamilie sein, aber ansonsten sind wir großartig. Beneidenswert. Heute zum Beispiel: So ein gemütliches Drei-Personen-Weihnachten kriegt sonst keiner so gut hin. Wir haben Weihnachtsstrümpfe mit unseren Namen drauf, gucken

*Stirb langsam* und spielen Scrabble, essen Dads selbst gebackene Mince Pies und packen mit großem Tamtam unsere Geschenke aus, eins nach dem anderen. Wir hören Weihnachtslieder, tragen Nikolausmützen und machen alberne Fotos. Und jetzt gehen sie einfach hin und kippen Essig in unsere zuckrige Idylle.

*Zehn Monate.* So lange machen sie mir jetzt schon was vor. Mir wird ganz schwindelig, wenn ich darüber nachdenke.

»Dein Vater und ich sind immer noch Freunde, Natalie. Gute Freunde. Wir werden weiterhin in Kontakt bleiben. Wir wollen einfach nur nicht mehr miteinander verheiratet sein.«

Mum ist offenbar der irrigen Annahme, ihre Freundschaft wäre mir irgendwie ein Trost.

»Aber das ergibt doch alles überhaupt keinen Sinn. Und warum erfahre ich erst jetzt davon?« Ich wäre gern hysterisch und in Tränen aufgelöst, aber ihre Ruhe erstickt meine Wut wie eine nasse Decke. Gehört wahrscheinlich zur Strategie. *Lass sie bloß keine Szene machen. Wenn wir Ruhe bewahren, bleibt ihr auch nichts anderes übrig. Die Dinge sind immer nur so wichtig, wie man sie nimmt.* Der letzte Satz ist einer von Mums Lieblingssprüchen, insbesondere wenn sie mich an einem Bad Skin Day vor die Tür kriegen will.

Und jetzt setzt sie doch tatsächlich an in ihren Apfel zu beißen, aber ich schnappe ihn ihr weg.

»Kannst du vielleicht mal kurz mit dem Essen aufhören?!« Jetzt bin ich doch beinahe laut geworden.

Mum setzt sich neben mich aufs Sofa. Nimmt mich in den Arm und streicht mir übers Haar, als wäre ich ein Tier, das man beruhigen muss. Am liebsten würde ich die Zähne fletschen, mich aus ihrem Griff befreien und brüllend die Straße runterrennen.

»Wir wollten warten, bis du mit der Schule fertig bist. Du solltest in diesem wichtigen letzten Jahr möglichst ungestört lernen können.«

»Wir haben dich lieb, meine Süße«, sagt Dad und rutscht mit seinem Sitzsack näher heran, was ein unschönes Furzgeräusch auf dem Dielenboden erzeugt, das wir alle geflissentlich überhören.

»Ihr habt mich also das ganze letzte Jahr belogen.«

»Nicht belogen. Nur ein bisschen getäuscht. Ein paar Details ausgelassen.«

»Das Unvermeidliche vermieden«, sagt Dad.

»Dein Vater und ich haben uns auseinandergelebt.«

»Aber bevor wir's dir sagen, wollten wir uns erst ganz sicher sein.«

»So was kommt nun mal vor.«

»Aber es hat ganz schön an uns genagt, das so lange vor dir geheim zu halten.«

Ich könnte schwören, dass sie sich diese Sätze vorher zurechtgelegt haben. Vielleicht sogar aufgeschrieben und vorm Spiegel geprobt. Von einem Zettel abgelesen wie für eine Rolle. *Sehe ich auch traurig genug aus?*, höre ich Mum in meiner Vorstellung fragen. *Wenn du etwas schneller redest, klingt es natürlicher*, hat Dad dann vielleicht geantwortet. *Und vergiss nicht, ihr zu sagen, dass wir* Freunde *bleiben.*

»Hier muss sich niemand einen Vorwurf machen.«

Wenn er will, dass ich ihm das glaube, sollte er es nicht ständig wiederholen.

»Wir haben dich lieb«, sagt jetzt auch Mum.

Aber das tröstet mich nicht. Ich bin schließlich ihr einziges Kind. Sie müssen mich lieb haben.

»Und bei wem soll ich dann wohnen?«, frage ich. *Subtext: Gibt es wenigstens um mich noch Streit?*

»Bei wem du möchtest«, sagt Dad in einem Tonfall, als würde er mir ein Geschenk überreichen.

Das war aber nicht der Plan. Laut Plan sollte ich weiterhin zu Hause wohnen, in diesem Haus, mit beiden zusammen, wenn ich nächstes Jahr mein Studium anfange. Bis auf Weiteres sollte ich hier wohnen bleiben. Für dieses Arrangement gab es kein Ablaufdatum. Das war unser Plan. Von Anfang an.

»Ich will aber nicht umziehen.« Meine Stimme zittert ein bisschen und klingt eher quengelig als energisch.

»Ganz egal, was passiert, mein Schatz, du wirst immer ein Zuhause haben«, sagt Mum mit dieser schwammigen Formulierung, die tröstlich wirken soll, letztlich aber nur noch mehr Fragen aufwirft. Ganz egal, was passiert? *Was soll denn* noch *alles passieren?*

»Sogar *zwei* Zuhause«, sagt Dad mit betonter Munterkeit.

Ich will aber keine zwei Zuhause. Wer will das schon? Das Wort »Zuhause« ergibt nur in der Einzahl Sinn.

Ich schaue in ihre Gesichter, die beide dasselbe künstliche »Bitte finde dich schnell mit unserer Hiobsbotschaft ab«-Lächeln zur Schau tragen, und eine düstere Vorahnung erfasst mich.

Mein Leben wird nie wieder sein, wie es war.

# 2

# Mein Gesicht und andere Probleme

Ich war ein hübsches Kind. Das sage ich nicht, um anzugeben, sondern weil es stimmt. Meine Mutter wurde sogar schon mal von einer Frau darauf angesprochen, ob sie sich vorstellen könnte, mich als Kindermodel casten zu lassen.

»Ihre Tochter wäre perfekt für unseren Katalog geeignet. Sie hat genau den richtigen Look.«

Der Katalog war ein Werbeprospekt für eine Billig-Drogeriemarkt-Kette und der »richtige Look« hieß wahrscheinlich einfach ganz normal zahnlückig und sympathisch, also ohne jeden Glamour, aber es geht mir ja auch nur darum, dass mein Gesicht damals offenbar für fotogen gehalten wurde. Ich hatte glänzende dunkle Haare. Runde, makellose Wangen. Funkelnde braune Augen. (Okay, keine Ahnung, ob die je gefunkelt haben, aber mit der richtigen Beleuchtung wäre das durchaus denkbar.) Meine Lieblingsklamotten waren ein Paar lila Glitzerschuhe und ein T-Shirt mit Einhorn drauf. Selbst mein Name passte perfekt zu einem hübschen Mädchen: *Natalie*.

Und dann kam: die Pubertät.

Erwachsene tun meist so, als wäre die Pubertät nur ein großer Witz. Jede Erwähnung dieses Wortes ist unweigerlich von launigen Sprüchen und wissendem Lächeln begleitet. Man redet über Stimmbruch und Haarwuchs. Wenn ich vorher überhaupt mal einen Gedanken daran verschwendet hatte, beschränkte sich das auf die Vorstellung, irgendwann einen BH zu brauchen und herausfinden zu müssen, wie man einen Tampon benutzt. Leider erwies sich die Pubertät dann aber, zumindest bei mir, eher als ein Akt der Körperverletzung. Alles an mir veränderte sich so schnell und radikal, dass ich nicht wusste, wie ich damit umgehen sollte.

Innerhalb kürzester Zeit wurde ich von einem Strich in der Landschaft zu einer ausufernden Masse aus Bauch, Busen, Hüften, Oberschenkeln und Dehnungsstreifen. Von Dehnungsstreifen hatte ich vorher noch nie gehört, ich wusste nicht mal, dass es so was gibt, bis ich sie dann an mir selbst entdeckte. Als ich danach googelte, richteten sich alle Informationen nur an schwangere Frauen. Ich kam mir vor wie ein Ungeheuer, mit diesen dunkelroten Linien am Hintern, an den Hüften und der Innenseite meiner Oberschenkel, wie ein hässliches Graffito.

Als ein Mädchen aus meiner Klasse diese Streifen beim Umziehen vor dem Sportunterricht zufällig mal gesehen und mich danach gefragt hat, habe ich behauptet, da hätte mich meine Katze gekratzt. Das Mädchen hat zwar entsetzt die Augen aufgerissen, aber geglaubt hat sie mir trotzdem, denn genau so sahen meine Dehnungsstreifen aus: wie die brutalen Kratzspuren einer Monsterkatze.

Die Streifen waren allerdings noch harmlos im Vergleich zu meinen Pickeln. Erst nur ein paar vereinzelte, dann immer mehr, bis sie, fast über Nacht, zu einer ausgeprägten zystischen Akne wurden: Dicke, tief unter meiner Haut sitzende entzündete Knoten, auf dem Rücken, den Schultern, im Nacken und im Gesicht. Und das ist jetzt weder eine coole Geschichte noch eine tragische, wie alle sie immer gern hören, sondern einfach nur abstoßend. *Ich war abstoßend.* Lange Zeit war das beim Aufstehen mein erster Gedanke.

Auch meine Regel war stark und schmerzhaft, und sie durchzustehen kam mir jedes Mal vor wie ein Vollzeitjob. Fast schon zwanghaft kontrollierte ich meinen Schulrock, meine Bettwäsche, meine Unterhosen, meine Jeans, das Sofa, die Sitze in der Bahn oder im Auto – alles, wo sich vielleicht ein Hinweis auf meine Heimsuchung zeigen konnte. Ich betrachtete mich in jeder nur verfügbaren Spiegelfläche von hinten und war völlig paranoid, irgendwo eine verräterische Spur zu hinterlassen. Manchmal platzten die Pickel auf meinen Schultern auf und verursachten Flecken auf meinen T-Shirts. Ich fühlte mich schmutzig, undicht, außer Kontrolle.

Mein Körper war eine einzige schmachvolle Katastrophe geworden. Ich ging nur noch im Notfall vor die Tür, so sehr schämte ich mich für ihn. Nein, noch schlimmer: für meine ganze *Existenz*. Ich zog die Schultern ein, um möglichst wenig von mir zu zeigen. Ich hasste den Raum, den ich einnahm, denn ich war natürlich auch größer geworden. Ich fühlte mich riesig und ungeschlacht und auf unangenehme Weise sichtbar. Bis heute kann ich es, selbst an meinen Very Best Skin Days, nicht haben, wenn mir die Leute ins Gesicht schauen. Bei Blickkontakt fühle ich mich immer noch schutzlos ausgeliefert.

Mit dreizehn, vierzehn, fünfzehn war jeder Schultag eine Qual. Erst freitagabends konnte ich wieder erleichtert aufatmen, mich aufs Bett legen und mir immer wieder versichern, dass ich jetzt zwei volle Tage lang nicht mehr vor die Tür gehen und mit niemandem außer meinen Eltern reden musste. In der Welt da draußen war ich immer angespannt, rechnete ständig mit dummen Kommentaren oder entsetzten Blicken wegen meiner unreinen Haut. Ich hatte stets ein Buch dabei, als Vorwand dafür, dass ich die ganze Zeit nach unten schaute, und im Unterricht meldete ich mich nur ganz selten, um bloß keine Aufmerksamkeit auf mich zu ziehen. Ich hatte mir die Haare lang wachsen lassen, damit sie möglichst viel von meinem Gesicht verdeckten, und zog den Scheitel mal links, mal rechts, je nachdem, welche Hälfte gerade schlimmer aussah. Ich mied die hellen Bereiche eines Raumes und sah mir Hunderte von Stunden lang Make-up-Tutorials auf YouTube an.

In der Schultoilette sah ich nie in den Spiegel, um bloß nicht dem Blick von jemand anderem darin zu begegnen, hatte aber immer einen kleinen Taschenspiegel dabei, mit dem ich mich auf dem Klo einschließen und mein Gesicht eingehend und ohne Scham untersuchen konnte. Außerdem schmuggelte ich Tönungscreme und einen Abdeckstift mit rein, um beides über den Tag hinweg regelmäßig zu erneuern.

Akne tut auch weh. Darüber redet bloß keiner. Über alles andere natürlich auch nicht. Mir tat jedenfalls immer alles weh, Gesicht, Schultern, Rücken. Wenn mich jemand anrempelte, zuckte ich ängstlich zurück, und wenn ich aus Versehen einen Pickel in meinem Gesicht berührte, schossen mir die Tränen in die Augen. Überall musste ich aufpassen und mich vorsichtig durchschlängeln, um ja nicht gesehen, berührt oder sonst wie bemerkt zu werden.

Ungefähr mit dreizehn tauchte dann, zusammen mit den Pickeln, auch eine neue Persönlichkeit auf. Die verschlossene Natalie. Die ängstliche. Die verbitterte. Die zwanghafte. Vorher war ich das alles nicht gewesen, und eigentlich war ich das auch immer noch nicht, nicht wirklich, aber so nahmen mich die Leute eben wahr.

Selbst jetzt, mit achtzehn, möchte ich manchmal noch aufspringen und rufen: *So bin ich eigentlich gar nicht!*

Mit all diesen umständlichen Erklärungen will ich eigentlich nur deutlich machen, dass ich in den ersten Jahren auf der Highschool eine Außenseiterin war. Also, ein bisschen bin ich das auch jetzt noch, aber damals war das fast schon *krankhaft*.

Und bis dann mein Gesicht so halbwegs in Ordnung kam und ich Zach und Lucy kennenlernte und ein bisschen selbstsicherer wurde, waren meine Eltern alles, was ich hatte.

# 3

# Irgendwas Unanständiges auf einer Parkbank …

Am Tag nach dem weihnachtlichen Paukenschlag fahre ich rüber zu Zach und trete, ohne anzuklopfen, durch die Hintertür ins Haus. Wir sind jetzt schon seit Jahren befreundet, aber insgeheim gibt es mir immer noch einen kleinen Kick, dass ich einfach so unangekündigt bei ihm aufkreuzen darf. Als hätte ich damit das höchste Freundschaftslevel geknackt.

»Hallo?«, rufe ich.

»Natalie.« Lucy erscheint am Ende des Flurs. Lucy und Zach sind seit neun Monaten offiziell ein Paar, in unserem Alter eine sehr lange Zeit, fast schon verheiratet, aber irgendwie habe ich mich immer noch nicht daran gewöhnt. Früher waren wir einfach nur drei befreundete Individuen – die drei gleichberechtigten, einander eng, aber rein platonisch verbundenen Punkte eines Dreiecks. Jetzt hingegen bestehen wir aus einem schwer verliebten Paar (die beiden) und einer Person, die samstagabends nichts Besseres zu tun hat, als ihren Hinterkopf im Spiegel zu fotografieren, weil sie immer schon mal wissen wollte, wie der von hinten aussieht (ich).

Außerdem muss ich jetzt immer alles hinterfragen. Gucken wir heute Abend wie immer einen Film, oder wollen sie vielleicht allein sein? Wenn ich einem von beiden ein Geheimnis anvertraue, weiß es dann am nächsten Tag auch gleich der andere? Muss ich mich, wenn die beiden sich streiten, sofort für eine Seite entscheiden, und falls ja, kann ich die zwischendurch auch noch mal wechseln? Wie oft reden sie wohl über mich, in genauen Zahlen, wenn ich nicht dabei bin? (Einerseits eine schreckliche Vorstellung, aber wenn sie es nicht täten, fände ich das genauso schrecklich. Ich wäre schon gern eins ihrer drei wichtigsten Gesprächsthemen, aber nur, wenn sie dabei hauptsächlich meine schillernde Persönlichkeit bewundern.)

Zach taucht hinter Lucy auf und schlüpft in seine Socken. Zach ist das Maß, an dem ich alle anderen Typen messe. Seine Eigenheiten, seine Gesten, seine Stimme, seine Größe, seine schlaksige Haltung – er ist alles, was ein Junge sein muss, einfach deshalb, weil er der einzige ist, den ich näher kenne, und zudem auch noch der netteste.

Lucy kommt auf mich zu und nimmt mich in den Arm.

»Echt blöd«, sagt sie. Gestern Abend habe ich ihr von meinen Eltern erzählt.

Lucy kann gut umarmen. Sie ist mein Lieblingsmensch auf dieser Welt, deshalb brauche ich sie nur anzusehen, und schon gehts mir besser.

»Mir tut's auch leid«, sagt Zack.

»Danke«, antworte ich. Ich würde ja gern behaupten, dass ich kein Mitleid brauche, aber um ehrlich zu sein, genieße ich die Anteilnahme meiner Freunde immer sehr, erst recht in dieser Sache. Zum einen zeigt es mir, dass ich Freunde habe, die sich wirklich für mich interessieren – was, wenn man weiß, wie es sich anfühlt, überhaupt keine Freunde zu haben, schon mal viel wert ist. Und zum anderen ist die Trennung der Eltern ein erfrischend normales und anerkanntes Problem und weit weniger peinlich als meine üblichen »Ich hab so einen fetten Eiterpickel im Gesicht, dass ich gerade in eine Depression abrutsche und heute im Bett bleiben muss«-Krisen.

Während ich Zach und Lucy den Flur hinunter folge, kommt Mariella, Zachs Mutter, aus der Küche gerauscht und drückt mich an sich.

»Wie gehts dir, Süße? Zach hat mir von deinen Eltern erzählt.

Keine Sorge, das wird sich alles finden. Und du darfst auch niemandem einen Vorwurf machen, Beziehungen sind nun mal nicht einfach. Sal und ich hätten uns im Laufe der Jahre auch schon ein paarmal fast getrennt. Eigentlich ein Wunder, dass wir noch zusammen sind.«

Mariella ist manchmal etwas überkommunikativ.

»Mum, bitte!« Zach streckt seinen Arm zwischen uns, als könnte er die Worte seiner Mutter damit aufhalten. »Schnell weg, Natalie«, sagt Anthony, Zachs jüngerer Bruder, der gerade vorbeikommt und in einem fast überschwappenden Kakaoglas rührt. Zach hat noch drei Brüder, und seit meinem ersten Besuch in diesem Haus ist mir endgültig klar, warum es Jumbo-Packungen gibt.

Ich lache und schiebe Zach beiseite, um Mariella noch einmal zu drücken. Ich habe so die Vermutung, dass ich ihr Liebling bin (bei der Wahl zwischen Lucy und mir), und der Gedanke schmeichelt mir mehr, als ich mir eingestehen will. Wenn ich schon nicht Zachs Nummer eins bin, dann wenigstens die seiner Mutter.

Erwachsenenlob war allzu lange meine Lieblingsdroge.

Das Haus von Zachs Eltern ist viel größer und schöner als unseres. Sie haben mit Sicherheit mehr Geld als meine und Lucys Eltern, auch wenn keiner von uns das je thematisieren würde. Es ist trotzdem mehr als offensichtlich, sickert sozusagen aus allen Ritzen und Fugen, angefangen bei diesem Haus, bis hin zu der Tatsache, dass Zachs Eltern alle vier Kinder auf eine Privatschule schicken können und dass Zach alle Kinofilme immer in 3-D sehen will, sogar die schlechten, in die wir nur so aus Jux reingehen.

Deshalb gibt es bei Zach zu Hause auch noch ein Extrazimmer, das von allen nur »die Höhle« genannt wird – keine Ahnung, wieso. In der stehen ein riesiger Fernseher, mehrere Spielkonsolen, zwei große alte Ledersofas und sonst nicht viel mehr. Die Höhle ist der offizielle Aufenthaltsraum für sämtliche Söhne und deren Freunde, weil Mariella nicht möchte, dass die alle im *guten* Wohnzimmer abhängen.

»Wenn sich zu viele pubertierende Teenager zu lange in einem

Raum aufhalten, nimmt der einen Geruch an, den man nie wieder loswird«, sagt sie. Keine Ahnung, ob das stimmt, aber es *klingt* jedenfalls einleuchtend, und wer sollte so etwas wissen, wenn nicht die Mutter von vier Söhnen? Und die Höhle riecht in der Tat ein bisschen streng, so eine Mischung aus Deo, Schweiß und Essen.

Dort machen wir's uns jetzt jedenfalls gemütlich. Lucy setzt sich neben mich aufs Sofa, Zach nimmt auf dem anderen Sofa Platz. Das machen sie bestimmt mit Absicht, um ihr Paar-Sein angesichts der Trennung meiner Eltern nicht noch zu betonen. Früher war es immer so, dass Lucy und ich die beiden Unzertrennlichen waren und Zach ein bisschen mehr außen vor. Diese Nähe konnte er nie so richtig aufbrechen. Na ja, jetzt hat er wohl doch einen Weg gefunden.

Lucy lehnt den Kopf an meine Schulter. Ihre Haare kitzeln mich an der Wange.

»Wie gehts denn jetzt weiter mit deinen Eltern?«

»Dad zieht aus.«

»Wow, das war ja schnell«, sagt Zach.

»Na ja, immerhin sind sie schon seit fast einem Jahr getrennt. Insofern war es eher ziemlich langsam.«

»Und wo zieht er hin?«, fragt Lucy.

»Er hat ein Apartment gemietet, in Port Melbourne.«

Ich kann ihn mir überhaupt nicht in einem Apartment vorstellen. Das ist doch eher was für junge Leute, nicht für 47-Jährige, die gern Schach spielen, Paella kochen und im Chor singen. Andererseits sind Apartments natürlich genau für solche Leute wie Dad gemacht, schließlich ist er jetzt ja wieder Single. Als Nächstes wird er sich beim Online-Dating anmelden und ich muss ständig irgendwelche quälenden Kennenlerntreffen mit freundlich desinteressierten Frauen über mich ergehen lassen. Wahrscheinlich muss ich auch noch das Foto für seine Profilseite von ihm machen, also möglichst eins, auf dem er nicht wie ein Serienmörder aussieht (keine leichte Aufgabe, weil er auf Fotos nie lächelt), und seinen Text nach Tippfehlern absuchen, weil er ja sonst niemanden mehr hat, der das für ihn machen kann. Ich sehe meine Zukunft schon vor mir: wie ich Stunden damit zubringe, die Dating-Profile meiner Eltern zu überarbeiten und sie dann zu trösten, wenn sie überraschend sitzen gelassen oder, noch schlimmer, um große Summen erleichtert worden sind.

»Man kann ja über meine Mutter sagen, was man will, aber eins ist sicher: So was Wichtiges könnte sie niemals vor mir geheim halten«, sagt Zach, den Mund voller Schokokekse.

Das stimmt. Mariella kann nicht mal die unwichtigen Dinge für sich behalten. Im Laufe der Jahre haben wir einiges mehr von ihr erfahren, als wir jemals wissen wollten, so auch über den Typen, mit dem sie vor Sal zusammen war (»Der hat immer seine abgeschnittenen Fußnägel im Waschbecken liegen lassen, also wenn das kein Zeichen für einen Soziopathen ist, dann weiß ich's auch nicht«), über den Ladendiebstahl, bei dem sie mal erwischt worden ist (»Da war ich zwölf und meine Cousine sollte den Verkäufer ablenken, hat sie aber nicht gemacht, und deshalb besuchen wir sie bis heute auch nicht mehr zu Ostern«), und wie sie mal einem Geist begegnet ist (»Eine alte Frau mit weißen Haaren, die plötzlich vor unserem Bett stand, aber ich hatte keine Angst, weil ich wusste, dass ihr Zorn sich gegen Männer richtet, also war nur Sal in Gefahr«).

»Meine Mutter würde meinen Vater niemals verlassen. Und erst recht nicht zulassen, dass er sie verlässt«, sagt Lucy. Auch das ist wahr. Lucys Mutter wäre lieber fünfzig Jahre lang unglücklich, als sich scheiden zu lassen, denn eine Scheidung könnte ja als Scheitern ausgelegt werden, und dieses Wort existiert nicht in ihrem Vokabular. Hat sie selbst mal wortwörtlich so gesagt. Lucys Mutter läuft jeden Morgen zehn Kilometer, noch vor dem Frühstück, und auf ihrem Sportshirt steht weithin lesbar: *Hör nicht auf, wenn du müde bist – hör auf, wenn du's geschafft hast.* Sie ist selbstständige Unternehmerin, arbeitet sechzig Stunden die Woche und hat Lucy schon als »meine kleine Debating-Queen und Star-Juristin«

vorgestellt, als die gerade erst zwölf und noch nicht mal Mitglied im Debattier-Klub war.

Lucys Mutter ist ... vieles.

Früher konnte ich mich wenigstens damit trösten, dass meine Mutter nicht ganz so anstrengend ist wie die von Lucy oder Zach, aber jetzt, wo meine Eltern ihre Trennungsbombe gezündet und mir fast ein ganzes Jahr lang was vorgespielt haben, ist auch dieser eine Pluspunkt in meinem Leben dahin. Jetzt habe auch ich familiäre Probleme, zu all den anderen noch dazu.

»Kaum zu glauben, dass uns nie was aufgefallen ist«, fügt Lucy hinzu.

»Kaum zu glauben, dass *mir* nie was aufgefallen ist.«

Ich darf nicht zu lange darüber nachdenken, sonst kriege ich ein mulmiges Gefühl im Magen, so ähnlich, wie wenn ich zu sehr über mein Leben nachdenke und über das, was vielleicht nach dem Tod kommt. Quasi mein ganz persönliches böses Erwachen: Meine Eltern haben den Vorhang geöffnet, und was ich dahinter entdecke, verursacht mir Übelkeit.

»Und jetzt, im Nachhinein, fällt dir da irgendwas auf?«, fragt Zach.

»Nee, auch nicht. Ich habe sie immer für perfekt gehalten, womit mein Konzept einer glücklichen Beziehung jetzt natürlich für alle Zeiten zerstört ist. Eigentlich müsste ich sofort eine Art Präventiv-Therapie anfangen, um meine zukünftigen Eheprobleme schon mal anzugehen, bevor sie akut werden können.«

Zach und Lucy wechseln einen »Jetzt dreht sie endgültig ab«-Blick, den ich geflissentlich ignoriere.

In diesem Moment betritt Alex das Zimmer, Zachs älterer Bruder, mit seinem Freund Owen Sinclair im Schlepptau.

Alex ist neunzehn und hat gerade sein erstes Ausbildungsjahr als Koch hinter sich. Er ist zwar anderthalb Jahre älter als Zach, aber Zach ist nur einen Jahrgang unter ihm, weil er bei ihrem Umzug von Perth nach Melbourne eine Klasse übersprungen hat. Genau das ist auch Zachs Rolle in dieser Familie: der Intelligente,

Erfolgreiche, der clevere kleine Überflieger. Auch wenn ich selbst nur Einzelkind bin, habe ich inzwischen schon mitgekriegt, dass Geschwisterkinder meist eine bestimmte Rolle in ihrer Familie übernehmen. Alex zum Beispiel ist der unbeschwerte Draufgänger, der allen Mädchen den Kopf verdreht und aus dem Nichts die köstlichsten Gnocchi zaubern kann. Und die beiden jüngeren Brüder sind der niedliche Schüchterne, dem man nichts abschlagen kann (Anthony, 15), und das Dino-fixierte Nesthäkchen (Glenn, 12).

Alex geht mit der Mühelosigkeit eines allseits vergötterten Erstgeborenen durchs Leben. Seine Ex ist superattraktiv, sein Vorrat an grauen T-Shirts mit V-Ausschnitt schier endlos und sein Freundes- und Bekanntenkreis riesengroß. Genau die Art von Frauenschwarm, die ich instinktiv meide.

Und ich mag ihn auch einfach nicht. Nein, das stimmt nicht. Alex war nie irgendwie gemein zu mir. Genau genommen hat er mir sogar mal das letzte Stück Pizza angeboten und ein anderes Mal, als er gerade ins Zimmer kam, während Zach und ich uns über irgendwas gestritten haben, hat er im Vorbeigehen »Natalie hat recht« gesagt. Aber ich *traue* ihm einfach nicht und hege das unbewiesene Vorurteil, dass er irgendwie schlecht über mich denkt.

Sein Freund Owen Sinclair ist auch so ein Frauenschwarm, aber nicht ganz so verunsichernd, weil er eigentlich nur mit sich selbst beschäftigt ist und deshalb gar keine Zeit hat, etwas Schlechtes über andere zu denken. Er ist groß, mit einem glatten, etwas rundlichen Gesicht und surferblonden Haaren, ziemlich einfach gestrickt und blind für alles, was nicht direkt vor seiner Nase passiert. Die Mädchen lieben ihn und er liebt sie. Es geht das Gerücht um, dass er mal am helllichten Tag irgendwas Unanständiges – keine Ahnung, was genau – mit einem Mädchen auf einer Parkbank gemacht haben soll. Er kann Gitarre spielen und beim Basketball fast einen Dunking machen. Manchmal bindet er sich die Haare zu einem Herrendutt. Und sein zweiter Name ist Macaulay, weil seine Eltern den Film *Allein zu Haus* so toll fanden. Aber das ist auch schon so ziemlich alles, was ich über Owen Sinclair weiß, aufgeschnappt oder sonst wie herausgefunden habe.

»Hey«, sagt Owen und setzt sich neben mich. Ich kann mich nicht erinnern, dass er vorher schon mal ein Wort mit Lucy oder mir gewechselt hat. Und ich habe ihn, glaube ich, auch noch nie direkt angesehen. Owen Sinclair ist wie die Sonne, da guckt man lieber nicht zu lange rein.

»Hi«, sagt Lucy.

»Hi«, sage ich.

»Na, was geht?«, fragt Owen.

»Nicht viel«, antworte ich.

»Cool.« Owen lehnt sich zurück, einen Arm auf der Sofalehne ausgestreckt, was man vielleicht, ganz entfernt, als den Arm um mich legen interpretieren könnte. Also, er hat ihn *nicht* wirklich um mich gelegt, aber sollte sein Arm aus Versehen von der Lehne rutschen, würde er es – vorübergehend – tun.

Ich senke ein bisschen den Kopf, damit Owen mein Gesicht aus der besten Perspektive sieht. Nach zwei Runden hoch dosierten Akne-Tabletten, diversen Cremes zur äußerlichen Anwendung und der erfolgreichen Suche nach der richtigen Pille ist meine Haut ungefähr tausendmal besser als früher. Inzwischen habe ich meist überhaupt keine Pickel mehr, oder höchstens mal ein oder zwei, plus die Narben, die ich mit Tönungscreme abdecke. Auf dem Rücken, wo die Akne am schlimmsten war, sind zwar tiefe Kerben zurückgeblieben (weshalb ich auch keine rückenfreien Oberteile, Bikinis oder Kleider trage), aber alles in allem hat sich der Zustand meiner Haut von lebenzerstörend zu erträglich oder sogar gut gewandelt. Allerdings vergesse ich das meist noch. Mein Denken hält immer noch an der lebenzerstörenden Phase fest.

Vor Jahren, als ich mich wieder mal auf dem Klo eingeschlossen hatte, um mein Gesicht zu kontrollieren, habe ich zufällig belauscht, wie Heather Hamilton – das Mädchen in meinem Jahrgang, das von allen mir bekannten Leuten die meisten Follower auf Instagram hat – mit ein paar anderen Mädchen über mich sprach.

»Wenn Natalie nicht so viele Pickel und diesen Zinken im Gesicht hätte, könnte sie richtig hübsch sein«, hat sie gesagt, woraufhin die anderen Mädchen dann »Oh ja, das stimmt!« gerufen haben, als hätte sie eine weltbewegende Entdeckung gemacht. Normalerweise war mir Heather Hamiltons Meinung herzlich egal, aber in diesem Moment bestätigte sie mir genau das, was ich selbst immer dachte. *Ohne meine Pickel* ... wäre alles ganz anders, wäre ich viel selbstbewusster, würde tolle Selfies machen, auf Partys gehen, für die Theater-AG vorsprechen, vielleicht sogar auf YouTube berühmt werden ... *wäre mein Leben so viel schöner*. Ich war vierzehn, als Heather das gesagt hat, aber ich habe es bis heute nicht vergessen. Manchmal frage ich mich, ob ich es je vergessen werde.

(Mit der Nase kann ich leben. Große Nasen sind ein Zeichen für künstlerische Begabung. Aber nur Verlierer haben Akne, das hat die Welt mir eindeutig klargemacht.)

»Wie wärs, wenn wir einen Film gucken?«, schlägt Owen vor.

»Wir wollten gerade was spielen«, sagt Zach, was gelogen ist, allerdings nur so halb, weil wir das wirklich öfter machen. Aber Zach kann Owen nicht leiden. Manchmal bin ich nicht mal sicher, ob er Alex so richtig leiden kann.

»Cool. Was denn?« Owen scheint fest entschlossen, sich bei uns einzuklinken. Alex wirkt weniger interessiert, protestiert aber nicht.

Ich wechsele einen Blick mit Lucy und sehe, dass wir beide dasselbe denken: Wann hätten sich Alex und seine Freunde je für uns interessiert? Ob wir jetzt, wo wir die Schule hinter uns haben, automatisch irgendwie cooler sind? Senden wir plötzlich die Schwingungen von aufgeklärten, weltgewandten Erwachsenen aus? Oder haben die beiden einfach nur Langeweile?

»Wir wollten *Widerstand* spielen«, sagt Zach.

»Könnt ihr uns das beibringen?«, fragt Owen, schaut dabei aber nur Lucy und mich an.

»Das dauert zu lange«, sagt Zach.

»Ach, Quatsch, das lernt man doch schnell«, widerspricht Lucy.

Die ganze Zeit sind schon Blicke zwischen ihr und Zach hin- und hergegangen, ein Schlagabtausch mit den Augen.

»Ich zeig's euch«, sage ich.

Owen und Alex hören brav zu, während ich die Regeln erkläre und jedes Mal abwehrend die Hand hebe, wenn Zach sich einmischen will. Zach ist nämlich ein richtiger Pedant, was die Spielregeln angeht, und verliert sich dann gern in Details.

»Okay, verstanden«, sagt Alex, der bäuchlings auf dem Sofa liegt, den Kopf auf einem Kissen. Ich versuche einen unauffälligen Blick auf seine Pupillen zu erhaschen. Ob er bekifft ist? Möglich wärs. Er verdrückt jedenfalls große Mengen von unseren Schokokeksen.

»Wir sind aber zu viele, das spielt man besser nur zu dritt oder zu viert«, sagt Zach.

»Du kannst ja aussetzen«, erwidert Alex.

»Leck mich!«

Zwischen Zach und seinen Brüdern herrscht ein ziemlich rauer, aber liebevoller Umgangston. Jedenfalls halte ich ihn für liebevoll, Geschwisterbeziehungen fand ich allerdings immer schon verwirrend, vor allem unter Brüdern, wo zwischen Reden und Raufen manchmal keine zwei Sekunden liegen. Ich bin in einer Familie groß geworden, wo freitagabends alle friedlich zusammensitzen und sich den Soundtrack von *Hamilton* anhören. Naturdokus anschauen. Sich für schönes Briefpapier begeistern können und ihre Handys auf stumm geschaltet haben, immer. Weshalb mich all der Lärm, die Energie und die Körperlichkeit in Zachs Familie manchmal etwas überfordern.

»Lucy und ich gegen euch drei«, schlage ich vor.

»Ihr scheint euch ja ziemlich sicher zu sein«, sagt Alex.

»Wirst schon sehen«, entgegnet Lucy.

Und das tut er. Lucy und ich schlagen die drei mit links. Zach ist genervt, weil Owen die Regeln nicht kapiert und Alex keinerlei Ehrgeiz zeigt. Zach verliert sowieso nicht gern, aber erst recht nicht wegen der Unfähigkeit seiner Mitspieler.

»Okay, noch ne Runde, aber mit anderen Teams«, sagt er.

Jetzt tun sich Zach und Lucy zusammen, und ich verbünde mich mit Owen und Alex. Vorher gehe ich noch mal kurz ins Bad, um mein Gesicht zu kontrollieren und nachzusehen, ob ich vielleicht noch Essensreste zwischen den Zähnen habe oder irgendwas an der Nase, was da nicht hingehört. Aber ich sehe ganz okay aus. Leider fällt es mir schwer, das auch dann noch zu glauben, wenn ich nicht mehr vorm Spiegel stehe.

»Also, wenn ihr gewinnen wollt, überlasst ihr am besten mir die Strategie«, flüstere ich meinem Team zu, nachdem ich wieder reingekommen bin und mich im Schneidersitz auf den Boden gesetzt habe.

»Und was machen wir so lange?«, fragt Owen.

»Zuschauen und lernen.« Wenn mich bei einem Spiel der Ehrgeiz packt, kann ich manchmal ein bisschen herrisch werden.

»Ich habs jetzt aber durchschaut, ich will auch was tun«, sagt Alex und greift nach einem weiteren Schokokeks.

»Okay. Du sagst mir, welchen Zug du machen würdest, und ich sage dir, ob er richtig oder falsch ist.«

»Seit wann bist du denn so ehrgeizig?«, fragt Alex grinsend und beißt in seinen Keks.

»Natalie ist der ehrgeizigste Mensch, den ich kenne«, mischt Zach sich ein.

»Sagt der Typ, der mich mal rauswerfen wollte, weil ich bei *Monopoly* gewonnen hab.«

»Das ist was anderes. *Monopoly* ist ja auch das schlimmste Spiel der Welt«, sagt Zach.

Alex lacht. »Zach ist schon mal in Tränen ausgebrochen, weil ich auf der Parkstraße ein Hotel gebaut habe«, sagt er.

»Da war ich sechs«, sagt Zach.

»Du warst mindestens zehn«, erwidert Alex.

In Wahrheit sind Zach und ich wohl ungefähr gleich ehrgeizig. Wenn ich beim Lernen für die Abschlussprüfungen mal einen Durchhänger hatte, brauchte ich mir nur vorzustellen, wie er spätabends noch sitzt und büffelt, und schon war ich wieder hoch motiviert. Wir hatten Spaß daran, uns gegenseitig zu immer neuen Höchstleistungen anzustacheln. Lucy wohl weniger. Ich glaube, sie hat jede Sekunde in der Zwölften gehasst.

Zurzeit befinden wir uns in diesem seltsamen Zwischenstadium, wo wir zwar unsere Abschlussnoten kennen, aber noch nicht wissen, ob wir damit unseren Wunsch-Studiengang an unserer Wunsch-Uni kriegen, was uns alle drei ziemlich stresst, aber Lucy offenbar besonders. Sobald wir von der Uni oder unseren Prüfungsergebnissen anfangen, wechselt sie sofort das Thema.

Wir haben alle gute Noten bekommen. Mussten wir ja auch. Zach und Lucy haben schließlich schon konkrete Berufsvorstellungen: Zach will Mediziner werden und Lucy Juristin. Nicht sehr originell, wenn man mich fragt (sämtliche Strebertypen und Überflieger aus meinem Jahrgang haben entweder Arzt, Anwalt oder Ingenieur als Berufswunsch genannt), aber wenigstens haben sie ein Ziel. Sie wollen *irgendwas* werden, einen richtigen Beruf ergreifen. Geld verdienen. Ich weiß nicht, was ich werden will. Für mich war die viele Büffelei eigentlich nur das Gegengift für all die negativen Gedanken, die da lauteten »Keiner mag dich«, »Du siehst aus wie ein Monster« und »Außer guten Noten hast du eh nichts vorzuweisen«. Als könnte jede Eins in der Schule einen meiner Pickel aufwiegen.

In der Zwölften hatte ich nur noch Geschichte, Literatur, Politik, Psychologie und Englisch. Lauter Fächer, von denen ich wusste, dass sie mir liegen, wo man lesen, schreiben und analysieren muss. Eine reine Vernunftwahl. Mathe und Naturwissenschaften sind nicht so meine Stärke, aber Darstellendes Spiel hätte ich schon gern gemacht, nur das Auftreten hat mich immer abgeschreckt: zu viel Aufmerksamkeit für mein Gesicht. Wer auf der Bühne stehen will, sollte wenigstens so halbwegs damit klarkommen, dass die Leute einen ansehen. Also habe ich *Alles Richtig* gemacht und die *Richtigen Noten* bekommen, und jetzt warte ich auf meinen *Richtigen Studienplatz* an der *Richtigen Uni*. Nur hat mir das alles überhaupt nicht dabei geholfen herauszufinden, wer ich bin und was ich machen will. Ob man irgendwann mal morgens aufwacht, vielleicht nach einer besonders geruhsamen Nacht, und es dann einfach weiß? (Ich kann nur hoffen, dass das so läuft.)

Trotz aller Unentschlossenheit, was mein Leben angeht, bin ich jetzt aber fest entschlossen, bei *Widerstand* zu gewinnen. Unter meiner Führung tragen Alex, Owen und ich tatsächlich den Sieg davon – wenn auch nur haarscharf – und Zach ist eingeschnappt, was den Triumph noch versüßt. Alex will unbedingt noch eine weitere Runde spielen, weil ihm jetzt wieder eingefallen ist, wie gern er gegen seinen Bruder gewinnt. Wir spielen also weiter, obwohl Owen eindeutig keine Lust mehr hat, und diesmal verlieren wir. »Okay, das wars, jetzt könnt ihr gehen«, sagt Zach mit selbstgefälliger Miene, während er das Spiel einräumt.

»Wir müssen eh los«, sagt Alex, dann gähnt er und reckt sich. Obwohl er nicht besonders groß ist, hat er irgendwas an sich, das viel Raum einnimmt.

»Sag mal, Natalie, hättest du Lust, am Freitag mit zu Bennys Party zu kommen?«, fragt mich Owen völlig überraschend.

Bevor ich reagieren kann, haben Zach und Lucy schon geantwortet.

»Klar«, sagt Lucy.

»Nein«, sagt Zach.

Alex schaut die beiden an. »Seid ihr Natalies Freunde oder ihre Eltern?«

»Von beidem ein bisschen«, sage ich.

Ich weiß, warum Zach Nein gesagt hat: weil er seinen Bruder, und erst recht die Freunde seines Bruders, für keine gute Gesellschaft hält und befürchtet, dass ich so einer Party überhaupt nicht gewachsen bin. Was vermutlich beides stimmt. Lucy dagegen denkt, dass Owen ein heißer Typ ist, und wenn der mich irgendwohin einlädt, sollte ich auch hingehen, und vielleicht denkt sie auch noch, dass sie und Zach dann mal einen Abend ohne Schuldgefühle allein verbringen können. Was auch alles stimmt.

Ich sehe Owen an.

»Wer ist Benny?«

»Ein Freund von uns. Cooler Typ. Gefällt dir bestimmt.«

»Okay, ich komm mit«, sage ich, bevor ich wieder kneifen kann. Trotzdem kann ich kaum glauben, dass ich das wirklich gesagt habe. Ich geh sonst *nie* irgendwohin. Genau genommen hasse ich es, irgendwohin zu gehen. Insbesondere auf Partys.

»Gib mir mal deine Nummer, dann schicke ich dir die Details«, sagt Owen und zückt sein Handy. Ich spüre fast körperlich, wie Lucy vor Aufregung bebt.

Ich diktiere ihm meine Nummer, zweimal laut und deutlich, weil ich es nicht ertragen könnte, diese Chance wegen eines schnöden Tippfehlers zu verpassen. Owen schickt mir gleich eine Nachricht, den Smiley mit Sonnenbrille, dessen arrogantes Grinsen mir noch nie so schön vorkam.

»Dann hast du ja jetzt auch meine Nummer«, sagt Owen überflüssigerweise.

Ich versuche, den Gedanken beiseitezuschieben, dass ich ihn ziemlich beschränkt finde. »Super«, sage ich, obwohl ich dieses Wort eigentlich hasse. Das rutscht mir nur immer raus, wenn ich nervös bin.

Kaum dass Alex und Owen gegangen sind, packt Lucy mich auch schon an den Schultern und schüttelt mich. »Owen Sinclair hat dich auf eine Party eingeladen.«

»Ich weiß«, sage ich.

Wir fallen uns in die Arme und hüpfen kreischend auf und ab, und als Zach den Kopf über uns schüttelt, machen wir's gleich noch mal und brechen dann lachend zusammen.

Mariella steckt den Kopf durch die Tür. »Alles in Ordnung hier drin?«

»Owen hat Natalie auf eine Party eingeladen.«

»Owen Sinclair?«

»Genau der.«

»Ach herrje.« Mariellas Miene drückt eine Mischung aus Überraschung, Freude und Besorgnis aus.

»Seht ihr? Mum ist auch nicht begeistert«, ruft Zach triumphierend, obwohl er bei so was sonst immer reflexhaft die Gegenposition seiner Mutter einnimmt.

»Keine Sorge, ich hab nicht vor, mich in ihn zu verlieben oder so«, sage ich, obwohl vor meinem inneren Auge gerade schon mehrere romantische Fantasien ablaufen. (Eine davon: Owen und ich betreten Hand in Hand ein hippes Café, in dem so ziemlich alle aus meiner Schule versammelt sind, die ich nicht leiden konnte und die sich jetzt alle zu uns umdrehen und uns anstarren. Ich trage eine obercoole Lederjacke, mein Haar fällt in sanften Wellen herab, und irgendwer macht ein höchst schmeichelhaftes Foto von uns, wie wir lachend vor unserem Kaffee sitzen, das dann in sämtlichen sozialen Medien landet – in diesem Szenario sind wir nämlich auch noch ein bisschen berühmt.)

Als ich abends im Bett liege und nicht einschlafen kann, fällt mir auf, dass diese Partyzusage immerhin den Vorteil hat, dass ich vor lauter Stress und Aufregung kaum noch an meine Eltern denken kann.

# 4

# Patrick Swayze und anderer Leute Badezimmer

Mum hält gegenüber von Bennys Haus (auch wenn ich immer noch nicht weiß, wer das ist) am Straßenrand. Das Hämmern der Musik ist bis hierher zu hören. Ziemlich laut, wie ich finde. Nicht, dass gleich die Polizei kommt. Könnte ich dann verhaftet werden? Ich muss mich immer noch an den Gedanken gewöhnen, bei jemandem eingeladen zu sein, der nicht mehr bei seinen Eltern wohnt.

»Alles in Ordnung?«, fragt Mum.

Ich bin natürlich immer noch sauer auf sie wegen der Trennung, und noch mehr, weil sie mich so lange belogen hat, aber heute Abend musste ich meinen Ärger kurz mal auf Eis legen, damit sie mich hierherfahren kann.

Ich bin nämlich so nervös, dass ich meine Mutter gerade brauche.

»Klar«, sage ich.

Aber ich steige trotzdem nicht aus. Mir ist schlecht vor Aufregung. Ich weiß nicht, ob Owen schon da ist, aber ich will ihm auch keine Nachricht schicken und nachfragen. Er kommt so gegen acht, hat er gesagt. Er hat allerdings nicht gesagt *Wir sehen uns dann da* oder so. Nur *Wir kommen so gegen acht* und dazu die Adresse. Jetzt ist es Viertel vor neun. Eigentlich müsste er längst da sein. Andererseits hat er noch nicht nachgefragt, wo ich bleibe, also ist er entweder doch noch nicht da, oder es ist ihm egal, dass ich noch nicht da bin. Eine echte Lose-lose-Situation.

»Wir können auch einfach wieder nach Hause fahren«, sagt Mum. Seit Jahren liegt sie mir in den Ohren, nicht immer nur zu Hause rumzuhocken, aber kaum will ich dann mal zu einer Party gehen, torpediert sie diesen Entschluss sofort.

»Nein danke«, sage ich und verschränke die Arme, damit sie nicht sieht, wie meine Hände zittern.

»Man kann auf Partys gehen und trotzdem nicht zu *dieser hier* gehen«, sagt Mum.

»Ich will aber hin.«

»Okay.«

»Nur noch eine Minute.«

»Okay.«

Ungefähr dreißig Sekunden lang sitzen wir schweigend nebeneinander, dann öffne ich die Autotür, bringe es aber immer noch nicht fertig, auch wirklich auszusteigen.

»Tschüss, Mum.«

»Ruf mich an, wenn ich dich abholen soll.«

»Ich bestell mir ein Uber.«

»Ich kann dich gern abholen.«

»Vielleicht ... übernachte ich ja bei Owen.« Diese Möglichkeit ist mir eigentlich erst im selben Moment eingefallen, in dem ich sie auch schon ausspreche. Oder habe ich ernsthaft vor, mich an Owen ranzumachen? Habe ich ernsthaft vor, mit ihm zu schlafen? Nein. Allein schon die Vorstellung ist grotesk. Owen und ich haben bisher genau *ein* Mal miteinander gesprochen. Wir werden wahrscheinlich kaum Blickkontakt aufnehmen, geschweige denn Körperkontakt, uns schon gar nicht küssen und erst recht nicht miteinander schlafen. Und ich habe auch gar keine Lust dazu. Trotzdem soll Mum diese Möglichkeit doch wenigstens in Betracht ziehen. Quasi als ersten Schritt dahin, dass es tatsächlich irgendwann passiert – dass die Leute mich ansehen und für möglich halten, dass ich Sex mit jemandem habe.

Außerdem möchte ich gern sehen, wie Mum reagiert.

»Och nein, Natalie, das halte ich für keine gute Idee.«

»Brauche ich deine Erlaubnis dafür?« Die Frage ist nicht frech oder provozierend gemeint. Ich weiß es wirklich nicht. Ich bin vor sieben Wochen achtzehn geworden. Ich bin erwachsen. Ich. Bin. Erwachsen. Nur fühle ich mich gar nicht so. Eher Lichtjahre davon entfernt. Ich bin ja sogar noch ein Teenager, was mich sehr entlastet. Früher habe ich nämlich immer gedacht, als Teenager würde ich bestimmt mal was Bedeutendes vollbringen. Kein Wunderkind oder so, aber doch nahe dran. Diese Zeit läuft jetzt allmählich ab. Ehe ich mich's versehe, bin ich einundzwanzig, und dann kann ich niemanden mehr mit irgendwas beeindrucken.

Mum stülpt die Lippen vor. »Ich glaub nicht. Ich weiß natürlich immer gern, wo du bist, aber rein theoretisch kannst du gehen, wohin du willst.«

»Rein theoretisch?«

»Rechtlich gesehen. Offiziell. In den Augen des Gesetzes.«

»Und in der Praxis?«

»In der Praxis möchte ich natürlich nicht so gern, dass mein Baby bei irgendeinem Jungen übernachtet.«

»Nenn mich nicht dein Baby. Das ist kindisch und geschmacklos.«

»Kaum hast du einen Freund, willst du nicht mehr ›Baby‹ genannt werden. Patrick Swayze kriegst du mit dieser Haltung bestimmt nicht rum.«

»Patrick Swayze ist tot.«

»Weiß ich, meine Süße. Das war eine Anspielung auf *Dirty Dancing*.« Als ich vierzehn war, hat Mum darauf bestanden, dass ich mir *Dirty Dancing*, *Bodyguard* und *Muriels Hochzeit* ansehe, um mir, wie sie es ausdrückte, »ihre Gefühlswelt nahezubringen«.

»Schon klar, aber ich fand's trotzdem unpassend.«

»Wenn ich keine *Dirty Dancing*-Anspielungen mehr machen darf, hat das Leben für mich seinen Sinn verloren.«

»Außerdem ist er nicht mein Freund.«

»Wer?«

»Owen. Nicht, dass du ihn so mal nennst, wenn du ihm irgendwo zufällig begegnest. So ist das nämlich nicht. Überhaupt nicht. Wir sind nicht mal befreundet. Eigentlich kennen wir uns kaum. Auf der Straße würde er mich wahrscheinlich nicht mal wiedererkennen.«

»Und warum in Gottes Namen willst du dann die Nacht mit ihm verbringen?«, fragt Mum, während ihre Stimme ungefähr fünf Oktaven nach oben schnellt.

»Weil man das eben so macht. Feste Beziehungen spielen heute doch gar keine große Rolle mehr. Die Leute sind jetzt viel entspannter. Wenns gerade passt, geht man halt miteinander ins Bett.« Das war schon immer meine Spezialität: schlau über Dinge daherzureden, von denen ich nicht die leiseste Ahnung habe.

»Und wenn die Leute alle so viel entspannter sind, was sind dann Zach und Lucy?«

»Ziemlich altmodisch.«

»Gegen altmodisch ist ja nun nichts einzuwenden.«

»Ich geh jetzt.«

»Vielleicht solltest du wenigstens warten, bis du seinen Nachnamen kennst.«

»Der lautet Sinclair.«

»Owen Sinclair? Hat der nicht mal irgendwas Unanständiges mit einem Mädchen auf einer Parkbank gemacht?«

Ich sollte unbedingt aufhören, mich in Gegenwart meiner Eltern mit Freunden zu unterhalten. Meine Mutter kriegt eindeutig zu viel mit.

»Nein, da verwechselst du was.« Ich wende mich ab und will aussteigen, aber Mum legt mir die Hand auf den Arm.

»Jetzt hast du mir Angst gemacht. So kann ich dich doch nicht gehen lassen.«

»Mum, wahrscheinlich passiert überhaupt nichts. Der Gedanke sollte sich nur schon mal einen Weg in dein Gehirn ebnen, falls es doch mal passiert.«

»Einen Weg in mein Gehirn ebnen?« Sie lächelt.

Ich runzele die Stirn. »Ja.«

Sie zieht mich noch mal ins Auto zurück und drückt mir einen Kuss auf die Wange. »Okay. Betrachte den Weg als geebnet.«

»Tschüss, Mum.« Ich werfe die Autotür zu und überquere die Straße. Hinter mir summt es, als sie das Fenster runterfährt.

»Tschüss, mein Schatz. Halt mich auf dem Laufenden. Ich bleib wach, bis du kommst. Und tu nichts, was du nicht wirklich willst. Pass auf, dass dir keiner was ins Glas tut, und lass die Finger von den Drogen – so weit bist du noch nicht. Viel Spaß!«

*Oh mein Gott.* Ich gehe schneller, bevor sie mir noch mehr solcher oberpeinlichen Ermahnungen hinterherrufen kann. Sie hat den Motor noch nicht angelassen, also will sie offenbar warten, bis ich reingegangen bin.

Auf dem Fußweg werde ich wieder langsamer und versuche, ein möglichst selbstbewusstes Gesicht aufzusetzen. Zwei mir unbekannte Typen sitzen auf den Stufen vorm Eingang. Als ich das Gartentor öffne, schauen sie kurz zu mir rüber, ohne ihr Gespräch zu unterbrechen. Ob ich »Hi« sagen soll? Ja, sollte ich. Aber ich sehe schon vor mir, wie ich dann vor lauter Nervosität viel zu laut und zu förmlich »Hallo« sage und wie sie dann die Augenbrauen heben und mich nachmachen, sobald ich an ihnen vorbei bin. Am besten sage ich gar nichts. Ist sicherer. Vielleicht sollte ich so tun, als würde ich telefonieren, aber dazu ist es jetzt zu spät, ich bin fast schon auf ihrer Höhe. Oh Gott, ob einer von ihnen Benny ist?

Am Fuß der Treppe zögere ich kurz und schiebe mich dann ungeschickt an ihnen vorbei. Sie heben nicht mal den Blick.

Die Eingangstür ist unverschlossen. Dahinter liegt ein langer Flur mit einem fleckigen Teppich, der grau, braun oder blau sein könnte – schwer zu sagen –, und die Musik wird noch lauter. Ich gehe den Flur entlang und schaue dabei in die leeren Zimmer links und rechts (eins davon ein völlig unaufgeräumtes Schlafzimmer, in dem drei Gitarren an einem zerwühlten Bett lehnen, und ein anderes, in dem Poster von lauter mir unbekannten Leuten hängen und Berge von dreckigem Geschirr auf dem Nachttisch stehen), bis ich zu einem großen Wohnzimmer voller Leute komme, die sich auf Sessel, Sofas und Sitzsäcke fläzen. Durch die offene Terrassentür sehe ich noch mehr Leute im Garten stehen, die meisten rauchen oder dampfen E-Zigaretten. Owen scheint aber nicht dabei zu sein. Alle kommen mir viel älter vor als ich, obwohl ich weiß, dass es bei den meisten nur ein oder zwei Jahre sein können.

Auf der Wohnzimmerschwelle bleibe ich unschlüssig stehen und komme mir total bescheuert vor. Zehn quälende Sekunden versuche ich ganz entspannt und normal auszusehen, während ich unter den vielen Gesichtern verzweifelt nach dem von Owen oder Alex suche. Dann drehe ich mich um, renne schnurstracks ins Bad und verriegele die Tür.

Eine Zeit lang sitze ich auf der Toilette und spiele auf meinem Handy, bis die Batterie nur noch 40 Prozent hat (irgendwie habe ich heute Nachmittag vergessen, sie aufzuladen, ein echter Anfängerfehler). Dann höre ich auf, denn die Vorstellung, den restlichen Abend ohne Handy überstehen zu müssen, ist mir unerträglich. Vielleicht sollte ich Owen einfach eine Nachricht schreiben. Vielleicht ist er doch schon da und ich habe ihn nur übersehen, aber ich kriege es einfach nicht hin, da jetzt wieder rauszugehen. Wie machen andere Leute das bloß? Wie können sie einfach einen Raum voll fremder Menschen betreten und mit irgendwem ein Gespräch anfangen? Andererseits scheint mir das auch nicht die Art von Party zu sein, wo man so was tut, weil sich hier alle offenbar schon kennen, vom Studium oder sonst woher, und völlig vertraut miteinander sind. Ich habe keinen blassen Schimmer, wie ich mit diesen Leuten Kontakt aufnehmen soll, ich bin ja nur eine leicht gestörte Oberschülerin, die ihr Leben lang lieber über Partys gelesen hat, statt selbst auf welche zu gehen.

Vor lauter Stress fange ich an zu schwitzen und stopfe mir Toilettenpapier in die Achselhöhlen, um keine Schweißflecken unter den Armen zu kriegen. Ich trage ein gemustertes Kleid, wie so ein 90er-Jahre-Retrokleid aus dem Secondhandladen, das ich bei einer Billigkette gekauft habe. An der Schaufensterpuppe sah es so schön weich und luftig aus, und vorne drauf hat es ganz niedliche Knöpfe, aber angezogen fühlt es sich nicht mehr ganz so weich und luftig an, sondern kratzt ein bisschen und wirft Falten über der linken Brust. Aber die Knöpfe sind wirklich süß.

Es klopft an die Badezimmertür, aber ich reagiere nicht. Dann wird an der Klinke gerüttelt und noch mal geklopft. Ich rufe »Besetzt« und höre, wie die Schritte sich entfernen.

Ich bin kurz davor, Mum anzurufen, dass sie mich abholen soll, aber das werde ich auf gar keinen Fall tun, ganz egal wie schrecklich dieser Abend noch wird.

Weil ich nichts Besseres zu tun habe, stöbere ich ein bisschen im Medizinschrank herum. Paracetamol. Pilzcreme. Antibabypillen. Eine deckellose Zahnpastatube, aus der ein dicker Klumpen aufs Regal getropft ist. Vitamintabletten. Mundwasser. Kondome. Sehr viele Kondome. Ein Medikament, das nach Antidepressivum aussieht. Ich klappe das Schränkchen wieder zu und schäme mich für meine Schnüffelei.

In der Ecke steht eine riesige Badewanne, die aussieht, als wäre sie seit Monaten nicht mehr geputzt worden. Ich breite ein Handtuch auf dem Boden aus und setze mich rein, weil mir das weniger absurd vorkommt, als auf dem Klo zu sitzen. Am Wannenrand kleben ein paar dunkle Haare. Es gibt nichts Ekligeres als anderer Leute Badezimmer. Ich sitze da ziemlich lange herum, jedenfalls fühlt es sich so an, auch wenn es wohl nur zwei Minuten sind, und warte darauf, dass was passiert. Ich stelle mir vor, wie ich wieder aufstehe, dabei ausrutsche und mit dem Kopf auf den Wannenrand knalle und erst am nächsten Tag gefunden werde, wenn jede Rettung zu spät ist. Kein schöner Ort zum Sterben, die versiffte Badewanne eines Unbekannten.

Vom Eingang her ertönt lautes Rufen und Gelächter, eine Gruppe eben angekommener Gäste poltert durch den Flur, mit Tüten voll klirrender Flaschen in der Hand.

»Heeeeyyy!«

»Hi!«

»Da seid ihr ja endlich!«

»Na, Digger!«

Ich erkenne Owens Stimme und bin so erleichtert, dass ich mich tatsächlich gegen den Wannenrand sinken lasse.

Es gibt noch mehr Gepolter, jemand versucht die Badezimmertür zu öffnen und rüttelt an der Klinke.

»Ich will ja nicht unhöflich sein, aber hier draußen stehen die Leute schon Schlange«, ruft eine Stimme jenseits der Tür.

»Irgendeine Tussi ist da schon seit Stunden drin«, erklärt eine andere Stimme.

»Wir pinkeln hier gleich ins Spülbecken!«, fällt eine dritte Stimme ein.

Bevor man ins Spülbecken pinkelt, geht man doch wohl eher in den Garten, oder? Dass die Leute aber auch nie richtig nachdenken!

Zögernd stehe ich auf, ziehe das Klopapier aus meinen Achselhöhlen und spüle es in der Toilette weg. Was ich sofort bereue, denn jetzt denken sicher alle, ich hätte die ganze Zeit auf dem Klo gesessen.

Ich entriegele die Tür und spähe durch den Spalt. Sechs Gesichter starren mich von draußen an. Eins davon gehört Owen, ein anderes Alex, die übrigen kenne ich nicht.

»Natalie!«, sagt Owen und scheint ziemlich stolz darauf zu sein, dass er sich an meinen Namen erinnert hat.

Alex beugt sich vor. »Alles in Ordnung?«, fragt er.

Er sieht richtig besorgt aus. So kenne ich ihn gar nicht.

»Ja, alles gut. Und ich war auch nicht Stunden hier drin, sondern höchstens zehn Minuten. Ich musste nur kurz mal in Ruhe telefonieren. Tut mir leid.« Ich fasele dummes Zeug und spüre, wie ich rot werde.

Alle sechs starren mich weiterhin an. Eigentlich sollte ich endlich das Bad freigeben, aber das würde ja bedeuten, diesen sicheren Schutzraum zu verlassen und mich unter die Leute mischen zu müssen.

Owen drückt die Tür weiter auf und schiebt sich an mir vorbei in Richtung Kloschüssel.

»Weggucken«, sagt er.

»Wieso?«

»Weil ich pissen muss.«

Er hat schon die Brille hochgeklappt und nestelt an seinem Hosenstall. Ich bin ein prüdes Einzelkind, das ohne Brüder und mit einem eigenen Badezimmer aufgewachsen ist, ich kann unmöglich im selben Raum mit einem Typen bleiben, der gerade pinkelt. Außerdem würde ein Typ, der noch vorhat, ein Mädchen zu küssen, doch bestimmt nicht in ihrem Beisein pinkeln, weshalb sich meine Vision, am Ende des Abends mit Owen im Bett zu landen, noch einen weiteren Schritt aus dem Bereich des Möglichen entfernt. Vielleicht ist Owen aber auch bloß ein so sehr von sich selbst überzeugter Macho, dass er kein Problem darin sieht, im Beisein eines Mädchens zu pinkeln, das er später noch küssen will.

Ich verlasse also eilig das Bad, weiß aber schon nach fünf Schritten nicht mehr weiter. Diesmal erkenne ich jedoch ein vertrautes Gesicht, das mir aus der Klemme hilft. Alex steht gerade in der Küche und verstaut das Bier im Kühlschrank. Ich halte mich in seiner Nähe, mein Misstrauen ihm gegenüber hat sich in Luft aufgelöst. Jetzt ist er plötzlich mein Sicherheitsnetz, meine Rettungsweste, meine »Ich lass dich heute nicht mehr aus den Klauen«-Partybekanntschaft.

»Was hast du eigentlich die ganze Zeit im Bad gemacht?«, fragt er, als er mich entdeckt.

Was ist denn das für eine unverschämte Frage?

»Hab ich doch gesagt: in Ruhe telefoniert.«

»Du hast dich nicht zufällig dort versteckt?«

»Ganz sicher nicht.«

»Sah aber schon sehr nach Verstecken aus.«

»Wars aber nicht.«

»Gut.« Er schiebt die letzten Bierflaschen in den Kühlschrank und winkt jemandem am anderen Ende der Küche zu.

Owen kommt aus dem Bad und fährt sich mit einer Geste durchs Haar, der man ansieht, wie toll er es findet. Schon ein komisches Gefühl, jemanden anzusehen, der wahrscheinlich furchtbar eitel ist und außerdem gerade in deinem Beisein gepinkelt hat, und ihn trotzdem attraktiv zu finden.

»Na, amüsierst du dich?«, fragt er mich.

»Klar«, antworte ich.

»Cool«, sagt er, während er über meine Schulter hinweg schon nach interessanteren Leuten Ausschau hält.

Mir klopft das Herz. Was passiert jetzt? Unterhalten wir uns noch weiter? Owen geht rüber ins Wohnzimmer.

Ich folge ihm, bleibe aber im Hintergrund stehen. In einer Ecke ist noch ein Stuhl frei, da setze ich mich hin und lächele freundlich in die Runde, auf der Suche nach Blickkontakt und einer passenden Gesprächseröffnung. Es ergibt sich aber weder das eine noch das andere, zumal mein Stuhl auf einer Seite von einem Regal verdeckt wird, sodass mich die meisten Leuten im Raum gar nicht sehen können.

Ich hole mein Handy raus und tue so, als würde ich eine Nachricht tippen. Ich google nach den »Zehn besten Tipps, um ein Partygespräch anzufangen« und scrolle mich dann durch Empfehlungen wie: mich mit einem festen, aber nicht zu festen Händedruck einführen (ich kenne mich ja nicht aus, aber diese Party sieht wirklich nicht danach aus, als würde man sich hier mit Handschlag begrüßen), verbindliche Fragen stellen (wobei unklar bleibt, was eine verbindliche Frage von einer unverbindlichen unterscheidet) und an den passenden Stellen lächeln oder lachen (woraufhin es bei mir gleich wieder losrattert. *Vielleicht habe ich ja mein Leben lang immer an den falschen Stellen gelacht oder gelächelt und es bloß nie bemerkt?*).

Meine Handybatterie zeigt nur noch 30 Prozent an, also packe ich es widerwillig weg. Oder gibt es hier im Haus vielleicht irgendwo ein Ladekabel? Könnte doch ein guter Aufhänger sein, ich muss nur rauskriegen, wer Benny ist, und ihn nach einem Ladekabel fragen, vielleicht ergibt sich dann ja ein Gespräch und ich stelle ihm einen Haufen so richtig verbindlicher Fragen und wir verstehen uns blendend. Vielleicht werden wir ja sogar ein Paar.

Ich gehe in die Küche zurück. Jemand hat Cola auf dem Tresen verschüttet, also hole ich einen Lappen und wische sie auf. Dann werfe ich ein paar leere Bierflaschen in den Mülleimer und nehme gerade die Berge von dreckigem Geschirr in Augenschein, als Alex in die Küche kommt.

»Machst du hier etwa sauber?« Er lacht.

»Ich hab nur ein bisschen verschüttete Cola aufgewischt«, sage ich.

Er hört auf zu lachen. »Ist wirklich alles in Ordnung?«

»Ja.«

»Du musst hier nicht bleiben, das weißt du, oder?« Er setzt sich auf den Tresen, den ich eben abgewischt habe, und ich versuche, mich nicht darüber zu ärgern.

»Wie meinst du das?«

»Partys sind doch eigentlich nicht so dein Ding.«

»Und woher willst du das wissen?«

»Von dir selbst.«

»Kann nicht sein.«

»Kann wohl sein. Vor ein paar Monaten hast du mal gesagt, du kannst Partys nicht leiden und die meisten Leute auch nicht.«

Klingt durchaus wie etwas, das ich gesagt haben könnte. Und irgendwie stimmt es ja auch, aber gleichzeitig ist es natürlich eine wunderbar bequeme Ausrede für jeden, der Angst hat, aus dem Haus zugehen. Nicht umsonst freue ich mich über jeden Test im Internet, der mir bestätigt, dass ich introvertiert bin, als hätte ich damit die schriftliche Erlaubnis, mich vor allem und jedem zu drücken. Wer introvertiert ist, muss sich erst gar nicht bemühen, leite ich immer gern daraus ab.

»Dann hab ich meine Meinung halt inzwischen geändert«, sage ich.

»Wirklich?«

»Ja. Jetzt finde ich Partys toll. Und Leute auch«, sage ich mit betont munterer Stimme.

»Und woher dieser plötzliche Sinneswandel?«

»Ich hab mir vorgenommen, ein bisschen aufgeschlossener zu werden. Mein guter Vorsatz fürs neue Jahr«, sage ich. Was nicht stimmt. Meine wahren Neujahrsvorsätze bestehen darin, endlich zu lernen Eyeliner bei mir selbst aufzutragen, hundert Bücher zu lesen und all meine Probleme (physischer, emotionaler und mentaler Natur) in den Griff zu kriegen, bevor die Uni anfängt.

»Silvester ist aber erst in vier Tagen«, sagt er, lächelt und nimmt etwas mit mir auf, was in den »Zehn besten Tipps, um ein Partygespräch anzufangen« vermutlich als »intensiver Blickkontakt« bezeichnet würde.

»Ich bin halt früh dran«, sage ich und versuche, seinem Blick standzuhalten, obwohl mein Herz wie wahnsinnig pocht.

»Clever«, sagt er.

Dann hört er auf zu lächeln und sein Blick wandert zu jemandem, der hinter mir steht. Ich drehe mich um und sehe Vanessa Nguyen, seine Ex. Sie war auch auf meiner Schule, ein Jahr über mir. Jetzt studiert sie Kunst am Victorian College of Arts, hat ein Nasenpiercing und ein Vogel-Tattoo auf dem Handgelenk und ist cooler, als ich es selbst in meinen kühnsten Träumen je sein könnte. Sie und Alex hatten während der gesamten Highschool-Zeit eine On-off-Beziehung.

»Hey, Ness«, sagt Alex ziemlich angespannt. Ich schließe daraus, dass er sie immer noch liebt.

»Hi, Vanessa«, sage ich, um Alex zu beweisen, was für ein Menschenfreund ich geworden bin.

»Hi«, antwortet sie, leicht verunsichert. Ich komme ihr vermutlich irgendwie bekannt vor, aber sie weiß nicht genau, woher.

»Wie gehts?«, fragt sie, an Alex gewandt.

Eigentlich sollte ich jetzt gehen, damit die beiden ihr krampfiges Gespräch ohne Zeugen weiterführen können, aber ich weiß nicht, wohin, und außerdem war ich als Erste hier.

»Ganz gut, und dir?«

»Viel zu tun. Du weißt schon.«

»Klar. Arbeitest du immer noch in dieser Bar?«

»Nee, hab gekündigt.«

»Gott sei Dank, der Chef war doch ein ziemlich schmieriger Typ.«

»Stimmt, der war echt schlimm. Aber woher kennt ihr beide euch eigentlich?«

Ich brauche ein paar Sekunden, um zu begreifen, dass sie mich und Alex meint. Komische Frage – als wären Alex und ich zusammen hierhergekommen.

Ich lache nervös.

»Natalie ist mit Zach befreundet. Eigentlich müsstest du sie bei uns schon mal gesehen haben«, antwortet Alex.

»Ach ja, du kamst mir doch auch gleich so bekannt vor.«

Ich weiß nicht, was ich darauf sagen soll – vielleicht, dass wir auch auf derselben Schule waren? –, deshalb bleibe ich lieber bei meinem Markenzeichen und sage nichts.

»Tja, ich muss jetzt erst mal Jacqui begrüßen. Wir sehen uns noch«, sagt Vanessa, berührt Alex leicht am Arm und verschwindet.

Sobald sie außer Hörweite ist, seufzt Alex tief auf.

Ich stemme mich neben ihn hoch auf den Küchentresen. »Seid ihr noch befreundet?«, frage ich.

»Nicht so richtig. Oder doch, schon, aber auf etwas seltsame Art«, sagt er.

»Das tut mir leid.«

»Was tut dir leid?«

»Na, dass es dich so traurig macht, sie zu sehen.«

»Ich bin nicht traurig. Ich bin nur …« Er zögert und ich hebe die Augenbrauen.

Trotzig verschränkt er die Arme, sagt dann aber doch: »Na gut, vielleicht macht es mich doch ein winziges bisschen traurig, wenn ich sie sehe.«

»Ist ja blöd.«

»Aber nicht, weil ich wieder mit ihr zusammen sein will. Das ist es nicht. Ich will bloß ... Ach, ich weiß nicht. Komische Sache.«

Er wippt nervös mit dem Bein und unwillkürlich lege ich ihm die Hand aufs Knie, damit er aufhört. Erst als ich die Hand wieder wegnehme, wird mir klar, dass ich ihn vorher noch nie berührt habe, und plötzlich macht mich diese vertrauliche Geste verlegen.

Er schaut mich an, als würde er genau dasselbe denken, was das Noch-nie-berührt-Haben angeht.

»Zach wippt auch oft so rum, das macht mich immer wahnsinnig«, sage ich hastig, in dem plötzlichen Drang, mich erklären zu müssen.

»Muss genetisch bedingt sein«, erwidert Alex. Jetzt lächelt er wieder.

»Oder er hat es sich bei dir abgeguckt.«

»Wie beängstigend. Wenn ich mir vorstelle, was er sich sonst noch alles von mir abgeguckt haben könnte.«

»Was ist das Beste daran, drei Brüder zu haben?«, frage ich ihn, zum einen, weil mir das wie eine verbindliche Frage erscheint, zum anderen aber auch, weil ich immer völlig paranoid bin, was ich ohne Geschwister vielleicht alles verpasst habe. Als könnte es eine ganz andere Natalie geben, eine bessere natürlich, wenn sie bloß eine ältere Schwester zum Vorbild gehabt hätte, oder einen jüngeren Bruder, der bewundernd zu ihr aufschaut.

Alex verzieht das Gesicht.

»Na los, mir zuliebe. Ich bin Einzelkind«, sage ich.

»Nie allein zu sein.«

»Und was ist das Schlimmste?« Ich werde langsam richtig gut mit diesen Fragen.

»Nie allein zu sein.«

»Hah!«

»Manchmal beanspruchen sie so viel Raum in meinem Leben, dass ich Angst habe, der Platz könnte für andere Leute, die ich mag, einfach nicht mehr reichen. Und ich mache mir Sorgen um sie. Zach kommt schon klar, der ist clever und er hat dich und Lucy, aber ich glaube, Anthony wird gerade ein bisschen gemobbt, und Glenn hält sich für unbesiegbar, den muss man, wenn er größer wird, sicher mal ein bisschen bremsen.« Er unterbricht sich, offenbar selbst von seiner Gesprächigkeit überrascht.

Ich habe ihn noch nie so reden hören. Und ich habe ihn auch noch nie von so Nahem gesehen. Wenn er lächelt, legt sich die Haut um seine Augen in lauter kleine Fältchen. Und er hat buschige Augenbrauen, genau wie Zach, bevor Lucy angefangen hat, sie ihm zu zupfen.

»Meine Eltern haben sich getrennt«, sage ich.

Keine Ahnung, wo das jetzt auf einmal herkommt.

»Ich weiß. Ich hab gehört, wie Zach und Lucy darüber gesprochen haben. Sehr schade, finde ich. Ich hab deine Eltern immer für ein nettes Paar gehalten.«

»Kennst du sie denn?«

»Nein, aber meine Mutter erzählt immer so viel von dir und von ihnen, dass es mir fast so vorkommt.«

»Es ist ja auch keine schlimme Trennung, wo man sich anbrüllt und über Geld streitet oder so was. Alles völlig entspannt«, sage ich.

»Ist doch gut.«

»Und ich bin ja schon achtzehn, also muss auch keiner mehr ums Sorgerecht kämpfen oder so.«

»Macht die Sache sicher um einiges leichter.«

»Und mir gehts eigentlich auch richtig gut damit.«

»Klingt doch perfekt.«

»Genau, das ist es auch: Meine Eltern haben die perfekte Scheidung.« Eigentlich will ich ein reifes, ironisches Lachen ausstoßen, aber heraus kommt eher so ein schluckaufartiges Schluchzen. Erschrocken schlage ich die Hand vor den Mund, während mir schon die Tränen in den Augen brennen. Dabei weine ich eigentlich nie. Schon gar nicht in der Öffentlichkeit. Nicht mal, als ein Typ in der Bahn ziemlich laut zu mir gesagt hat: »Du hast da was im Gesicht«, und alle mich angestarrt haben. Ich habe mir ins Gesicht gefasst, weil ich dachte, vielleicht klebt da noch ein Rest Erdnussbutter oder so, aber dann hat er gesagt: »Ach, das ist ein Pickel, das sah im ersten Moment wie was anderes aus.« Dabei hatte ich an dem Morgen exakt 37 Minuten vor dem Spiegel verbracht und meine frühere Bahn verpasst, um meine Abdeckcreme so perfekt aufzutragen, dass ich der Meinung war, meine Haut sähe zur Abwechslung mal ganz gut aus.

Von daher werde ich wohl nicht ausgerechnet auf dieser Party mit dem Heulen in der Öffentlichkeit anfangen.

»Hey.« Alex legt mir die Hand auf den Arm. Er wirkt ein bisschen erschrocken. Vielleicht hat er Angst, dass er jetzt den ganzen Abend die plärrende Freundin seines kleinen Bruders an der Backe hat.

Jetzt weine ich doch. Ich lege die Hände vors Gesicht, um die Tränen abzufangen, die sich aus meinen Augen stehlen.

»Alles gut«, sage ich und versuche verzweifelt, auch so zu klingen.

Was ist eigentlich hier los? Ich habe nicht mal geweint, als sie's mir erzählt haben. Bestimmt liegt es an dem Wort *Scheidung*. Das habe ich bisher noch nie laut ausgesprochen, obwohl es mir ständig durch den Kopf geht, denn darauf läuft ja letztlich alles hinaus.

Alex' Hand liegt immer noch auf meinem Arm. Er beugt sich vor und sagt flüsternd: »Du weißt das vielleicht noch nicht, aber auf Partys soll man eigentlich nicht weinen.«

Ich muss ein bisschen lachen.

»Ich wein doch gar nicht.« Ich wische mir über die Wangen und atme tief durch. *Reiß dich zusammen.* Wenn ich weine, wird meine Nase immer ganz rot und geschwollen und tropft wie ein Wasserhahn. Meine Augen röten sich und ich kriege sofort Kopfschmerzen. Weinen hat keinerlei heilsame Wirkung auf mich.

»Schon klar, ich sags ja auch nur so, für alle Fälle.«

Seine Hand liegt noch immer auf meinem Arm, und ich will nicht, dass er sie wegnimmt. Wenn ich mich auf diesen Gedanken konzentriere, kann ich besser aufhören zu weinen, weil das so ein nagelneues Gefühl ist, direkt aus dem Moment heraus.

Ich kenne Alex jetzt schon seit Jahren und habe bisher nicht mal die leiseste Anziehung verspürt. Glaube ich jedenfalls. Er hat Haare auf der Brust (ich hab mal gesehen, wie er nur mit einem Handtuch um die Hüften aus dem Bad gekommen ist). Er ist Fußballfan. Nachmittags um fünf hat er schon wieder einen Bartschatten, und manchmal sogar einen Stoppelbart. Er ist ein Jahr älter als ich. Er ist nicht groß. Er geht gern auf Partys. Ich habe ihn noch nie mit einem Buch in der Hand gesehen, geschweige denn eins lesend. Er ist ganz anders als Zach. Lauter Eigenschaften, die ich bislang als für mich problematisch betrachtet hätte.

Ich starre auf den Boden, nicht nur bis das Weinen aufhört, sondern bis ich nicht mal mehr ein Bedürfnis danach verspüre, erst dann hebe ich den Blick. Alex lässt meinen Arm los, und am liebsten würde ich gleich wieder losheulen, nur damit er ihn wieder hinlegt.

»Ist meine Wimperntusche verschmiert?«, frage ich ihn. Sosehr ich es auch hasse, wenn man mir ins Gesicht schaut, muss ich jetzt doch dringend wissen, wie's da aussieht.

»Nein.«

»Du hast doch gar nicht richtig hingesehen.«

Er kommt ganz nah an mich heran. »Keine verschmierte Wimperntusche.«

Unsere Blicke begegnen sich ziemlich lange (okay, vermutlich nur ein oder zwei Sekunden, was für mich schon eine Ewigkeit ist), und ich fühle mich schutzlos und lächerlich wegen meiner bestimmt noch roten Nase und meiner unreinen Haut, aber ich will auch nicht wegschauen.

»Und was hast du sonst noch so für Partyweisheiten auf Lager?«, frage ich schließlich.

»Na ja, auf jeder Party gibts einen Typen, der als Erster betrunken ist und sich dann vor allen anderen blamiert. Und ein Pärchen, das seinen Streit immer öffentlich austragen muss. Und einen Besserwisser, der allen auf die Nerven geht.«

»Und wer wird heute diese Rollen übernehmen?«

»Der Besoffene, der sich vor allen blamiert, ist ...« – Alex zögert und wirft dann einen Blick durchs Küchenfenster – »Benny ... da, in dem roten T-Shirt.«

Der Typ, auf den er zeigt, balanciert einen Plastikeimer auf dem Kopf und brüllt gerade mit völlig verzückter Miene: »Und jetzt noch Wasser rein!« Das ist also Benny. Benny und ich werden mit Sicherheit kein Paar.

»Ja, das kann ich mir vorstellen«, sage ich.

»Und das streitende Pärchen?« Alex lässt den Blick durch den Garten schweifen und schüttelt dann den Kopf. »Die müssen im Wohnzimmer sein. Du erkennst sie sofort, wenn du sie siehst. Annika hat rote Haare und Jes trägt eine schwarze Röhrenjeans, und beide sind immer ziemlich laut.«

»Ich glaub, die sind mir vorhin schon mal aufgefallen. Da haben sie sich gerade darüber gestritten, ob einer dem anderen ein Weihnachtsgeschenk zurückgeben darf.«

»Mit so was fängt der Streit meist an, endet dann aber jedes Mal bei dieser Geschichte, wie sie vor einer Weile beide fremdgegangen sind, in derselben Nacht.«

»Oh, wow.«

»Mit derselben Person«, fügt Alex hinzu.

»Klingt kompliziert.«

»Und der Besserwisser – das ist leicht.«

»Lass mich raten.« Ich schaue in den Garten hinaus.

»Der«, sage ich und zeige auf einen Typen, der in einer Hand ein Bier hält und mit der anderen wild gestikuliert. Auf seinem T-Shirt steht *Anarchie*.

»Bingo. Großer Fan von Verschwörungstheorien, politischen Debatten und der Unart, anderen Leuten ungefragt zu erzählen, dass die Musik, die sie hören, scheiße ist.«

»Klingt ja sympathisch«, sage ich. Wir lächeln uns an und Alex will noch irgendwas hinzufügen, als wir Owens Stimme von draußen hören.

»He, Alex und Natalie!«

Wir drehen uns zu ihm um und ich springe vom Tresen. Ich habe ein bisschen weiche Knie.

»Kommt mit raus«, sagt Owen. Und plötzlich, einfach so, gehöre auch ich zu dieser Party.

Wir gehen in den Garten und nehmen auf wackeligen Klappstühlen Platz. Ringsherum wird über die Existenz von Aliens diskutiert und über die beste Methode, ein Croissant zu essen. Allmählich entspanne ich mich, bis ich irgendwann kaum noch glauben kann, dass ich mich zu Beginn dieses Abends im Badezimmer versteckt habe. Mich erfasst ein fast schon wehmütiges Mitleid mit der erbärmlichen Person, die ich noch vor einer Stunde war – was für eine Niete! Jetzt bin ich eine Göttin auf einem klapprigen Campingstuhl, die so tut, als würde sie ein Bier trinken.

# 5

# Ich hab noch nie

Ich bin seit ungefähr zwanzig Minuten draußen, schalte mich ab und zu mal in die Gespräche um mich herum ein und sehe zu, wie Owen immer lauter und betrunkener wird. Einmal dreht er sich zu mir um und zwinkert mir zu. Ich tue so, als hätte ich es nicht bemerkt, weil ich nichts auf Erden peinlicher finde, als wenn mir jemand zuzwinkert.

Alex kümmert sich um mich, fragt, ob ich noch was zu trinken brauche und ob mir kalt ist, und beide Male schüttele ich lächelnd den Kopf.

Irgendwann kommt dann die Idee auf, ein Trinkspiel zu spielen. Bei so was war ich noch nie dabei, deshalb bin ich sehr gespannt und mache es mir mit gekreuzten Beinen auf meinem Stuhl bequem. Ich fühle mich wie eine Anthropologin.

Das Spiel der Wahl heißt *Ich hab noch nie*. Reihum muss jeder irgendetwas benennen, was er oder sie noch nie gemacht hat, und alle, die das selbst aber schon mal gemacht haben, müssen trinken. (Wobei es erst noch längere Diskussionen und Google-Recherchen wegen der Spielregeln gibt, weil einige der Meinung sind, es sei genau umgekehrt: Nur diejenigen, die das Genannte auch *noch nie* gemacht haben, müssten trinken, und alle halten ihre Version natürlich für die einzig richtige.)

»Ich hab noch nie ... bei meinen Eltern in den Vorgarten gekotzt.«

»Ich hab noch nie ... mehr als fünf Personen an einem Abend geküsst.«

»Ich hab noch nie … mit Freunden einen Pornofilm geguckt.«

»Ich bin noch nie … nackt auf einem fremden Sofa eingeschlafen.«

Erwartungsgemäß geht es bei den meisten Fragen um Sex oder Alkohol, und nach jeder Frage wird mit viel Gejohle und Gelächter kommentiert, wer getrunken hat und wer nicht. Ich stelle meine Bierflasche ab, damit allen klar ist, dass ich nur zuschaue und nicht mitmache. Ehrlich gesagt wird mir die Sache auch bald schon langweilig, aber gerade als ich mir im Stillen wünsche, meine Handybatterie wäre noch etwas voller, tippt Owen mir auf den Arm.

»Du bist dran.«

»Womit?«

»Mit *Ich hab noch nie …*«

»Oh, Mist.«

Alle sehen mich an. Vanessa hebt eine Augenbraue (natürlich perfekt geformt, sie hat Augenbrauen, die man auf ihre Perfektheit hin untersuchen sollte). Alex lächelt mich ein bisschen mitleidig an, so nach dem Motto *Ich weiß, dass du das jetzt nicht hinkriegst, aber ist schon okay.*

Und tatsächlich fällt mir absolut nichts ein, was ich sagen könnte. *Denk nach, denk nach, denk nach.* Oder hör einfach auf zu denken und sag irgendwas.

»Ich hab noch nie … Flaschendrehen gespielt.« Keine Ahnung, warum mir aus meinem gesamten Vokabular ausgerechnet dieses Wort in den Sinn gekommen ist. Einen Moment lang wird es still, und ich bin schon drauf und dran, einfach aufzuspringen und wegzurennen, in die Nacht hinaus. Spielt man heute überhaupt noch Flaschendrehen? Hat man das je wirklich gespielt? Oder gibts das nur in irgendwelchen 90er-Jahre-Filmen? Vielleicht sogar nur in meinem Kopf?

Keiner trinkt.

»Wie jetzt? Hat hier noch nie jemand Flaschendrehen gespielt?«, brüllt Owen. Offenbar ist er schon so betrunken, dass bei ihm nur noch volle Lautstärke geht.

Alle sehen sich an und schütteln den Kopf.

»Dann spielen wir das jetzt«, sagt ein Mädchen, das, glaube ich, Lana heißt. Oder Petra?

Und dann wird *Ich hab noch nie* kurzerhand abgebrochen und eine leere Flasche in der Mitte unseres Kreises auf den Boden gelegt.

»Moment mal, muss man sich hier vor allen küssen oder darf man irgendwo hingehen, wo's dunkel ist?«, fragt ein Junge namens Raj.

»Du verwechselst das wohl mit *Sieben Minuten im Himmel*«, sagt Vanessa.

»Hat das etwa auch noch keiner von euch gespielt?«, dröhnt Owen.

»Nee«, sagt Raj.

»Dann kombinieren wir die beiden. Wir spielen Flaschendrehen und die beiden, die sich gefunden haben, müssen für eine Minute da vorn um die Ecke gehen«, sagt Lana/Petra und zeigt auf einen dunklen, schmalen Gang an der Seite des Hauses.

»Was kann man in einer Minute denn schon groß machen?«, fragt Benny.

Es gibt eine Menge Gelächter und Sticheleien darüber, was man in einer Minute alles machen kann. Ich kann kaum fassen, wie schnell ich von einer Katastrophe (mein vollständiges Versagen bei einem Trinkspiel) in die nächste (mein baldiges vollständiges Versagen bei einem Kuss-Spiel) geschlittert bin.

Unauffällig rutsche ich mit meinem Stuhl etwas näher an Owen heran, damit man schwerer unterscheiden kann, ob die Flasche auf ihn oder auf mich zeigt, denn dann werden alle wollen, dass sie auf ihn zeigt, und ich kann ihm höflich den Vortritt lassen.

Ich will dieses Spiel nicht spielen.

Ich will das so wenig, dass ich schon mein Handy raushole, meine Kontakte aufrufe und den Finger über »Mum« schweben lasse. Aber dann stelle ich mir vor, wie ich meinem Kind später mal erklären muss: »Nein, mein Schatz, Flaschendrehen habe ich auch noch nie gespielt, weil ich damals, noch bevor es losging, fluchtartig von der Party verschwunden bin«, und wie mein Kind sich dann zutiefst enttäuscht von mir abwendet. Also bleibe ich jetzt hier sitzen, damit ich mein zukünftiges, rein hypothetisches Kind nicht mit meiner mangelnden Lebenserfahrung enttäuschen muss, was ein ebenso guter Grund zum Bleiben ist wie jeder andere auch.

Und lieber Gott, es ist doch auch nur *eine* Minute! Niemand wird mich zu irgendwas zwingen. Ich wette, bei den anderen wird auch nicht allzu viel passieren.

Ich sehe, wie jetzt alle unauffällig in die Runde schauen und sich überlegen, mit wem sie gern um die Ecke gehen würden, mit wem es noch ganz okay wäre und mit wem sie das definitiv nicht wollen. Die Kehrseite davon, jemanden nicht haben zu wollen, ist natürlich die Sorge, jemanden haben zu wollen, der mich dann aber nicht will.

Ein mir unbekanntes Mädchen dreht als Erste die Flasche, die am Ende auf Owen zeigt. Alle jubeln. Die beiden gehen zusammen weg und eins der Handys startet den Countdown. Wir warten schweigend, und nach zwanzig Sekunden ist die Sache schon erstaunlich langweilig. Sieben Minuten im Himmel müssen sich ja ganz schön hinziehen. Alle zählen die letzten zehn Sekunden runter und johlen wieder, als die beiden zurückkommen, Owen mit einem widerlich selbstgefälligen Grinsen im Gesicht. Die beiden setzen sich in den Kreis zurück und die Flasche wird erneut gedreht. Ich bin so nervös, dass ich an dem Bier in meiner Hand nippe, obwohl ich den Geschmack von Bier total eklig finde und es kaum runterkriege, ohne zu würgen, und dann bin ich gestresst, weil ich denke, dass mein Atem jetzt nach Bier riecht.

Das Spiel geht noch durch mehrere Runden. Bei genauerem Hinsehen ist das ein völlig hirnrissiges und auch diskriminierendes Spiel, einzig auf das Vergnügen heterosexueller Typen ausgerichtet. Ich weiß nicht, wer hier schwul, hetero-, bi- oder asexuell ist, aber als ein Junge die Flasche dreht und sie auf einen anderen Jungen zeigt, dreht er einfach noch mal. Für einen Hetero sicher völlig okay, aber trotzdem. Wer homosexuell ist und sich noch nicht geoutet hat, muss das entweder hier und jetzt tun oder stillschweigend einen Kuss vom anderen Geschlecht ertragen.

Während ich mich allmählich in einen Zustand hineinsteigere, wo ich nicht nur das Spiel, sondern auch noch die ganze Welt bescheuert finde, und mich schon schäme, es überhaupt erwähnt zu haben, dreht ein Mädchen wieder die Flasche, und sie bleibt bei Alex liegen. Lachend gehen die beiden zusammen weg. Alex wirkt völlig entspannt und mein Magen verkrampft sich. *Ich will nicht, dass er sie küsst.* Der Gedanke schießt mir durch den Kopf, ehe ich es verhindern kann.

Wir zählen die letzten zehn Sekunden runter, alle schon ziemlich lustlos, und die beiden kommen lächelnd zurück.

»Okay, mir reicht's allmählich«, sagt Raj, während Alex schon nach der Flasche greift und sie herumwirbeln lässt. Sie dreht sich ein paarmal, wird langsamer und bleibt dann zwischen mir und Owen liegen.

»Genau auf der Grenze. Dreh noch mal«, sagt Lana/Petra.

»Nee, die ist doch eindeutig bei ihr«, sagt ein Typ und zeigt auf mich.

Alle starren mich an, und ich will schon sagen, dass wir lieber aufhören sollten, aber dann schlucke ich nur schwer, erhebe mich wortlos und folge Alex, der schon wieder um die Ecke biegt.

Ich zittere und meine Knie sind ganz weich.

Der Gang, der zwischen dem Haus und einem hohen Holzzaun verläuft, ist etwa einen Meter breit, ziemlich dunkel und voller Spinnweben. Weiter hinten steht etwas, das wie eine kaputte Harke aussieht, daneben ein alter Besen und ein Haufen Ziegel. Das Ambiente ist entschieden unromantisch. Alex lehnt sich an den Zaun und ich mich, ihm gegenüber, an die Hauswand, sodass sich unsere Füße fast berühren. Hoffentlich sind meine Haare nicht gleich voller Käfer und Spinnen.

»Ich hab Sarah nicht geküsst.«

»Wer ist Sarah?«

»Das Mädchen, mit dem ich gerade hier war.«

»Ach so, cool. Also, mir doch egal. Wir müssen uns auch nicht küssen. Ist ja klar.« Mein Gesicht fängt an zu glühen.

»Ich weiß.«

»Was für ein bescheuertes Spiel.«

»Du hast es doch selbst vorgeschlagen.«

»Ich habs nicht *vorgeschlagen*, sondern nur erwähnt.«

Dreißig Sekunden sind rum. Vierzig. Wir werden uns nicht küssen. Natürlich nicht. Hinterm Haus beginnt der Zehn-Sekunden-Countdown. Alex verlagert sein Gewicht und stößt dabei mit seinem Fuß gegen meinen. Schwer zu sagen, ob das Zufall oder Absicht ist.

»Drei – zwei – eins!«

Wir zögern beide. Dann drücke ich mich von der Hauswand ab und er sich vom Zaun, und plötzlich stehen wir uns Auge in Auge gegenüber, so dicht, dass wir uns fast berühren.

Er sieht aus, als wollte er etwas sagen, deshalb neige ich mich noch weiter zu ihm rüber. Er riecht unfassbar gut.

Aber er sagt nichts, sondern beugt sich nur runter und küsst mich sanft auf die Wange. Seine Lippen sind weich und seine Bartstoppeln kratzig.

Mir hämmert das Herz in der Brust.

»Hey, ihr zwei! Die Minute ist um.«

Alex wendet sich ab und geht los, und ich folge ihm zurück zu den anderen.

Vanessa starrt uns beide abwechselnd an, während wir uns in den Kreis zurücksetzen. Ich zittere ein bisschen, gebe mir aber alle Mühe, möglichst normal zu wirken.

Irgendwer hat die Flasche schon weggekickt, und alle wenden sich wieder anderen Dingen zu. Während der nächsten halben Stunde schaut Alex kein einziges Mal zu mir her – das weiß ich ganz sicher, weil ich ungefähr einmal pro Minute zu ihm rüberschiele. Vanessa dagegen scheint mich kaum noch aus den Augen zu lassen, denn ich ertappe sie mehrmals dabei, wie sie hastig wegschaut.

Um halb elf beschließe ich, nach Hause zu gehen. Seit dem Flaschendrehen habe ich kaum noch mit jemandem gesprochen, aber vielleicht sollte ich mich wenigstens noch von Owen verabschieden.

Ich bleibe in seiner Nähe stehen, aber er ist gerade sehr in ein Gespräch vertieft. Als er einmal kurz aufschaut, winke ich ihm zu, und er winkt zurück. Man weiß ja nie, was kommt, aber ich habe so eine Ahnung, als wäre das vorerst die letzte Kommunikation zwischen Owen Sinclair und mir. Eine Welle der Erleichterung spült über mich hinweg, als ich merke, dass mich dieser Gedanke völlig kaltlässt. *Es ist mir egal, was dieser heiße Typ von mir denkt.* Offenbar habe ich gerade einen der emotional stabilsten Momente meines bisherigen Lebens.

Ich bestelle ein Uber und erhalte die Nachricht, dass in zwei Minuten jemand kommt. Als ich durchs Wohnzimmer laufe, sehe ich, dass Alex mit einer Gruppe von Leuten zusammensitzt, zu der auch Vanessa gehört. Er schaut vom Sofa zu mir hoch.

»Hey«, sagt er lächelnd.

»Tschüss«, sage ich.

»Willst du schon gehen?«

Klang das enttäuscht? Überrascht? Erleichtert? Ich wünschte, Lucy wäre hier, um das für mich zu analysieren.

»Jepp«, sage ich.

Er steht auf und nimmt mich beiseite. »Wie kommst du denn nach Hause?«

»Uber.« Keine Ahnung, warum ich plötzlich nur noch Ein-Wort-Sätze hervorbringe.

Er runzelt die Stirn. »Ist das nicht zu gefährlich?«

»Bist du noch nie mit einem Wagen von Uber gefahren?«

»Doch, schon, aber …«

»Du meinst, für ein Mädchen allein?«

»Ja.«

»Das ist eine sexistische Frage.«

»Echt?«

»Ja klar.« Genau genommen weiß ich das gar nicht. Ich betrachte mich zwar als Feministin, habe mich aber noch nie eingehender damit beschäftigt. Ich finds schön, dass er so besorgt um mich ist, aber gleichzeitig nervt es mich auch total, wie ein Kleinkind behandelt zu werden, das nicht mal allein nach Hause fahren kann.

»Hier, ich geb dir meine Nummer, und du schickst mir kurz eine Nachricht, wenn du angekommen bist«, sagt Alex.

»Was? Nein!« Keine Ahnung, warum ich das sage, denn der Gedanke, mit ihm die Handynummern zu tauschen, lässt mein Herz schneller schlagen und die Hitze in meine Wangen steigen, und außerdem machen Lucy und ich das auch schon seit Jahren so. Aber irgendwie hat das Ganze so was Brüderliches. Ich will nicht, dass Alex mich als die weibliche Ausgabe von Zach betrachtet. Er soll an mich denken, wie er an Vanessa denkt, nur ohne den ganzen Ballast.

»Komm schon. Wenn meine Mutter hört, dass ich dich allein mit einem Wagen von Uber nach Hause geschickt hab, bekomme ich einen Riesenärger.« Das stimmt. Mariella predigt ihren Söhnen unablässig, wie man sich als Mann in dieser Welt zu verhalten hat, und eins ihrer Lieblingsthemen ist die Sicherheit von Frauen.

»Na gut.«

Ich gebe Alex mein Handy und er fügt sich als Kontakt hinzu. Dann reicht er es mir zurück und wir verabschieden uns. In seinem Blick liegt etwas, das ich nicht deuten kann, etwas ... Weiches. Warmes. Aber vielleicht bilde ich mir das auch bloß ein, oder es ist der Abglanz seines Wiedersehens mit Vanessa oder der Lampe in der Ecke.

Ich könnte alles zwischen uns als Produkt meiner Fantasie abtun, aber dieser Kuss auf die Wange ist *wirklich passiert.*

Draußen warte ich auf meinen Fahrer und schaue noch mal zum Haus zurück, falls Alex vielleicht hinter mir hergerannt kommt (in der Filmfassung meines Lebens rennt immer irgendwer hochdramatisch hinter mir her). Aber er tut es nicht, und dann kommt mein Wagen und ich steige ein.

Ich schreibe Mum eine SMS, dass ich gleich zu Hause bin.

Kurz darauf kommt eine von Dad: »Bist du noch auf der Party?« Bisher wohnen Dad und Mum noch unter einem Dach. Warum hat sie ihm dann nicht kurz Bescheid gesagt? Mir wird klar, dass das ein erster Ausblick auf ein Leben mit geschiedenen Helikopter-Eltern ist. Ab jetzt muss ich immer beide über jeden meiner Schritte informieren. Mir Lügen ausdenken, die bei beiden funktionieren, wenn ich wegen irgendwas lügen muss. Und immer aufpassen, dass ich sie in jeder Hinsicht gleich behandele, bis hin zu so einer dämlichen Textnachricht.

Vor unserem Haus steige ich aus, aber vorm Reingehen schicke ich Alex schnell noch ein *Bin gut angekommen*. Ich überlege, ob ich noch ein niedliches Emoji oder so was anhängen soll, lasse es dann aber, weil mir nichts einfällt, das die richtige Mischung aus »Ich bin witzig und süß, aber auch total entspannt, schließlich sind ganze Scharen von Männern und Frauen in mich verknallt, denen ich wahrscheinlich auch gerade eine Nachricht schreibe« rüberbringt. Er antwortet *Alles klar, dann bis bald*. Ich schreibe nichts mehr zurück, aber als ich später im Bett liege, lese ich die Nachricht immer wieder und denke mir Hunderte von Szenarien aus, was ich hätte antworten können und was er dann geantwortet hätte, und was dann vielleicht passiert wäre.

Und ich denke ständig an diesen Kuss. Auf. Die. Wange. (Alias »das erste romantische Ereignis meines Lebens«, falls es überhaupt romantisch war.)

An den Wangenkuss zu denken ist so ähnlich, wie auf einen blauen Fleck zu drücken, nur dass ich statt Schmerz jedes Mal eine Welle von Glück verspüre. Jetzt im Moment ist eigentlich die beste Phase – bevor ich enttäuscht werden kann, bevor ich rausfinde, dass Alex sich kein Stück für mich interessiert, bevor ich irgendwas vermasseln kann. Hier und jetzt ist noch alles möglich.

# 6

## Ein Haus voller Gryffindors

»Wie wars?«, fragt Zach.

»Jedes Detail«, fordert Lucy.

Am nächsten Tag liegen wir alle drei bei Zach auf der Terrasse, Lucy mit ihrem Kopf auf Zachs Brust, das Haar wie ein Fächer ausgebreitet. Es versetzt mir immer noch einen Stich in mein selbstsüchtiges Herz, wenn ich sie so entspannt auf ihm liegen sehe. Ich liebe sie beide so sehr, dass es total widersinnig ist, über ihr Glück auch nur im Geringsten unglücklich zu sein. Aber ich bin es nun mal, denn sie brauchen meine Liebe jetzt nicht mehr so sehr wie ich ihre, und das tut einfach weh.

Außerdem bin ich heute sowieso ein bisschen durch den Wind, weil ich jeden Moment damit rechne, Alex über den Weg zu laufen. Ich will gar nicht mit ihm reden, aber ich muss ihn unbedingt bei Tageslicht sehen, um meine Gefühle noch mal offziell zu überprüfen. Jeder weiß, dass man nächtlichen Gefühlen nicht wirklich trauen kann – und je später der Abend, desto unzuverlässiger sind sie. Alles, was man nach 22 Uhr empfindet, ist schon eher fragwürdig, und alles nach Mitternacht kann man dann getrost vergessen.

Heute Morgen habe ich mir die Haare gewaschen, meine Lieblingsjeans angezogen und ein Oberteil ausgewählt, das Lucy und ich »das Busenwunder« getauft haben, weil es, wie der Name schon nahelegt, mein Dekolleté höchst vorteilhaft aussehen lässt. Normalerweise hätte ich kaum einen Gedanken an mein Outfit verschwendet – das man ohnehin kaum als Outfit bezeichnen kann, weil ich meist nur irgendwelche Klamotten aus dem Schrank ziehe (oder vom Boden aufhebe) –, sondern hätte mir die Haare einfach ungewaschen zu einem zotteligen Dutt hochgesteckt und würde jeden Blick in den Spiegel vermeiden, weil ich manchmal in einen Teufelskreis aus Selbsthass gerate, wenn ich mir keine Mühe mit meinem Aussehen gebe und dann sehe, dass ich mir keine Mühe gebe, und dann erst mein Aussehen hasse und am Ende mich selbst, weil ich mir keine Mühe gegeben habe, und so geht das dann in einer endlosen, öden Abwärtsspirale weiter, sodass ich am Ende eine Menge Energie dafür aufgewendet habe, mir keine Mühe zu geben. Aber heute Morgen habe ich mir Mühe gegeben und etwas angezogen, worin ich mich gut fühle.

Lucy hat auch gleich beim Reinkommen gefragt, wieso ich das Busenwunder trage, aber ich habe nur die Achseln gezuckt und »Was anderes war nicht mehr sauber« geantwortet, ganz unschuldig, aber es war ihr anzusehen, dass sie mir nicht glaubt.

Die Sache ist nämlich die, dass mir meine Brüste ziemlich gut gefallen. Wenn ich nackt vorm Spiegel stehe, finde ich sie sogar richtig schön. Voll, angemessen straff und nur ganz leicht unterschiedlich in der Größe, was aber wohl, wie ich schon mindestens tausendmal im Internet recherchiert habe, ganz normal ist. Sollte ich jemals berühmt werden und ein renommierter Fotograf eine Reihe geschmackvoller Aktfotos in Schwarz-Weiß von mir machen, wären meine Brüste zweifellos das künstlerische Highlight. Oder sollte ich – in einem ebenso unwahrscheinlichen Szenario – jemals die Neigung verspüren, eine erotische Aufnahme von mir zu verschicken, wären meine Brüste dementsprechend das pornografische Highlight.

Auch den einzigen richtigen Kuss in meinem Leben verdanke ich mit ziemlicher Sicherheit meinen Brüsten. Das war beim Schulfest in der Elften, zu dem Lucy mich genötigt hatte – mit »genötigt« meine ich natürlich ganz viel positive Verstärkung, emotionalen Zuspruch und allgemeine Begeisterung – und bei dem sie mich dann den ganzen Abend beaufsichtigen musste, damit ich mich nicht heimlich aus dem Staub mache. Als das Fest dann seinem Ende zuging und alle, die noch niemanden geküsst hatten, Torschlusspanik bekamen und hektisch nach dem oder der Nächstbesten grapschten, war mein Dekolleté sicherlich der Hauptgrund, weshalb der Junge sich nach drei Sekunden Musterung dazu entschloss, seine Lippen auf meine zu pressen. Ich presste willig zurück, hatte mich die Tatsache, noch nie geküsst worden zu sein, doch schon schwer belastet – vergesst die Sache mit dem Noch-Jungfrau-Sein, ungeküsst zu sein ist ein noch viel schlimmeres Schicksal, erst recht für Leute mit unreiner Haut.

»Also?« Lucy greift nach der Chipstüte, mustert sie kurz und legt sie dann wieder weg. Das macht mir Sorgen, denn sie hat schon seit Wochen keinen richtigen Appetit, ein sicheres Zeichen dafür, dass sie von irgendwas gestresst ist (ich neige eher zur gegenteiligen Reaktion). Vor den Abschlussprüfungen haben Zach und ich sie regelmäßig mit Mahlzeiten versorgt, weil wir wussten, dass sie sonst höchstens mal an einem Apfel knabbern würde. Aber die Prüfungen sind längst vorbei. Sie hat die Noten erreicht, die sie haben wollte, und wird voraussichtlich auch den Studiengang bekommen, den sie haben will, aber es ist nicht zu übersehen, dass sie trotzdem noch den ganzen Druck mit sich herumschleppt wie einen vollgestopften Rucksack, den sie nicht mehr abnehmen kann.

»Also was?«, frage ich zurück.

»Wie wars denn nun auf der Party?«

»Ach, da gibts nicht viel zu erzählen. Ich bin hingefahren, hab ein bisschen abgehangen und bin dann wieder nach Hause gefahren.« Ich zucke die Achseln, als würde ich jedes Wochenende auf irgendwelchen Partys abhängen. *Keine große Sache.*

»Mach dich nicht lächerlich«, sagt Lucy. »Es gibt immer was zu erzählen. Fangen wir mit dem Wichtigsten an: Hast du Owen geküsst?«

»Oh Gott, nein. Das hätte ich ja wohl sofort erzählt.«

»Aber fast?«

»Auch nicht.«

»Sonstiger Körperkontakt?«

»Keiner.«

»Bedeutungsvolle Blicke?«

»Nicht wirklich.«

»Aber miteinander gesprochen habt ihr doch wohl?«

Lucy kann Leute gut in die Mangel nehmen, das hat sie sich von ihrer Mutter abgeschaut: ein Hagel aus blitzschnell abgefeuerten Fragen – wie der Tag war, ob es Hausaufgaben gab, wie die Rückfahrt war, der Fußweg nach Hause, der letzte Gedanke vorm Öffnen der Haustür. Ich fürchte, die beiden betrachten das als eine Art Training für Lucys zukünftige Anwaltstätigkeit.

»Auch nicht so richtig.«

»Gabs überhaupt irgendwelchen Kontakt?«

»Ein bisschen. Er hat ›Hallo‹ gesagt und gefragt, ob ich mich amüsiere. Ich hab ›Ja‹ gesagt. Ach, und er hat vor meinen Augen gepinkelt.«

»Er hat *was*?«, ruft Zach und seine Stimme ist fast schon ein Jaulen.

»Na ja, höchstens eine Sekunde lang. Er hat sich an die Kloschüssel gestellt und ich hab nicht schnell genug weggeschaut.«

»Wieso warst du überhaupt mit Owen im Bad?«, fragt Lucy mit der gleichen sanften Stimme wie Miss Bennett, die Sozialarbeiterin an unserer Schule, als sie mir das Geständnis entlocken wollte, *ich* hätte den gebrauchten Tampon am Balkongeländer aufgehängt. (Das Tampon-Rätsel, wie es seither genannt wird, blieb ungelöst, aber alle waren sich ziemlich sicher, dass es Marley gewesen sein musste, eine Mitschülerin, die ständig solche ekligen, anstößigen Sachen machte und immer mindestens drei widerliche Videos auf ihrem Handy gespeichert hatte, die sie einem jederzeit vorführen konnte.)

»Er kam rein und ich wollte gerade raus ... ach, vergesst es einfach.«

»Wie soll ich das denn vergessen?«, ruft Lucy.

»Hättest du ihn denn gern geküsst?«, fragt Zach.

»Im Badezimmer?«

»Egal, wo.«

»Nee.«

Ich habe den Verdacht, dass sie mir nicht glauben.

»Heute muss man dir aber auch jedes Wort aus der Nase ziehen«, sagt Lucy und seufzt theatralisch.

So erstaunlich es ist, aber Lucy interessiert sich wirklich ernsthaft für mein Leben. Schon seit unserer ersten Begegnung wollte sie immer alles wissen, was bei mir so passiert. Deshalb gebe ich mir auch meist ein bisschen Mühe, damit sich das Zuhören für sie lohnt, und versuche, eine Geschichte daraus zu machen. Da ich ja sonst nicht viel erlebe, würde mir so eine Party – zumal ich auch noch *ganz allein* dort war – normalerweise für mindestens eine Woche Gesprächsstoff bieten, bis ich dann jedes Wort und jede Geste bis ins Detail analysiert hätte. Deshalb haben Lucy und Zach bestimmt damit gerechnet, dass ich sie den ganzen Abend per Liveticker auf dem Laufenden halte, garniert mit ein paar aussagekräftigen Videos. Insofern ist meine lustlose Schilderung fast schon unverzeihlich.

Ich fange also noch mal von vorne an und liefere einen ausführlichen chronologischen Abriss des Abends, schmücke meine Flucht ins Badezimmer, die sie lustig finden, noch ein bisschen aus und komme auch noch mal auf das Pinkel-Erlebnis mit Owen zurück, bei dem Lucy gleich mehrmals wissen will, was *genau* ich denn eigentlich gesehen hätte, nur die Episode mit dem Flaschendrehen lasse ich lieber aus. Zum einen, weil Lucy sicher sofort ihren Laserblick darauf richten wird, zum anderen, weil Zach vielleicht komisch reagiert, wenn er hört, dass ich mit Alex um die Ecke gegangen bin.

Denn falls das bisher noch nicht klar geworden sein sollte: Lucy und Zach sind mein Ein und Alles. Ich habe sie beide bei einem Schreibcamp kennengelernt, als ich fünfzehn war. Jede Oberschule in unserer Gegend sollte zwei Zehntklässler für dieses dreitägige

Camp in der Wildnis auswählen, mit Workshops, unter anderem zum Thema Kreativität, Buchbesprechungen und Zeit zum Schreiben. Für mich klang das alles absolut traumhaft, sogar der Teil mit der Wildnis, obwohl ich im Busch auf mich allein gestellt keine halbe Stunde überleben würde.

Aber als ich dann tatsächlich ausgewählt wurde, hat mich das richtig krank gemacht. Noch nie in meinem Leben habe ich mich so sehr nach etwas gesehnt und es zugleich auch gefürchtet. Vier Monate vor diesem Camp hatte ich meine medikamentöse Akne-Therapie begonnen, die tatsächlich anschlug, was für mich ein solches Wunder war, dass ich es lange Zeit gar nicht fassen konnte. Allerdings bekam ich davon auch trockene und rissige Lippen, die manchmal schon zu bluten anfingen, wenn ich nur beim Essen den Mund aufmachte. Alle zehn Minuten (und das ist nicht übertrieben) musste ich Lippenbalsam auftragen, und auch meine Hände und Ellbogen waren rau und schuppig, und auf meiner linken Wange tauchte so ein komischer knallroter Fleck auf; lauter Nebenwirkungen, die mich – trotz der ansonsten viel besseren Haut – ziemlich belasteten.

Noch dazu fiel es mir wegen meiner selbst gewählten postpubertären Isolation nicht gerade leicht, auf Leute zuzugehen und mit ihnen ins Gespräch zu kommen, oder irgendwo zu Besuch zu sein und in fremden Betten zu schlafen. Ich war kaum noch in der Lage, mich außerhalb meines engen Schutzraums (sprich: den vier Wänden meines Elternhauses) zurechtzufinden. Drei volle Jahre lang hatte ich damit zugebracht, mich in ein soziophobes Mauerblümchen zu verwandeln, und jetzt wusste ich nicht, wie ich da wieder rauskommen sollte.

Andererseits sehnte ich mich so sehr nach diesem Camp, dass mir richtig das Herz wehtat. Es war mir wichtiger als alles andere in meinem Leben. Man hatte mich dafür ausgewählt, weil ich in Englisch eine Einserschülerin war und im Jahr davor den Kurzgeschichten-Wettbewerb der Schule gewonnen hatte (für eine zwar ziemlich schmalzige, ansonsten aber echt gute Geschichte, wenn ich das so sagen darf, die »Vergiss mein nicht« heißt und von einem Mädchen handelt, deren Freund an einer rätselhaften Krankheit leidet, bei der er Woche für Woche seine Erinnerungen verliert. Erst kurz vor seinem Tod kann er doch noch geheilt werden, aber da hat er das Mädchen schon vergessen), und vielleicht auch noch, weil ich meine Mittagspause so oft in der Bücherei verbrachte. Rückblickend habe ich aber schon das Gefühl, dass es auch Schicksal gewesen sein muss. Irgendwie war es mir bestimmt gewesen, in dieses Camp zu fahren und dort genau die beiden Menschen kennenzulernen, die mir helfen würden, den Rest meiner Teenager-Jahre zu überstehen – und hoffentlich auch den Rest meines Lebens.

Meine Eltern waren völlig aus dem Häuschen über meine Einladung für das Schreibcamp. Als hätte ich irgendeine Olympia-Qualifikation geschafft. Ich weiß, dass es ihnen ganz schön zu schaffen machte, eine unerträglich gehemmte Stubenhockerin als Tochter zu haben, aber wenn sie mit mir darüber sprechen wollten, endete das jedes Mal mit solchen Tränenströmen und Selbstanklagen (meinerseits natürlich, obwohl auch Mum durchaus eine dramatische Ader hat, schließlich liefert sie mir den besten Schreibstoff), dass mein Mangel an Sozialleben zum Tabu-Thema wurde.

Mit der Einladung zum Schreibcamp kam es aber unausweichlich wieder auf den Tisch, und Mum gab einfach keine Ruhe. Wir drehten uns ewig im Kreis: Mums wiederholtes Drängen, ich müsste da *unbedingt* teilnehmen, und meine ausweichende Antwort, dass ich *sehr wahrscheinlich,* ja *fast sicher* teilnehmen würde, dass ich mir *alle Mühe geben würde,* ohne mich aber verbindlich festzulegen. Ich brauchte einfach dieses Gefühl, immer noch absagen zu können, denn was, wenn ich einen Tag vor der Abreise mit einem fetten, entstellenden Pickel auf der Stirn aufwachen würde? Und diese Sorge war ja auch nicht rein hypothetisch, sondern etwas, das ich schon mehrfach erlebt hatte, mit Pickeln von der Größe eines dritten Auges. Wie in diesen widerlich voyeuristischen Pickel-Videos.

Es ist wahrscheinlich schwer nachzuvollziehen, warum ich bereit war, wegen eines Pickels auf alles zu verzichten, aber so war es nun mal. Größte Begeisterung konnte sich bei mir binnen weniger Sekunden in dumpfe, leere Resignation verwandeln. Vor diesem Schreibcamp war mir noch nie etwas so wichtig gewesen, dass ich es wegen eines fetten, entstellenden Pickels nicht aufgegeben hätte.

Die hochwirksame Akne-Behandlung hätte mir vielleicht Zuversicht geben sollen, aber ich traute ihr nicht so recht. Zu oft hatte ich schon die Erfahrung gemacht, dass mich mein Körper jederzeit verraten konnte. Auch wenn im Moment alles gut war, würde er mich in Zukunft mit Sicherheit wieder verraten. Schließlich hatte auch mein Dermatologe gesagt, dass die Akne, falls sie durch einen unausgeglichenen Hormonhaushalt und eine Funktionsstörung der Eierstöcke ausgelöst wurde (offizielle Bezeichnung: polyzystisches Ovar-Syndrom), wahrscheinlich wiederkommen würde. Vielleicht ein Jahr nach dem Absetzen der Medikamente, vielleicht etwas früher oder auch später. Meine Haut war eine tickende Zeitbombe, allzeit bereit, in unübersehbarer Weise wieder auszubrechen, sobald ich irgendwie unachtsam wurde. Und mein Hausarzt meinte sogar, wenn ich irgendwann mal die Pille absetzen wollte, müsste ich nicht nur mit einer Rückkehr der Akne rechnen, sondern auch mit weiteren Symptomen, wie dem Ausbleiben der Regel, Haarausfall, verstärkter Gesichtsbehaarung, Gewichtszunahme und depressiven Verstimmungen. Da kommt doch Freude auf. Ach ja, und ganz nebenbei: Diese Probleme wird man dann sein Leben lang nicht mehr los.

Aber Haut hin und Hormone her, diesmal ließ meine Mutter nicht locker. Ihre Angst, ich könnte diese Chance verpassen, war fast schon mit Händen zu greifen. Das Anmeldeformular, inklusive unterschriebener Einverständniserklärung der Eltern, hing tagelang an unserer Kühlschranktür, und ich ertappte Dad gleich mehrmals dabei, wie er es sorgenvoll anstarrte. Drum herum klebten lauter Zettel von Mum, mit Pfeilen drauf und Ausrufen wie »Nicht vergessen!«, »Freitag letzte Abgabe!« und »Trau dich!«.

Wenn ich nicht teilgenommen hätte, wären sie beide wahnsinnig enttäuscht gewesen.

Irgendwann hielt ich es nicht länger aus, nahm die Anmeldung mit zur Schule und gab sie ab. *Ich würde teilnehmen.* Ganz sicher und endgültig. Mum ist vor Freude mit mir durch die Küche getanzt.

Vorher bin ich allerdings noch mehrmals zu unserem Hautarzt gegangen und habe ihn fast auf Knien angefleht, dass er mir den roten Fleck auf der Wange wegmacht, aber ohne Erfolg. (»Tut mir leid, Natalie, aber solange du die Medikamente nimmst, musst du das jetzt einfach mal aushalten«, hat er gesagt, und sein Tonfall machte deutlich, dass er meine Fähigkeit, Dinge zu ertragen, als sehr gering einschätzte.) Ich habe ungefähr zehnmal meine Tasche umgepackt. Auf den Fingernägeln gekaut. Albträume gehabt. Überlegt, ob ich meinen Namen ändern sollte. (Vielleicht würde ich, wenn ich mich als Roxy vorstellte, wie durch ein Wunder ja auch das Selbstbewusstsein eines Mädchens namens Roxy erlangen.)

Aber ich nahm tatsächlich teil.

Meine Eltern brachten mich gemeinsam hin. Während der dreistündigen Fahrt ließ meine Mutter praktisch keine Minute ohne irgendeine muntere Bemerkung vergehen, als könnte mich schon ein einziger Moment der Stille veranlassen, meinen Entschluss wieder zu ändern. Immer wieder redete sie davon, wie viel Spaß mir dieses Camp machen würde, bis ich mir fast schon wünschte, es würde ganz schrecklich werden, nur um ihre Aussage zu widerlegen.

Bei der Anmeldung im Camp stand ein Junge vor mir in der Schlange. Mum knuffte mich in die Seite, aber ich sah extra nicht zu ihr hin, weil ich wusste, dass sie dann irgendwas total Peinliches machen würde, vielsagend die Augenbrauen hochziehen oder so. Das hatte sie auch schon mal gemacht, als ein paar Jungs neben uns an der Kinokasse standen, und ich musste aufs Klo flüchten und in der Kabine meine Beschämung wegatmen.

Als der Junge vor mir in der Schlange (Spoiler: ja, es war Zach) sich umwandte und an mir vorbeilief, grinste er mich ein bisschen dümmlich an. Er war groß und dünn, hatte dunkle Wuschellocken und das freundlichste Gesicht, das ich je gesehen hatte. Ich wandte schnell den Blick ab, meine Standardreaktion, wenn mich jemand anschaut, aber im Geiste lächelte ich zurück, und das wertete ich als ein gutes Zeichen.

Ich konnte es zwar kaum erwarten, dass Mum und Dad endlich wieder wegfuhren, aber in dem Moment, als ihr Auto dann in der Ferne verschwand, wurde mir plötzlich kotzübel und ich musste mich ziemlich zusammenreißen, um ihnen nicht hinterherzurennen und »Kommt zurück!« zu brüllen. Drei volle Tage musste ich jetzt allein klarkommen. In einem schmalen Bett mit kratzig aussehender Bettwäsche schlafen, mir mit anderen ein Badezimmer teilen und Mahlzeiten zu mir nehmen, die von Leuten zubereitet worden waren, die nicht wussten, dass ich Hühnchen manchmal eklig fand und die Konsistenz von gekochten Pilzen nicht mochte.

Und dann betrat Lucy meine Hütte. Ihr war das andere Bett in meinem Zimmer zugeteilt worden.

Lucy war die zweite Schülerin aus meiner Schule, die für dieses Schreibcamp ausgewählt worden war. Wir hatten schon mehrere Kurse zusammen gehabt, bisher aber kaum mehr als ein paar Sätze miteinander gesprochen.

Trotzdem wusste ich so einiges über sie. In der Schule verbrachte ich viel Zeit damit, andere zu beobachten, deshalb kannte ich meine Mitschüler und Mitschülerinnen meist viel besser als sie mich. Ich wusste, dass Lucy gern Lyrik und Fantasy las und dass sie sich immer begeistert für alles Mögliche meldete, ob es nun darum ging, im Unterricht einen Text vorzulesen, oder, für unsere Schuldemo Plakate für den Klimaschutz zu entwerfen. Sie war Mitglied im Debattier-Klub der Schule, in der Musical-AG und Vizevorsitzende der AG für soziale Gerechtigkeit. Sie war immer und überall dabei und auf fast schon penetrante Weise *nett*, zwei Eigenschaften, die mich naturgemäß misstrauisch machen, aber bei Lucy wirkten sie weder künstlich noch störend. Sie handelte wie ein guter Mensch, weil sie wirklich einer war.

Einen Fehler hatte sie aber doch: ihre absolut perfekte Haut. Seit meinem allerersten Pickel ist die Haut immer das Erste, was mir bei anderen Leuten auffällt, das erste Urteil, das ich fälle, selbst wenn ich das eigentlich gar nicht will. Lucy war zierlich (mit fünfzehn sah sie noch aus wie zwölf), hatte makellose Haut und genau die Art von großen blauen Augen, mit denen man sogar eine Mordanklage abwenden kann, wenn man im richtigen Moment mit ihnen plinkert.

Für mich war es damals unvorstellbar, dass ein zierliches blondes Mädchen mit Pfirsichhaut irgendwelche ernst zu nehmenden Probleme haben könnte. Haut, Haare, Zähne: die Heilige Dreifaltigkeit hatte ein Hollywood-Agent das mal genannt. Wer die besaß, war seiner Konkurrenz gleich schon um Meilen voraus. Und Lucy hatte sie. Jedenfalls fast. Damals musste sie noch eine Zahnspange tragen, aber das hieß ja nur, dass ihre Zähne demnächst perfekt sein würden.

Lucy hatte nicht mal einen Leberfleck oder sonst irgendeinen noch so kleinen Makel. Auch jetzt, fast drei Jahre später, ist das noch so. Das Einzige, was man auch nur im Entferntesten als Schönheitsfehler bezeichnen könnte, sind ein paar vereinzelte Sommersprossen, wenn sie länger in der Sonne war. So eine Haut wie ihre finde ich immer absolut faszinierend. Manchmal gebe ich das einfach so bei Google ein: »Mädchen mit perfekter Haut«, »makellose Haut«, »schöne Haut«, »Stars mit toller Haut«, weil es mir so ein gut-schlechtes Gefühl gibt, mir Menschen anzusehen, die alles haben, was ich auch so gern hätte.

Meine Oberschule war eine reine Mädchenschule, was durchaus Nachteile hat, aber ich bin eigentlich ganz froh, dass ich nicht auch noch jeden Tag mit Jungs zu tun haben musste, denn als meine Haut so richtig schlimm war, haben die Mädchen aus meiner Klasse vielleicht manchmal hinter meinem Rücken gelästert, aber die Jungs am Bahnhof haben mir oft die absolut einfallslosesten Beleidigungen hinterhergebrüllt: Streuselkuchen, Pickelface oder auch HÄSSLICHE SCHLAMPE. Das hätte ich nicht den ganzen Tag ertragen. Meine Mitschülerinnen verpackten ihre Gemeinheiten eher in ungebetene Tipps, zum Beispiel: »Wenn du dir morgens und abends gründlich das Gesicht wäschst, können die Keime, von denen man Pickel kriegt, sich gar nicht entwickeln« oder »Lass doch einfach mal ein paar Tage lang diese Tönungscreme weg, dann wirds bestimmt besser« oder »Hast du schon mal versucht, nur Bioprodukte zu verwenden und dein Kopfkissen jeden Tag mit Essig und heißem Wasser zu waschen?« oder »Wenn du reine Haut haben willst, darfst du halt keinen Zucker mehr zu dir nehmen, keine Kohlenhydrate, kein Fett, kein Getreide, keinen Kaffee, kein rotes Fleisch, nichts, was industriell hergestellt oder weiß oder verpackt ist, keine Nachtschattengewächse und *vor allem* keine Zitrusfrüchte. Und *nur* Wasser trinken.«

Als hätte ich nicht längst alles ausprobiert, was jeder Dahergelaufene im Internet schon mal irgendwann empfohlen hat: Honig, Zahnpasta, Olivenöl, Avocado, heißes Wasser, kaltes Wasser, Apfelessig, Fischöl, Minztee, Süßkartoffelsaft, die zehn Schritte der koreanischen Hautpflege, die Keto-Diät. Von den meisten Sachen wurde meine Haut nur noch schlimmer. Letztendlich wurde sie sowieso immer schlimmer.

Mir konnten nur noch Ärzte helfen, Verordnungen und Medikamente, die so stark waren, dass die Gefahr von Missbildungen des Fötus bestand. (Vor Beginn der Einnahme musste ich schriftlich zusichern, während der Behandlung auf keinen Fall schwanger zu werden. Was mir immerhin Hoffnung machte: Mein Dermatologe hält es für möglich, dass ich eines Tages Sex mit jemandem habe!) Als meine Haut dann besser wurde, bekam ich auch noch Steroid-Spritzen und eine Lasertherapie gegen die Narben auf meinem Rücken. Aber trotz all der Medikamente, Arzttermine, Laserbehandlungen, Injektionen, Diäten, Übungen, Cremes und Gels, trotz Tränen und endloser Stunden im Internet ist meine Haut heute immer noch nicht halb so schön wie die der meisten Leute. Vor allem auf dem Rücken, der mit Kerben und Beulen und Rötungen übersät ist, wie ein Sternbild der Abscheulichkeit.

Meine Eltern gaben sich große Mühe, verständnisvoll zu sein, aber wenn Mum dann sagte »Ist doch nur ein Pickel, Natalie, keine Krankheit, da gibts nun wirklich schlimmere Probleme auf der Welt«, fühlte ich mich genauso einsam und missverstanden, als wenn die Jungs am Bahnhof ihre Beleidigungen brüllten. Denn während die eine Hälfte von mir ihr recht gab: *Oh Gott, ich bin so ein erbärmliches, egoistisches, eitles, verwöhntes Einzelkind,* war die andere Hälfte trotzdem stinksauer: *Du hast doch nicht den leisesten Schimmer, welche Qualen ich hier gerade erleide.*

Mein größter Traum war, irgendwann mal aufzuwachen und nicht sofort an meine Haut zu denken. Wie frei mussten sich all die Mädchen fühlen, die noch nie auch nur einen Gedanken an ihre Haut verschwendet hatten! Die nach dem Aufstehen nicht als Erstes zum Spiegel rannten, um nachzusehen, was wieder über Nacht passiert war: welche Pickel noch schlimmer und welche vielleicht ein kleines bisschen besser geworden waren.

Lucy war so ein Mädchen. Damals wäre es mir gar nicht in den Sinn gekommen, dass sie beim Aufwachen vielleicht auch ihre ganz eigenen Sorgen haben könnte – ich war felsenfest davon überzeugt, dass jemand, der keine Hautprobleme hat, auch sonst keine Probleme haben kann.

Später hat Lucy mir dann erzählt, dass sie nachts oft nicht schlafen konnte, weil sie Angst hatte, nicht genug getan zu haben: nicht genug gelernt, nicht genug geübt, nicht genug gelesen, nicht genug geschrieben. Dass sie selbst einfach nie gut genug war. Für wen oder was, habe ich damals noch nicht verstanden, aber sie hörte jedenfalls ständig diese quälende Stimme in ihrem Kopf, die ihr einredete, nicht gut genug, *niemals* gut genug zu sein.

Und so ganz allmählich dämmerte mir, dass auch Lucys Leben durchaus anstrengend war, wenn auch auf ganz andere Weise, als ich es mir je vorgestellt hätte.

Damals jedoch, als wir uns das erste Mal begegneten, war Lucy einfach meine neue, mir fast unbekannte Zimmernachbarin mit der makellosen Haut. Wir lächelten uns vorsichtig an. Lucy redete ein bisschen über die Schule, und dann verfielen wir wieder in Schweigen, und ich fragte mich besorgt, ob wir schon das Ende jeder möglichen Unterhaltung zwischen uns erreicht hatten und die Stille jetzt für alle Zeiten zwischen uns andauern würde, oder zumindest für die nächsten drei Tage. Aber dann zog Lucy einen Stapel Bücher aus ihrem Koffer, und wie sich zeigte, lasen wir gerade den gleichen Roman, den letzten Band einer langen Reihe, und während der nächsten halben Stunde diskutierten wir dann leidenschaftlich über das Liebesleben diverser Romanfiguren.

Als man uns schließlich in den Versammlungsraum hinunterrief, hakte sich Lucy bei mir ein und gestand mir, dass ihr vor dieser ersten großen Zusammenkunft ein bisschen mulmig war. Vorher hatte sich noch nie jemand bei mir eingehakt. Sie tat das mit einer Selbstverständlichkeit, an die ich mich noch gut erinnere, weil es für mich alles andere als selbstverständlich war, mich unter Gleichaltrigen wohlzufühlen.

Unten im Saal setzten sich alle hin und schauten in die Runde. Die meisten kannten sich noch nicht mal mit Namen, und hier saß ich und hatte fast schon eine Freundin gefunden. Das fühlte sich wie ein Wunder an. Ich hatte nicht mal Sorge, Lucy könnte mich vielleicht für jemand Cooleres stehen lassen. So sehr vertraute ich ihr schon.

Wir sollten eins von diesen Kennenlernspielen spielen, bei denen ich sonst immer gleich in Panik gerate, aber diesmal nicht. Als Erstes sollte jeder sagen, zu welchem Haus er oder sie gehören würde, wenn wir hier in Hogwarts wären. Zach sagte Ravenclaw, Lucy Hufflepuff und ich Slytherin, und später, als wir uns mit jemandem zusammenzutun sollten, der nicht im selben Haus war wie wir selbst, kam Zach auf mich zu und sagte, in seiner Hütte gäbe es nur Gryffindors und er bräuchte mehr Slytherins in seinem Leben. Wir fingen ein Gespräch über Zeitreisen an, das in ein Gespräch über Brettspiele und dann über Bücher mündete. Irgendwann setzte sich Lucy dazu, und als ich an diesem Abend ins Bett ging, war mein Herz übervoll. Ich hatte es geschafft. Ich hatte überlebt. *Ich hatte Freunde gefunden.*

Die nächsten drei Tagen waren, ohne zu übertreiben, die besten meines Lebens. Die Dozenten sagten, ich hätte als Schriftstellerin durchaus Potenzial und sollte »Vergiss mein nicht« irgendwann mal auf Romanlänge ausbauen. Lucy, Zach und ich waren unzertrennlich, und ich war nicht mal sauer darüber, dass die Vorhersagen meiner Mutter allesamt eingetroffen waren.

Auf der Rückfahrt vom Camp war ich wie berauscht. Ich war noch nie so glücklich gewesen.

Danach waren Lucy und ich auch in der Schule oft zusammen, aber das war anfangs gar nicht so einfach, weil mich niemand aus ihrer bisherigen Clique besonders gut leiden konnte. Lucy hatte viele Freundinnen – oder sagen wir, Beinahe-Freundinnen – und war in scheinbar endlos vielen AGs und Vereinen. Ich war das genaue Gegenteil, und so dauerte es auch nicht lange, bis mein Selbstbewusstsein aus dem Camp wieder verschwunden war.

Zach ging auf eine Schule nicht weit von unserer, und schon bald verbrachten wir drei fast jedes Wochenende zusammen und waren auch sonst täglich in Kontakt. Wir veranstalteten Spiele- und Kinoabende. Wir liehen uns gegenseitig Bücher aus. Gründeten unseren eigenen kleinen Fernsehklub. Tauschten unsere Texte untereinander aus: Fan-Fiction, Kurzgeschichten, Gedichte, Theaterstücke. Wollten zusammen ein Drehbuch schreiben, unser eigenes YouTube-Programm ins Leben rufen und hatten unsere eigenen Insider-Witze. Unsere Freundschaft war alles, was ich mir immer erträumt hatte. Meine Eltern waren überglücklich.

Aber auf Partys ging ich immer noch nicht und in irgendwelche Vereine trat ich auch nicht ein. Ich war nicht plötzlich auf wundersame Weise cool oder beliebt oder weniger gehemmt. Manche Mittagspausen verbrachte ich immer noch in der Bibliothek, wenn ich einfach nicht den Nerv hatte, mich mit Lucys Clique herumzuschlagen. Meist suchte und fand sie mich dann später dort, und unser Status als beste Freundinnen war bald in unserem ganzen Jahrgang bekannt. Natalie und Lucy. Lucy und Natalie. Eine beste Freundin zu haben war für mich wie eine schützende Rüstung, etwas, das ich bisher nicht kannte, aber dringend brauchte. Lucy lotste mich durch meine Kontaktschwierigkeiten, und ich brachte sie dafür zum Lachen und half ihr, mit ihrer Mutter klarzukommen.

Mit Lucy und Zach hatte ich meine Clique gefunden, und so klein sie auch war, reichte sie doch aus, um mich über Wasser zu halten, und sogar mehr als das. Die beiden hatten mich gerettet.

Also ja, vor diesem Hintergrund war ich ihnen schon ein bisschen Klatsch und Tratsch von meiner ersten Solo-Party schuldig.

»Vielleicht solltest du Owen noch mal eine Nachricht schicken«, sagt Lucy jetzt zu mir.

»Und wozu?«, fragt Zach.

»Um dich für die Einladung zu bedanken.«

»Was für ein bescheuerter Rat, mach das bloß nicht«, sagt Zach. »So was macht keiner.«

»Das gehört sich aber so«, sagt Lucy. In ihrer Familie legt man viel Wert auf gutes Benehmen.

»Was soll denn dieses Theater um Owen, der ist doch überhaupt nicht interessant«, werfe ich ein, bevor sie sich noch mehr in dieses Thema verbeißen können. »Ich will ihm keine Nachricht schicken.«

Lucy und Zach nicken feierlich, als hätte ich soeben die größte Erkenntnis des Jahrhunderts verkündet.

»Außerdem hat er mir zugezwinkert«, füge ich hinzu.

»Würg. Okay, dann schreib ihm lieber nicht«, sagt Lucy.

»Für den bist du eh viel zu gut«, sagt Zach. Solche Komplimente von ihm kann ich überhaupt nicht leiden. Wenn er mich so unglaublich toll findet, warum hat er sich dann in Lucy und nicht in mich verliebt? Was natürlich ein ganz mieser, erbärmlicher und niederträchtiger Gedanke ist, aber trotzdem nicht weniger wahr. Solche Sachen sagen sie doch nur, um darüber hinwegzutäuschen, dass mich bisher halt noch keiner haben wollte. Außerdem hat »Du bist zu gut für ihn« auch immer diesen Unterton von: »Du bist die unattraktivere Person in der Gleichung.«

In diesem Moment tritt Alex auf die Terrasse.

»Hi«, sagt er.

Ich schlucke schwer und setze mich etwas aufrechter hin, denn wozu soll ich das Busenwunder anziehen, wenn ich dann die Schultern hängen lasse?

»Hi. Hallo«, sage ich und versuche, ganz lässig zu klingen, aber irgendwie klingt es eher förmlich.

»Wie gehts?«, fragt er. Klingt *er* denn lässig, oder auch nur wie jemand, der versucht, lässig zu klingen? Schwer zu sagen.

»Gut. Und selbst?«

»Auch gut, danke.«

Zachs Blick wandert zwischen uns hin und her. Alex und ich tauschen sonst eigentlich keine Höflichkeiten aus.

»Und? Wie fandest du die Party gestern?«, fragt Zach seinen Bruder.

»Ganz okay«, sagt Alex.

Oh Gott. Es gibt viele Möglichkeiten, diese Antwort zu interpretieren, aber keine einzige positive.

»Ist irgendwas Besonderes passiert?«, fragt Lucy.

Warum fragt sie das? Würde sie das normalerweise auch fragen, oder klingt das so, als hätte ich sie damit beauftragt? Mir bricht der Schweiß aus.

»Wir haben Flaschendrehen gespielt«, sagt Alex grinsend, setzt sich in den einen Liegestuhl und legt auf dem anderen die Füße ab.

»Was habt ihr?«, rufen Lucy und Zach ziemlich laut und fast einstimmig.

Scheiße.

Alex' Blick flackert kurz zu mir rüber. Ich hoffe, in dieser Nanosekunde sämtliche Informationen zu kommunizieren, die ich kommunizieren will: Warum zum Teufel hast du das erwähnt; erzähl ihnen bloß nicht, dass wir zusammen um die Ecke gegangen sind; und schon gar nicht, dass wir uns beinahe geküsst hätten; und noch weniger, dass wir uns dann doch nicht wirklich geküsst haben; am besten erwähnst du mich gar nicht erst; du findest das offenbar alles sehr lustig; willst du mein Leben zerstören; ich hasse dich; deine Haare sehen heute toll aus.

»Davon hast du uns ja gar nichts erzählt!«, meckert Lucy mich an, und ihre Stimme überschlägt sich fast vor Ärger und Aufregung.

»Ich hab nicht mitgespielt. Also, nicht so richtig.«

Alex schaut mich an. Seine Miene ist undurchdringlich.

»Seit wann spielt ihr Flaschendrehen bei euren Partys?«, fragt ihn Zach.

»Eigentlich nie. Das war Natalies Idee«, sagt Alex und grinst wieder. Er scheint sich prächtig zu amüsieren. Ich nicht.

»Du hast eine Party mit lauter Studenten, die du alle nicht kennst, dazu bekommen, Flaschendrehen zu spielen?« Zach mustert mich mit großen Augen, halb beeindruckt und halb in Sorge, ob vielleicht ein Alien in meinem Körper steckt.

»Nein, so war das gar nicht«, sage ich.

»Wie war es dann?«, fragt Lucy.

»Na ja, erst haben wir ein Trinkspiel gespielt, und ...«

»Du hast bei einem Trinkspiel mitgemacht?« Zach hat heute wirklich einen Hang zur Dramatik.

»Jetzt lass sie doch mal ausreden, *Dad*«, sagt Alex.

»Wir haben *Ich hab noch nie* gespielt, und als ich dran war, habe ich gesagt, ich hätte noch nie Flaschendrehen gespielt, und dann wollten das plötzlich alle spielen«, erkläre ich.

»Und warum hast du diesen Teil vorhin ausgelassen?«, fragt Zach.

»Und wen hast du geküsst?«, fragt Lucy fast gleichzeitig.

Plötzliche Stille. Alle starren mich an.

»Niemanden«, sage ich. Mein Gesicht wird ganz heiß.

»Und wer von den anderen hat sich geküsst?«, fragt Lucy weiter.

»Keine Ahnung. Die mussten alle ums Haus rumgehen, deshalb

konnte man nicht sehen, wer sich da küsst oder sonst irgendwas treibt.«

»Sonst irgendwas treibt?«, wiederholt Zach und hebt die Augenbrauen.

»Ich glaube kaum, dass da noch mehr passiert ist.«

»Woher willst du das wissen?«, fragt Zach.

»Ich weiß es nicht, aber sie hatten ja immer bloß eine Minute Zeit.«

»In einer Minute kann viel passieren«, sagt Lucy mit so ernster Miene, dass Zach rot anläuft und Alex laut auflacht.

»Halt du mal lieber deine Klappe«, faucht Zach ihn an.

Alex verdreht die Augen, nimmt die Füße vom Stuhl und geht wieder rein.

»War er gestern irgendwie gemein zu dir?«, fragt Zach.

»Nein.«

»Hat er sich um dich gekümmert? Das hatte ich ihm nämlich aufgetragen.«

»Du hast ihm aufgetragen, sich um mich zu kümmern?« Mir sackt der Magen in die Kniekehlen.

»Ja klar hab ich das«, sagt Zach.

Auf einmal passt alles zusammen. Alex war nur aus Pflichtgefühl so nett zu mir. Hätte ich mir ja gleich denken können.

Und dann packt mich plötzlich eine unbändige Wut auf Lucy und Zach. »Habt ihr sie nicht mehr alle?«

»Wir haben uns Sorgen gemacht, weil du da so ganz allein hingehen wolltest«, sagt Lucy.

»*So* gestört bin ich nun auch wieder nicht«, sage ich. Bin ich zwar schon, aber das ist ja wohl meine Sache.

»So war das nicht gemeint.«

»Jedenfalls braucht ihr keine heimlichen Aufpasser für mich zu organisieren.«

»Haben wir doch gar nicht«, sagt Zach.

»Sieht aber ganz danach aus.«

Ich springe auf und die beiden starren mich an, als hätte ich sie nicht mehr alle. Was ja letztlich auch stimmt. Insgeheim bin ich aber auch froh, endlich meinen ganzen Frust irgendwo loszuwerden. Wie können sie es wagen, sich da einzumischen? Mich derart lächerlich zu machen? Für Alex bin ich einfach nur die ahnungslose Freundin seines kleinen Bruders. Alles, was passiert ist, hat nichts mehr zu bedeuten.

»Ich muss jetzt gehen.«

»Bleib hier, Natalie. Es tut mir leid«, ruft Lucy. Nichts stresst sie so sehr, als wenn ihr jemand böse ist, insbesondere ich (und ihre Mutter).

Ich rausche trotzdem beleidigt raus, mit dem erhabenen Gefühl, im Recht zu sein. Die Welt ist unfair und gemein, aber jetzt gibt es ja endlich zwei Leute, denen ich die Schuld geben kann. Eigentlich sogar vier, denn meine Eltern sind sowieso immer schuld.

# 7

# Zehn Minuten Spaß

Auf der vorderen Veranda werde ich langsamer, weil mir erst jetzt klar wird, dass es in Strömen regnet, ich keinen Schirm habe und man zu Fuß sieben Minuten bis zur nächsten Straßenbahnhaltestelle braucht. Aber ich kann jetzt nicht wieder umkehren, nicht nach so einem Abgang. Unschlüssig bleibe ich auf der Schwelle stehen.

Alex kommt an mir vorbei und schlüpft in ein Paar Flipflops.

»Ich bring dich hin«, sagt er.

»Wohin denn?«

»Wohin du willst.«

»Und wenn ich ganz am anderen Ende der Stadt wohne?«

»Wohl kaum. Dafür bist du viel zu oft hier.«

Ich verschränke trotzig die Arme. »So oft bin ich gar nicht hier.«

»Das Angebot läuft in zehn Sekunden aus.«

Er rennt in den Regen hinaus und ruft über die Schulter: »Zehn, neun, acht, sieben, sechs, fünf, vier, drei ...«

»Ich komm ja schon!«, rufe ich zurück und folge ihm durch den Regen zum Auto.

Ich öffne die Beifahrertür, werfe mich auf den Sitz und nenne ihm meine Adresse. Er biegt in die Straße ein und wir verfallen in Schweigen. Normalerweise macht mir Schweigen nichts aus, aber dieses hier fühlt sich sehr nach einem »Wir sind zwei Menschen, die sich nichts zu sagen haben«-Schweigen an, was auf meiner persönlichen Stress-Skala gleich nach dem »Ich bin sauer auf dich«-Schweigen kommt.

Ein paar Straßen weiter beuge ich mich vor und versuche, das Radio einzuschalten. Alex schaut mich an.

»Das ist kaputt.«

Ich falte die Hände im Schoß, als würde ich beten. Was ich ja auch irgendwie tue, wenn das lautlose Skandieren von *Jetzt sag doch was, jetzt sag doch was, jetzt sag doch was,* während mir die Schweißperlen in den BH kullern, als Gebet zählt.

»So langsam brauche ich mal Anweisungen«, sagt Alex.

»Einfach immer geradeaus. Ich sag Bescheid, wenn du abbiegen musst.«

Am liebsten würde ich mein Handy rausholen und so tun, als müsste ich eine Nachricht schreiben, aber das wäre schrecklich unhöflich. Trotzdem, ich brauche jetzt irgendwas, um meine Hände zu beschäftigen. Ich klemme sie mir unter die Oberschenkel. *Denk an diese zehn besten Tipps, Natalie. Stell ihm eine verbindliche Frage.*

»Wo arbeitest du eigentlich?«, frage ich. (Ich weiß, wo er arbeitet, aber er weiß nicht, dass ich das weiß.)

»Im *Hide Out.* So ne Art Edel-Pub.«

»Und? Gefällts dir?« Wie in einer Filmmontage sehe ich vor mir, wie er lässig eine Flasche durch die Luft wirbeln lässt und wieder auffängt, in rasendem Tempo eine Möhre schnippelt, ein Schwätzchen mit den Bedienungen hält und voller Genugtuung einen perfekt arrangierten Teller mustert. (Ich hab null Ahnung von Pubs und vom Kochen.)

»Nein, überhaupt nicht, um ehrlich zu sein.«

»Echt? Warum nicht?«

»Mein Chef ist echt das Letzte, die Schichten sind endlos, es wird viel gebrüllt und die Füße tun mir weh.« Er wirft mir ein Lächeln zu, aber es wirkt ein bisschen gequält.

»Aber alle finden es cool, dass du da arbeitest, oder?«

»Meist nur so lange, bis ich ihnen sage, dass ich ihnen keine Gratisdrinks verschaffen kann.«

»Oh.«

»Nein, so schlimm ist es auch wieder nicht. Aber ich dachte, es würde mir Spaß machen, in einem Pub zu arbeiten, und das tut es halt nicht.«

»Obwohl du eigentlich der Typ dafür bist.«

»Und was für ein Typ muss man da sein?«

»Jemand, der gern unterwegs ist, was unternimmt, mit Leuten redet.«

»Ich bin tatsächlich gern unterwegs, unternehme was und rede mit Leuten.«

»Ich bin lieber zu Hause, unternehme nichts und rede mit keinem.«

Er lacht. »Die Party gestern hat dir aber auch ein bisschen Spaß gemacht, oder?«

»Oh ja. Mindestens zehn Minuten lang.«

»Und welche zehn Minuten waren das?«

»Als Owen vor meinen Augen gepinkelt hat.«

»Ah ja, stimmt.«

Ich nehme meinen Mut zusammen. »Und es hat Spaß gemacht, sich mit dir zu unterhalten«, sage ich, aber kaum habe ich die Worte ausgesprochen, ist mir das auch schon gnadenlos peinlich.

»Fand ich auch«, sagt er, was mich überrascht. Und mein Herz schneller schlagen lässt.

Wir schauen uns an und dann schnell wieder weg.

»Hier jetzt rechts.«

»Was? Gleich hier?«

»Ja.«

»Das nächste Mal bitte etwas mehr Vorlauf.«

»Das war doch jede Menge Vorlauf.«

»Ich wär fast vorbeigerauscht.«

»Weil du so langsam reagierst.«

»Meine Reaktionszeiten sind überdurchschnittlich schnell. Bewiesenermaßen.«

»Bewiesen von wem?«

»Von meinem Fußballtrainer.«

»Und wann?«

»Direkt vor unserem U12-Finale.«

»Habt ihr gewonnen?«

»Äh, nein, aber fast. Ein großer Moment in meiner Sportler-Karriere.«

»Hier ist es.«

»Das mit dem weißen Zaun?«

»Nein, noch ein Stückchen weiter. Das mit dem Holzzaun. Ich wollte dir nur genügend Vorlauf lassen.«

Er schneidet mir eine Grimasse und hält vor unserem Haus am Straßenrand an.

Ich könnte ihn fragen, ob er noch mit reinkommen will. Ich *sollte* ihn das fragen. Schließlich bin ich jetzt erwachsen (jedenfalls fast, so halbwegs, annähernd). Tief Luft holen. Ich schaffe das. Aber wenn ich ihn jetzt reinbitte, wird er unser Haus *von innen* sehen. Es wird Tage dauern, mich mental darauf vorzubereiten, dass ein Typ mich zu Hause besucht. Wochen, wenn es darum geht, ihm mein Zimmer zu zeigen. Und Monate, wenn der fragliche Typ auch noch Alex heißt.

»Danke fürs Bringen«, sage ich.

»Keine Ursache«, sagt er. Schweigen. Sehr langsam löse ich meinen Sicherheitsgurt, um ihm Zeit zu geben, noch irgendwas hinzuzufügen.

»Also dann. Tschüss, Natalie.« Als er meinen Namen sagt, schaut er mir in die Augen, was mich ziemlich durcheinanderbringt. Ich drehe mich weg und drücke etwas zu schwungvoll die Autotür auf, die mir aus der Hand rutscht und gegen den Laternenpfahl gleich neben uns kracht.

»Oh mein Gott«, sage ich.

»Nicht so schlimm.«

»Ich hab dein Auto zerkratzt«, sage ich und springe aus dem Wagen, um den Schaden zu begutachten.

»Mums Auto.«

»Noch schlimmer.«

»In der Tat.«

Ich hocke mich hin und untersuche den Lack an der Tür. Kein Kratzer zu sehen.

»Mach dir keine Gedanken«, sagt Alex.

»Tut mir echt leid.«

»Sollte wirklich ein Kratzer dran sein, sag ich Mum, dass ich das war«, sagt Alex.

»Nein, sag ihr die Wahrheit.«

»Stimmt, das wäre besser. Dich schreit sie vielleicht nicht gleich an.«

»Oder nein, lieber doch nicht, sag ihr nicht, dass ich es war.« Ich muss schließlich meinen Status als Mariellas Liebling wahren.

»Neulich hab ich beim Zurücksetzen eine Mülltonne übersehen, dagegen ist das hier harmlos. Sie hat noch drei weitere Söhne, die dieses Auto irgendwann fahren werden, da wird das wohl nicht der letzte Kratzer gewesen sein. Vor allem mit Zach hinterm Steuer.«

Zach ist wirklich ein schlechter Fahrer, noch schlechter als ich. Als er noch sein *Learner*-Schild hatte, ist er mal so langsam gefahren, dass die Polizei ihn rausgewinkt hat. Die Geschichte kriegt er jetzt ständig von seiner Familie zu hören.

»Ich glaub, da ist nichts«, sage ich und stehe auf.

»Umso besser.«

»Also, ich geh dann mal.«

»Tschüss.«

»Tschüss.«

Am Gartentor drehe ich mich noch mal um. Er sitzt immer noch im Wagen, ohne den Motor zu starten. Kurbelt das Fenster runter und winkt mich noch mal heran.

»Falls ich dich mal wieder irgendwo hinbringen soll, sag einfach Bescheid.«

Ich verstehe nicht, was er meint. »Bist du nebenher noch Uber-Fahrer?«

»Nein! Ich meinte, ich kann dich ja auch mal abholen, wenn du uns besuchen willst und kein Auto hast und nicht weiß, wie du sonst hinkommen sollst. Nur so als Gefallen. Oder was auch immer. Ach, vergiss es.« Jetzt ist *er* offenbar ziemlich durcheinander.

»Okay«, sage ich.

*Was passiert hier gerade?*

Später sitze ich auf meinem Bett, starre auf mein Handy und wünsche mir mit aller Macht, dass eine Nachricht von ihm erscheint. Aber Fehlanzeige.

Ich schicke Zach und Lucy eine Nachricht, in der ich mich für meinen albernen Auftritt entschuldige. Lucy schickt mir eine Herzchen-Reihe zurück, Zach das Daumen-hoch-Zeichen. Dann verstecke ich mein Handy eine Stunde lang im Schrank, damit ich nicht ständig draufgucke, ob Alex mir geschrieben hat (auch wenn er absolut *keinen* Grund dazu hat), aber als die Stunde rum ist, renne ich gleich wieder hin und sehe nach.

Nichts. War ja klar.

Es gibt nichts Schlimmeres als diese verzweifelte Hoffnung, bevor man das Handy umdreht, und dann dieses enttäuschte Gefühl im Magen, wenn der Bildschirm leer ist.

# 8

# Sonne und Sand und Mädchen in Bikinis

»Das wird bestimmt ganz toll«, sagt Lucy ungefähr zum zehnten Mal.

»Bestimmt.«

Heute ist Silvester und wir sind im Strandhaus von Zachs Familie. Ein ziemlich marodes einstöckiges Holzhaus in Queenscliff, südlich von Melbourne, das Zachs Eltern von irgendeiner Großtante geerbt haben und sich jetzt mit ein paar anderen Familienmitgliedern teilen. Seit zehn Jahren verbringen sie hier den Jahreswechsel.

Ich bin noch nie im Strandhaus gewesen. Letzten Sommer hatten sie mich eingeladen, aber ich habe höflich abgelehnt, zum einen, weil ich in einem Café um die Ecke einen Job als Geschirrspülerin hatte, zum anderen, weil ich den Strand hasse. Natürlich hasse ich den Strand. Ist ja quasi der nächste logische Schritt, wenn man den Sommer hasst, und ich hasse den Sommer. Wenn auch nicht in Gänze. Die Sonne zum Beispiel mag ich. Und ich schaue gern aufs Meer hinaus und laufe an ihm entlang. Ich kann sogar nachvollziehen, dass *manche* Leute Sand mögen. Und dass die Wärme was Schönes ist. Manchmal gehe ich sogar gerne *ins* Meer (aber nicht bis über den Kopf, und nur wenns keine Algen und keine Wellen gibt.) Aber Hitze plus Strand bedeutet unweigerlich, dass man Badesachen anziehen muss, was wiederum bedeutet, dass ich meinen Körper zeigen muss, mit all seinen Narben und Dehnungsstreifen und sonstigen Makeln.

Ich hasse den Strand, weil ich es hasse, als Einzige mit T-Shirt ins Wasser zu gehen.

Der Winter, das ist meine Jahreszeit. Lange Mäntel, Stiefel, weite Pullover, Steppwesten, Mützen, riesige Schals, Jacken mit Kapuzen. Ein Schutzwall für all jene, die sich in ihrer Haut nicht wohlfühlen. An so richtig nasskalten Tagen muss man nur noch einen schmalen Streifen des Gesichts frei lassen. Was für eine Freude. Ein Gefühl der Befreiung, das Menschen, die keine Probleme mit ihrem Körper haben, gar nicht nachvollziehen können. Nur Leute, die sich nicht verstecken müssen, lieben den Sommer. Außerdem muss man sich bei Regen und Kälte nicht ständig dafür rechtfertigen, dass man lieber drinbleibt und liest.

Aber in diesem Sommer habe ich keinen Job. Das Café vom letzten Jahr hat zugemacht, und obwohl ich meine Bewerbung in jedem Laden und Café der näheren und weiteren Umgebung abgegeben habe, will offenbar niemand eine unbeholfene Achtzehnjährige mit Erfahrung im Geschirrspülen und sonst keinen Kenntnissen einstellen. Ich habe also kein Geld, keine Verpflichtungen und keine Ausrede.

Und deshalb bin ich jetzt hier. Immerhin komme ich für ein paar Tage von meinen Eltern weg, was zu einem echten Pluspunkt geworden ist. Ich kann inzwischen nämlich kaum noch ertragen, wie die beiden miteinander umgehen. Diese aufgesetzte Höflichkeit, die rücksichtsvollen Diskussionen, die Phrasen direkt aus dem Psycho-Ratgeber, und nach jedem Gespräch ihre besorgten Blicke in meine Richtung, um abzuschätzen, welchen Schaden sie gerade wieder bei mir angerichtet haben, während sie sich gleichzeitig zu ihrer ach so harmonischen Trennung gratulieren. Aber je netter sie zueinander sind, desto weniger darf ich traurig oder wütend sein, was mich nur noch trauriger und wütender macht. Genau genommen bin ich kurz vorm Ausrasten. Manchmal brauche ich sie nur anzusehen und sofort spüre ich so einen heißen Knoten aus Verbitterung in meiner Brust, was meiner Gesundheit auf Dauer nicht zuträglich sein kann.

Lucy und ich teilen uns ein Zimmer mit Doppelbett in der oberen Etage, Anthony und Glenn haben das Zimmer neben uns, und Zach schläft unten im Erdgeschoss, wo auch das Schlafzimmer von Mariella und Sal liegt. Alex ist nicht mitgekommen, weil er heute Abend arbeiten muss und, wie ich vermute, auch an allen folgenden Abenden. Ich habe mich nicht getraut, nach ihm zu fragen, weil ich Paranoia habe, mit so einer Frage sofort Verdacht zu erregen.

Heute Abend gehen Zach, Lucy und ich an den Strand, wo es ein großes Lagerfeuer und ein Feuerwerk geben soll. Lucy hat darauf bestanden, mich vorher eigenhändig zu schminken, weil sie in irgendeinem Paralleluniversum lebt, wo jederzeit ein schnuckeliger Typ in mein Leben treten kann, um sich in meine rauchgrauen Augen zu verlieben.

»Nach unten gucken.«

Ich schaue nach unten und sie fährt vorsichtig mit dem Eyeliner über mein Lid.

»Und jetzt nach oben.«

Eigentlich mag ich so ein Theater ja gar nicht, aber wenn es um mich gemacht wird, finde ich es doch ganz schön.

»Ich wollte dich um einen Gefallen bitten«, sagt Lucy.

»Und der wäre?«

»Würdest du heute Nacht mit Zach das Zimmer tauschen? Nicht die ganze Nacht. Nur ein paar Stunden.«

»Wieso müssen wir dafür tauschen? Warum gehst du nicht einfach zu ihm runter?«

»Na ja, seine Eltern schlafen gleich nebenan. Oben wärs ein bisschen entspannter für uns.«

»Zachs kleine Brüder dürfen also ruhig hören, wie ihr Sex habt, aber Zachs Eltern nicht?«

»Was? Nein! Niemand wird irgendwas hören. Aber du kennst doch Mariella mit ihrem leichten Schlaf. Je weiter wir von ihr weg sind, desto besser.«

»Schon gut, natürlich mach ich das.«

»Danke dir. Hab dich lieb.«

Lucy wird erst im Februar achtzehn und Zach im März, und weil sie eben beide noch minderjährig sind, und natürlich auch aus einer Vielzahl anderer Gründe, müssen sie in getrennten Zimmern schlafen. Lucys Mutter hätte ihre Tochter sonst gar nicht mitfahren lassen, und Mariella ist so erzkatholisch erzogen worden, dass ihr der Gedanke, irgendeiner ihrer Söhne könnte mit irgendeinem Mädchen ins Bett steigen, fast schon körperliches Unbehagen bereitet. Für sie gibt es keine schlimmere Vorstellung, als dass einer von ihnen ein Mädchen schwängern könnte, während es für Lucys Mutter keine schlimmere Vorstellung gibt, als dass Lucys Leben nicht genau nach Plan verlaufen könnte. Insofern sind also beide sehr daran interessiert, das Sexleben zwischen Lucy und Zach auf ein Minimum zu beschränken.

Dass die beiden sich schon an unzähligen Nachmittagen nach der Schule oder am Wochenende in seinem Zimmer eingeschlossen haben, um dort zu tun und zu lassen, was immer sie wollen, ist ihren Müttern offenbar noch nie in den Sinn gekommen. Lucy lügt ihre Mutter allerdings auch öfter mal an und behauptet, ich wäre auch bei Zach, obwohl ich das gar nicht bin. Was mich nicht stört. Ich bin ja froh, wenn ich den beiden helfen kann. Es klingt vielleicht ein bisschen erbärmlich (das »vielleicht« könnt ihr streichen, es klingt *definitiv* erbärmlich), aber ich fühle mich dann ein bisschen mehr zugehörig. Als würde ich in unserer Clique noch irgendwie gebraucht.

Ich habe gesehen, wie Zach sich in Lucy verliebt hat, deshalb kam das für mich nicht überraschend. Aber kurz bevor zwischen den beiden überhaupt irgendwas passierte, wäre auch fast mal was zwischen Zach und mir passiert. Das gehört zu den wenigen Dingen, bei denen ich mir ganz sicher bin, auch wenn ich es nie jemandem erzählt habe und es keinerlei Beweise dafür gibt, nur meine eigene Wahrnehmung.

Wir hatten Ferien, Lucy war für zwei Wochen verreist, und Zach und ich wollten *The 100* gucken. Wir hatten damals noch fünf Staffeln vor uns, sodass wir quasi von morgens bis abends zusammen auf dem Sofa lagen, »Komm, noch eine« sagten und tütenweise Lakritz aßen. Das Sofa war so lang, dass wir uns beide nach links und rechts darauf ausstrecken konnten, die Köpfe in der Mitte auf einen Kissenberg gebettet.

Eines Nachmittags lag ich also da, eine Hand unter die Kissen geschoben, was Zach offenbar auch getan hatte, denn für einen Moment hatten unsere Finger plötzlich Kontakt. Nur ganz leicht und flüchtig, aber Sekunden später spürte ich schon wieder eine Berührung. Das erste Mal war es vermutlich Zufall gewesen, aber beim zweiten Mal wohl kaum. Seine Hand hatte meine berührt, war zurückgezuckt und dann wieder näher gekommen. Unsere Finger lagen jetzt ganz dicht beieinander.

Ich konnte mich kaum noch auf den Film konzentrieren, weil ich ständig an die Berührung unserer Hände denken musste. Was hatte das zu bedeuten? Über meine Gefühle für Zach war ich mir noch nie so richtig im Klaren gewesen. Wenn meine Eltern mich darauf ansprachen, habe ich das immer gleich abgewehrt und rumgemeckert, warum man nicht einfach mit einem Jungen befreundet sein kann, ohne dass alle unterstellen, dass da irgendwas läuft. Das war doch total klischeehaft und genau genommen fast schon beleidigend. Schlimm genug, dass Jungen und Mädchen in Filmen und im Fernsehen nie einfach nur befreundet sein konnten, aber wieso mussten alle diesen falschen Schluss auch noch im echten Leben ziehen? Und am allerschlimmsten: Wieso wurde Lucy und mir eigentlich nichts in der Richtung unterstellt? Das war doch vollkommen rückständig und heteronormativ.

Jenseits dieser Tiraden war ich mir meiner Sache allerdings gar nicht so sicher. Also, in der Theorie natürlich schon, aber ob das auch in der Praxis für mich galt, war eine andere Frage. Zach war *der* Junge in meinem Leben, insofern konnte ich natürlich nie sicher sein, welche Gefühle vielleicht nur Projektion waren und welche nicht. Er war schon süß, auf eine linkische Art. Manchmal fand ich ihn attraktiv, aber manchmal auch überhaupt nicht. Hin und wieder tauchte er in einem sexuellen Traum von mir auf, aber das war mir vorher auch schon mal mit einem mittelalten, nicht besonders attraktiven Lehrer passiert, deshalb war auf mein Unterbewusstsein in dieser Hinsicht nicht wirklich Verlass.

Zach war witzig und lieb und ich fühlte mich sicher bei ihm. Es war mir zwar immer noch unangenehm, wenn er einen Ausbruch meiner Haut mitbekam, und er wusste auch weder von den schrecklichen Aknenarben auf meinem Rücken, noch, wie schlimm meine Haut früher mal gewesen war, aber ansonsten hatte ich keine Scheu vor ihm. Vielleicht kann man meine Gefühle für Zach am ehesten als eine tiefe, vertrauensvolle Zuneigung beschreiben, gelegentlich vom Aufflackern einer halbromantischen Schwärmerei durchbrochen. Ich konnte mir nicht vorstellen, ihn *wirklich* mal zu küssen, aber da meine Erfahrungen im Küssen gegen null gingen, war auch diesem Instinkt nicht wirklich zu trauen.

Dabei gab es durchaus Menschen, von denen ich mich eindeutig und unmittelbar angezogen fühlte: der Junge in der Bahn mit diesen Wangenknochen, von denen ich kaum noch den Blick abwenden konnte. Der Vertretungslehrer in Sport mit dem atemberaubend athletischen Körper. Der Lead-Gitarrist bei der »Nacht der Bands«, zu der man mich mitgeschleift hatte, der einfach nur dastand und allein schon dadurch unglaublich sexy wirkte. Der Mitarbeiter in meiner Stadtteilbücherei mit den wunderschön langen Wimpern. Aber genauso gab es natürlich auch viele Menschen, von denen ich mich eindeutig nicht angezogen fühlte. Und dann eben noch die ganze Bandbreite derjenigen, die irgendwo dazwischenliegen. Menschen, die man kaum bemerkt hat, bis sie dann überraschend irgendwas Kluges oder Witziges sagen, oder Mitschüler, denen die Schuluniform überhaupt nicht steht und die dann in Jeans und Pulli plötzlich richtig gut aussehen. Und genau in diesem Zwischenbereich bewegte sich auch Zach.

Außerdem hatte ich immer das Gefühl, dass er für mich erreichbar war. Ich wusste, dass er mich mochte, dass ich ihn zum Lachen bringen konnte, dass wir ähnliche Interessen hatten und einen ganzen Tag zusammen verbringen konnten, ohne uns zu langweilen oder auf die Nerven zu gehen. Dass uns nie der Gesprächsstoff ausging und dass er wie kein anderer meinen Ehrgeiz wecken konnte. Falls sich überhaupt mal jemand in mich verlieben sollte ... tja, dann kam eigentlich nur Zach infrage. War ja letztlich eine ganz einfache Rechnung, schließlich kannte ich überhaupt keine anderen Jungs, in die ich mich hätte verlieben können, und meine Chancen, welche kennenzulernen, waren minimal. Ich hatte gar nicht das dafür notwendige Sozialleben, wollte es auch gar nicht haben und hätte sowieso nicht gewusst, wie man sich eins verschafft.

Meistens stellte ich mir vor, dass Zach und ich irgendwann später mal zusammenkommen würden. So mit Mitte zwanzig. Oder Mitte dreißig. Auch wenn ich im Moment nicht in Zach verliebt war, hatte ich doch vollstes Vertrauen, das irgendwann mal zu sein. Er war die potenzielle zukünftige Liebe meines Lebens.

Wäre mein Leben eine Fernsehserie, würden Zach und ich vermutlich irgendwo in Staffel drei oder vier zusammenkommen, nach vielen Episoden voller Wortgeplänkel, Liebesqualen und bedeutsamer Blicke, und die Zuschauer wären hin und weg. Alle würden sich wünschen, dass wir ein Paar werden.

Und so lagen wir nun auf diesem Sofa, während sich unsere Fingerspitzen berührten und mein Herz rasend schnell pochte, und schauten den Rest der Episode und die Hälfte der nächsten, ohne dass sich einer von uns rührte. Mir war längst der Arm eingeschlafen, aber ich wollte auf keinen Fall die erste Bewegung machen, denn die bedeutete, entweder einen Schritt nach vorn (aktives Händchenhalten) oder einen zurück zu machen (die Hand ganz wegziehen). Beides sollte nicht von mir ausgehen. Ich wollte meine Hand einfach so liegen lassen und warten, was passieren würde. Die Tür für Zach weiter offen halten.

Aber er ging nicht hindurch.

Irgendwann stand er auf, um sich ein Glas Wasser zu holen, und als er sich wieder hinlegte, schob er die Hand nicht mehr unters Kissen, und ich auch nicht.

Und das wars. Für 42 Minuten hatten sich unsere Hände berührt, so lange hatten wir Zeit gehabt, uns zu überlegen, was daraus werden sollte, und hatten offenbar beide entschieden: nichts.

Dann kam Lucy von ihrer Reise zurück und war völlig verändert. Sie hatte jemanden kennengelernt. Den Sohn einer befreundeten Familie, den sie seit Jahren nicht mehr gesehen hatte. In Perth hatten sie gleich neben ihnen gewohnt. Lucys Eltern hatten viel zu tun, und so waren sie und dieser Junge – Travis – fast jede Sekunde zusammen gewesen. Travis brachte Lucy das Surfen bei, besaß drei Hunde namens Alvin, Theodore und Simon und fuhr jeden Meter mit dem Rad. Seine Haut schmeckte salzig, er konnte gut küssen, und Travis und Lucy hatten miteinander geschlafen.

*Travis und Lucy hatten miteinander geschlafen.*

Als Lucy mir das erzählte, erfasste mich eine bisher unbekannte Panik. Während ich hier noch unablässig um den Handberührungs-Vorfall kreiste, hatte sie nicht nur jemand ganz Neues kennengelernt, inklusive seiner drei niedlichen Hunde, sondern ihn auch noch geküsst, surfen gelernt und mit ihm geschlafen. *Sie hatte mit ihm geschlafen.* Und offenbar auch nicht eine Sekunde daran gedacht, die Sache erst noch mal mit mir zu besprechen. Sie hatte es einfach getan.

Vor ihrer Abreise waren wir ungefähr auf Augenhöhe gewesen, aber jetzt hatte sie mich weit hinter sich gelassen.

»Oh mein Gott.«

»Ich weiß.«

»Unglaublich.«

»Ich weiß.«

»Und war es …? Wie war es?«

»Manche Teile fand ich ein bisschen langweilig, aber andere ganz gut.« Als ginge es um den neuesten Marvel-Film oder so.

*Welche Teile waren denn gut?*, hätte ich gern geschrien. *Sags mir, sag mir, was ich tun muss. Warte auf mich, damit ich dich einholen kann!*

»Einfach unglaublich.«

»Ich weiß.«

Ich schämte mich dafür, wie unglücklich ich darüber war (ein wiederkehrendes Thema, wie sich zeigen sollte, wenn es um Lucys Liebesleben ging). Aber ich hatte das Gefühl, dass Lucy mir entglitt. Erst der Sex mit diesem Surfer, dann würden wilde Partys und Dates mit arroganten, obercoolen Jungs folgen, und dann würden wir uns immer mehr auseinanderleben, und nach der Schule würde sie eine Star-Anwältin werden und ich wer weiß was machen (selbst in solchen Gedankenspielen habe ich kein Ziel) und wir würden nie mehr miteinander reden. Lucy war mein Schutzraum, mein Lieblingsmensch, und diese Sicherheit hatte sie jetzt einfach zerschlagen. Am liebsten wäre ich ihr ganz real in den Arm gefallen.

»Du guckst so komisch«, sagte Lucy.

»Ich fühl mich auch komisch.« Ich war es nicht gewohnt, mich vor Lucy zu verstellen, deshalb gelang mir das auch jetzt nicht gut.

»Wieso?«

»Na ja, so als ...« Wie sollte ich das sagen? »Als wärst du mir im Leben jetzt ganz weit voraus.«

»Eine von uns musste nun mal als Erste Sex haben.«

»Und es war auch immer schon klar, dass du das sein würdest«, ergänzte ich, vermutlich mit einem Hauch zu viel Selbstmitleid.

»Soll das ein Scherz sein? Du kennst doch wohl meine Eltern!«

»Wieso haben die bei Travis eigentlich nichts gesagt?«

»Haben sie ja, aber da war es schon zu spät.«

Wir lagen noch eine Weile auf meinem Bett und ich wurde wieder etwas lockerer. Lucy schwatzte munter weiter und alles fühlte sich fast wieder normal an. Sie war kein anderer Mensch geworden. Sie hatte nur eine tolle Geschichte erlebt. Alles würde wieder gut werden.

Alles würde bleiben, wie es war.

Aber weit gefehlt.

Zach schien die Neuigkeit von Lucy und Travis besser aufzunehmen als ich, völlig entspannt und unbeeindruckt. Ich fand das nett von ihm, und auch ermutigend, weil ich immer befürchtet hatte, Zach könnte eifersüchtig werden, wenn Lucy oder ich einen Freund hätten (Lucy und ich wären umgekehrt auf jeden Fall eifersüchtig gewesen). Lieber Himmel, ich war ja schon auf Lucy und Travis eifersüchtig. Irgendwann in dieser Zeit fiel mir aber auch auf, dass sich die Schwingungen zwischen Lucy und Zach veränderten. Vielleicht war die Sache mit Travis für Zach ein Auslöser, vielleicht hatte er Angst bekommen, bei Lucy irgendwann nicht mehr landen zu können. Vielleicht hatte er sie auch plötzlich in einem anderen Licht gesehen. Oder ihm war, nach dem kleinen Vorfall zwischen uns, klar geworden, dass Lucy diejenige war, die er haben wollte. Vielleicht haben sie sich aber auch einfach nur verliebt, und fertig. Oder es ist irgendwas passiert, wovon ich nichts weiß und auch nie erfahren werde, weil sie halt auch ihre Geheimnisse haben.

Anfang der zwölften Klasse habe ich zum ersten Mal was gemerkt. Lucy und ich waren ziemlich gestresst. Wie alle anderen auch. Die Schule machte richtig Druck. Aber Lucy wirkte ganz besonders gestresst. Ihre Eltern hatten hohe Erwartungen an sie. Sie sollte ihrer jüngeren Schwester ein Vorbild sein und in mindestens zwei Fächern die Klassenbeste. Und auch sonst natürlich besser als möglichst viele andere Schüler.

»Ich *muss* einen guten Abschluss machen«, sagte sie eines Nachmittags, als wir uns zu dritt zum Lernen verabredet hatten.

»Klar. Ich auch«, antwortete ich, während ich gedankenverloren auf meinem Stift rumkaute.

»*Deine* Eltern sind doch völlig entspannt.«

Ich sah auf. Sie wusste genau, dass das so nicht stimmte. »Meinen Eltern ist das auch sehr wichtig. Die zeigen das nur anders. Aber vor allem ist es *mir* sehr wichtig.«

»Ich weiß, ich weiß. Wir haben alle Stress.« Sie beugte sich über ihre Schultasche, als suchte sie irgendwas, aber eigentlich schien sie eher um Fassung zu ringen.

»Wenn ich an all das denke, was ich dieses Jahr noch machen muss, wird mir richtig schlecht«, sagte sie, immer noch vornübergebeugt.

Zach und ich wechselten einen Blick über ihren Kopf hinweg.

»Luce?«, fragte er, legte ihr die Hand auf den Arm und beugte sich vor, um ihr ins Gesicht zu sehen.

»Was denn?«

»Du schaffst das. Wir helfen dir dabei.«

Diese Zärtlichkeit in seiner Stimme, diese sanfte Berührung ihres Arms. Das fiel mir auf. Ich weiß nicht mehr genau, was ich damals gedacht habe, aber ich weiß noch, dass mir auffiel, wie anders er an diesem Tag zu ihr war.

Ungefähr eine Woche später, als wir alle drei mit der Bahn fuhren, stiegen ein paar Jungs vom Fuller College zu, unverwechselbar in ihren grün-gelben Uniformen. Genau die Typen, die sich immer über meine Akne lustig gemacht hatten. Ich hasste sie, aber noch mehr hasste ich meine Angst vor ihnen. Ich wandte den Blick ab.

Die Bahn war voll, aber nicht überfüllt. Wir standen in der Nähe der Tür, und als sie lachend und lärmend an uns vorbeikamen, rempelten sie mit Absicht gegen Lucys Rucksack und hätten sie fast umgeschubst.

»Sag mal, gehts noch?«, rief sie, während sie nach hinten taumelte und sich gerade noch an einer Stange festhalten konnte.

Die Jungen lachten nur.

»Hey!«, rief Zach.

»Was denn?« Einer von ihnen drehte sich zu ihm um.

»Könnt ihr nicht aufpassen? Sie wär fast gefallen.«

Der Typ verdrehte die Augen. Er musterte Zach und schätzte offensichtlich ab, wie viel kräftiger er selbst gebaut war, wie viel mehr Freunde er um sich hatte, wie sehr die Situation zu seinem Vorteil war. Zachs Blick blieb trotzdem ruhig und ohne Angst. Er wollte keinen Streit anfangen, aber in seiner Stimme lag etwas Unbeugsames.

»Schon gut, Alter, reg dich ab. Sag deiner Freundin, dass es mir leidtut.«

Dann drehte er sich wieder zu seinen Freunden um, sagte irgendwas und alle lachten.

»Dabei stehe ich hier direkt vor ihm«, schimpfte Lucy und stemmte die Hände in die Hüften.

»Wie meinst du das?«, fragte ich.

»Wieso sagt er zu Zach, er soll seiner Freundin sagen, dass es ihm leidtut, während ich direkt vor ihm stehe.« Lucy schien das weit mehr aufzubringen als der eigentliche Rempler.

Aber ich hatte gesehen, wie Zachs Miene sich verändert hatte, als der Typ Lucy seine Freundin genannt hatte, und dann auch noch mal, als Lucy diese Worte wiederholte. Da war etwas aufgeflackert.

Von da an war mir klar, dass er sich in sie verliebt hatte, aber mir war überhaupt nicht klar, wie ich das finden sollte – einerseits faszinierend, andererseits irgendwie nicht so toll. Aber da hielt ich seine Gefühle auch noch für einseitig. Lucy ließ nicht viel durchblicken.

Eines Nachmittags trat dann aber eine deutliche Veränderung ein. Zach und Lucy lachten über irgendwas, und als Lucy ihn liebevoll gegen den Arm boxte, schaute er sie so zärtlich an, dass ich wusste, jetzt kann es nicht mehr lange dauern. Aber ich hatte es nicht eilig damit, denn im selben Moment würde sich auch zwischen uns dreien alles für immer verändern. Außerdem dachte ich, dass Zach mich sicher erst noch ins Vertrauen ziehen und um Rat fragen würde. Und auch Lucy würde ihre Gefühle doch bestimmt erst mal mit mir besprechen, und ich würde die beiden dann zusammenbringen.

Ich dachte, ich würde irgendwie daran teilhaben.

Stattdessen passierte dann alles in meiner Abwesenheit. Ein Wochenende hatte ich mal so furchtbar viel für die Schule zu tun, dass mir keine Zeit für ein Treffen blieb, und an dem darauffolgenden bin ich mit Mum zu meiner Großmutter gefahren, die zwei Autostunden entfernt wohnt. Auf dem Rückweg bat ich Mum, mich bei Zach abzusetzen, weil ich noch ein Buch bei ihm abholen wollte.

Ich hatte mich absichtlich nicht angekündigt, sondern ging wie immer durch die Hintertür ins Haus. Ich wollte sehen, ob Lucy da war und was die beiden wohl taten, wenn ich nicht dabei war. Ich stellte mir so was vor wie heftiges Flirten oder eng umschlungen vorm Fernseher sitzen.

»Hallo?«, rief ich beim Reinkommen, obwohl ich wusste, dass man mich hinten in der Höhle sowieso nicht hören konnte.

Ich ging bis zur Tür und öffnete sie leise. Im ersten Moment hielt ich das Zimmer für leer, aber dann sah ich Lucy und Zach auf dem Sofa, leidenschaftlich knutschend und völlig ineinander verschlungen.

»Oh«, sagte ich und zuckte zurück. Aber sie hörten mich nicht. Ich zog die Tür wieder zu und lief dann in so blinder Hast den Flur entlang, dass ich über ein paar herumstehende Schuhe stolperte. Meine Knie prallten mit voller Wucht auf die Dielen, und ich musste mich kurz hinsetzen, den Kopf zwischen die Beine nehmen und tief durchatmen. Ich war völlig durcheinander und wütend auf mich selbst, weil ich so blöd gewesen war, mich anzuschleichen, aber mit so was hatte ich nun wirklich nicht gerechnet.

Langsam humpelte ich nach Hause und brach, zu meiner Beschämung, auf halber Strecke in Tränen aus. Ich redete mir ein, wegen meiner schmerzenden Knie zu weinen und weil ich müde war und fror. Aber ich wusste natürlich, dass ich eigentlich wegen Zach und Lucy weinte, weil sie mich gar nicht gebraucht hatten, um zusammenzukommen, und weil ich nicht damit gerechnet hatte, *wie sehr* sie zusammen sein würden. Ich hatte mir schwärmerische Blicke vorgestellt, dabei waren sie schon auf bestem Weg zu ich weiß nicht was. Beziehungsweise wusste ich natürlich ziemlich genau, worauf das hinauslief. Lucy hatte schließlich schon mal Sex gehabt, wozu also warten? Ich hörte den hässlichen Unterton in meinen Gedanken. Im Stillen bezeichnete ich meine beste Freundin gerade als Schlampe. Ich war ein widerlicher Mensch. Eine erbärmliche, einsame, abscheuliche Person.

Immer noch weinend humpelte ich die letzten Meter bis zu unserem Haus und musste mich dann auch noch unbemerkt reinschleichen und in die Dusche retten, bis mein Gesicht nicht mehr ganz so rot und verheult aussah.

Auf meinem linken Knie hatte ich einen riesigen Bluterguss.

»Oh Gott, wie ist das denn passiert?«, fragte mich Lucy am nächsten Tag in der Schule.

»Ich bin hingefallen.«

»Aua.«

»Ja, tat ganz schön weh.«

# 9

## Zehn, neun, acht …

Zach, Lucy und ich sitzen auf einer Sanddüne und teilen uns eine Flasche rosafarbenen Champagner. Ich nehme einen Schluck und reiche sie an Lucy weiter, die mehrmals ansetzt, bevor sie die Flasche an Zach weitergibt, der ebenfalls trinkt und das Gesicht verzieht. Er mag keinen rosa Champagner. Ich auch nicht. Wir haben ihn für Lucy gekauft, weil sie zu Silvester unbedingt mit uns am Strand sitzen und rosa Champagner trinken wollte, und wir machen ihr gern eine Freude, gerade im Moment. Hin und wieder bekommt sie nämlich immer noch diesen abwesenden Blick, der uns zeigt, dass sie nicht so glücklich ist, wie es den Anschein hat.

»Wir habens geschafft«, sagt Zach und hebt die Flasche zum Sternenhimmel empor.

»Auf unseren Abschluss«, sage ich.

»Auf unsere Zukunft«, sagt Zach.

»Auf ewige Freundschaft«, sagt Lucy.

»Darauf, dass wir alle an die gleiche Uni kommen«, füge ich hinzu. Wir wollen nämlich alle hier in Melbourne studieren, weil die Uni angeblich den besten Ruf hat. Ich will mich für Literatur einschreiben, erst meinen Master und dann vielleicht auch noch meinen Doktor machen (ich gehöre zu den Leuten, die einfach so lange an der Uni bleiben, bis ihnen die Abschlüsse ausgehen). Lucy will Jura studieren und Zach Medizin, sodass wir noch mindestens sechs Jahre lang als Co-Abhängige weiterleben können und ich frühestens mit fünfundzwanzig wieder in die Verlegenheit kommen werde, neue Leute kennenlernen zu müssen.

»Darauf, dass all unsere Wünsche in Erfüllung gehen«, sagt Zach, was ich ein bisschen anmaßend finde, aber Zach hatte ja auch noch nie einen Grund, an der Erfüllung seiner Wünsche zu zweifeln.

Ich lasse mich in den Sand zurücksinken, schließe die Augen und höre den Wellen zu.

»Was macht Alex eigentlich heute Abend?«, fragt Lucy, und ich zucke zusammen, weil ich mich gerade genau dasselbe gefragt habe.

»Der muss doch arbeiten«, sagt Zach.

»Und danach?«, frage ich.

»Zieht er vermutlich um die Häuser und legt ein Mädchen nach dem anderen flach.«

»Ein Mädchen nach dem anderen?« Meine Stimme schnappt fast über.

»Okay, vielleicht auch nur eins. Oder gar keins. Was weiß ich.«

Aber mein Verstand hängt noch an diesem »ein Mädchen nach dem anderen« fest, und ich komme mir total lächerlich vor, dass ich diesem Wangenkuss eine solche Bedeutung beigemessen habe. Ein bisschen wie dieser Handberührungs-Vorfall mit Zach, auf den ich auch so zwanghaft fixiert war, während andere schon den wildesten Sex hatten. Wahrscheinlich werde ich noch auf dem Totenbett um das eine und einzige Mal in meinem Leben kreisen, wo ein Typ ein bisschen nett zu mir war.

»Ich geh mal ein Stück«, sage ich, hauptsächlich aus dem Gefühl heraus, dass die beiden jetzt vielleicht gern allein wären, damit sie sich um Mitternacht ungestört küssen können.

»Aber das Feuerwerk geht jeden Augenblick los«, sagt Lucy.

»Dann komm ich zurück.«

»Spiel jetzt nicht die Märtyrerin. Den Countdown machen wir alle drei zusammen. Keine Diskussion«, sagt Zach.

»Na gut.«

Ich setze mich wieder hin und wir schauen zum Himmel hinauf. Ich weiß nicht so genau, ob ich mich jetzt eher als Sozialfall fühlen soll oder wie jemand, der die zwei besten Freunde der Welt hat. Dann zählt die Menge von zehn herunter, alle jubeln bei null, und das Feuerwerk geht los.

»Woohoooh!«, brüllt Zach, während er mit staksigen Sprüngen ins Wasser rennt, um dann, als er hüfttief drin steht, komplett angezogen unterzutauchen.

»Kommt auch rein!«, ruft er.

Bei Nacht ins Meer zu gehen erscheint mir wie die sicherste Methode, von Haien gefressen zu werden. Andererseits ist es aber vielleicht auch die einzige Gelegenheit, in Kleidern zu schwimmen, ohne mich lächerlich zu machen. Ich hoffe einfach mal, dass da draußen genügend Leute herumplanschen, um die Chance, dass der vorbeikommende Hai ausgerechnet mich anfällt, einigermaßen gering zu halten.

Lucy rennt jetzt auch ins Wasser, und ich folge ihr. Es ist kälter als erwartet, deshalb wate ich nur langsam immer weiter, bis ich Zach und Lucy erreicht habe.

»Kommt, wir fangen das neue Jahr damit an, dass jeder den anderen sagt, was er gut an ihnen findet«, sagt Lucy, als wir zu dritt bis zu den Schultern im Wasser stehen. Sie schlägt andauernd solche Sachen vor. Angeblich hat ein Therapeut, bei dem ihre Familie mal war, immer solche »Wohlfühl-Spiele«, wie er sie nannte, mit ihnen gemacht, und Lucy ist jetzt quasi süchtig danach. Manchmal lassen Zach und ich uns darauf ein, manchmal aber auch nicht.

»Lucy ist warmherzig, großzügig und fürsorglich, Natalie ist lustig, clever und interessant«, rattert Zach runter, während er uns schwimmend umkreist.

»Interessant?«, schnaube ich.

»Was stimmt denn nicht mit ›interessant‹?«, fragt Zach.

»Das ist ein Euphemismus«, sage ich und spritze ihm ein bisschen Wasser ins Gesicht, als er an mir vorbeischwimmt.

»Und wofür?«, fragt er und zieht eine Grimasse, als meine Spritzer ihn treffen.

»Für ›verschroben und unbeliebt‹.«

»Überhaupt nicht. ›Interessant‹ ist für mich das allergrößte Kompliment«, sagt Zach, stellt sich wieder auf die Füße und streicht sich das Haar aus den Augen.

»Da fällt dir sicher noch was Besseres ein.«

»Sag du doch erst mal deins, dann sehen wir ja, wer's besser kann.«

»Warum müsst ihr eigentlich immer solche Spielverderber sein?«, klagt Lucy.

»Wir können nicht anders«, sagt Zach.

»Das liegt nun mal in unserer Natur. Hey, das passt doch perfekt auf dich, Zach: der geborene Spielverderber.«

»Eine völlig unterschätzte Qualität«, sagt er grinsend.

Ich tauche unter, versuche, nicht an die Haie zu denken, und komme wieder hoch. Letztes Jahr habe ich Silvester mit meinen Eltern verbracht, und wir haben das gemacht, was wir schon seit Jahren machen: teuren Käse essen und alte Filme gucken. Und so gern ich Zach und Lucy mag, und so schön ich es finde, jetzt mit ihnen zusammen zu sein, muss ich trotzdem daran denken, dass ich so ein Silvester mit meinen Eltern wohl nie mehr erleben werde.

Ich lasse mich eine Zeit lang auf dem Rücken treiben und schaue zu, wie die letzten Raketen am Himmel zerplatzen. Meine Ohren sind unter Wasser, deshalb sehe ich nur lautlose bunte Explosionen inmitten von Sternen. Am liebsten würde ich für immer so liegen bleiben.

# 10

## Peinliche Dinge

Nachts um zwei lässt mich das Knarren der Haustür aus dem Schlaf hochschrecken. Alle liegen längst in ihren Betten, ich selbst habe auch schon ungefähr eine halbe Stunde geschlafen. Nachdem wir vom Strand zurückgekommen sind, die nassen Klamotten in die Waschmaschine gestopft und allen Gute Nacht gesagt haben, haben Zach und ich heimlich die Zimmer getauscht.

Deshalb liege ich jetzt ganz allein in diesem Erdgeschosszimmer, das der Haustür am nächsten ist, und habe Angst. Wie konnte ich nur die beträchtlichen Risiken dieses Bettentauschs übersehen? Bloß weil Zach und Lucy scharf aufeinander sind, werde ich hier gleich als Erste ermordet. Die Haustür schließt sich knarrend, und ich ziehe mir die Decke über den Kopf. *Lieber Gott oder Wer-auch-immer-vielleicht-gerade-zuhört, bitte lass mich nicht sterben, bevor ich meinen Führerschein gemacht habe. Und bevor ich meine Podcast-Serie über heutige Jugendliche, die Jugendfilme aus den 90ern gucken, rausgebracht habe. Und bevor ich nicht wenigstens ein Mal aus Australien rausgekommen bin. Und mit jemand anderem als mir selbst einen Orgasmus gehabt habe. Lass mich nicht sterben, bevor …*

Die Schritte auf dem Flur kommen näher und ich überlege, wann man wohl am besten losschreit. Wenn der Mörder die Klinke runterdrückt, wenn er ins Zimmer tritt oder besser erst, wenn er mir die Decke wegzieht? Jetzt bräuchte ich mein Handy, aber das hängt gerade am anderen Ende des Zimmers an der Steckdose.

Der Mörder bleibt tatsächlich vor meiner Zimmertür stehen.

Andere Schritte sind zu hören, und Geflüster. Zwei Leute flüstern miteinander. Ich schlage die Decke wieder zurück.

»Alex?« Das ist Mariellas Stimme.

»Mum!«

»Oh Gott, mir ist fast das Herz stehen geblieben! Wo kommst du denn jetzt noch her?«, fragt sie.

»Ich hab mir einen Leihwagen geschnappt und bin direkt nach der Arbeit noch losgefahren. Was hast du da in der Hand? Einen Kricketschläger?«

»Ich hab dich für einen Einbrecher gehalten.«

»Du hast Dad schlafen lassen und dir den Plastik-Kricketschläger deiner Kinder geschnappt, um dich alleine dem Eindringling entgegenzustellen?«

»Dein Vater hat nicht den nötigen Killer-Instinkt, der würde im entscheidenden Augenblick zögern, das weißt du doch.«

»Stimmt.«

»Aber wie kommst du denn darauf, am Silvesterabend noch so eine lange Strecke zu fahren, Schätzchen? Ist das nicht viel zu gefährlich?«

»Ich bin stocknüchtern, ehrlich. Die Polizei hat mich unterwegs gleich zwei Mal zum Pusten rausgewinkt.«

»Aber anderthalb Stunden Fahrt nach so einer langen Schicht, da ist doch vorprogrammiert, dass du irgendwann am Steuer einschläfst und dich totfährst.«

»Stimmt, ich hätt's nicht machen sollen. Aber ich hatte einen ziemlich miesen Abend und wollte einfach raus aus der Stadt.«

»Was ist denn passiert?«

»Nichts, ich bin bloß ... Erzähl ich dir morgen.«

»Du kannst hier bei Zach schlafen. Die Klappliege steht bei Glenn und Anthony im Schrank. Die will ich jetzt nicht wecken.«

»Kein Problem, ich leg mich zu Zach. Der wird bestimmt nicht wach, der merkt erst morgen früh, dass ich dazugekommen bin.«

»Komm mal her, mein Schatz.«

»Mum ...«

»Ich will dich doch nur kurz mal drücken.«

»Nicht, Mum.«

»Darf deine Mutter dich noch nicht mal mehr umarmen?« Die klassische Erpressertour aller Mütter.

»Na gut. Aber pass mit dem Schläger auf.«

Einen Moment lang ist es still.

»Dein T-Shirt riecht nach Bier. Und nach Pommes.«

»Ich arbeite in einem Pub.«

»Schlaf gut, mein Schatz. Ich hab dich lieb.«

»Nacht, Mum. Ich dich auch.«

Ich bin so mit Lauschen beschäftigt, dass mir erst jetzt klar wird, was gleich passiert. Ich ziehe mir die Decke wieder über den Kopf.

Die Zimmertür öffnet und schließt sich. Ich will noch kurz warten, bis Mariella im Schlafzimmer verschwunden ist, bevor ich etwas sage, aber da höre ich auch schon, wie Alex seine Jeans auszieht, und in meinem Kopf fängt es vor lauter Panik an zu rauschen.

»Warte mal«, sage ich. Meine Stimme klingt dumpf und drohend, ich habe ja immer noch die Decke überm Kopf.

»Scheiße! Wer ist da?« Alex steckt anscheinend gerade mit einem Bein in seiner Jeans fest, denn ich höre, wie er hektisch herumhüpft und dann mit einem weichen Plumps auf den Boden fällt.

»Alles in Ordnung?«, frage ich.

»Natalie?«

»Ja.« Ich schlage die Decke zurück.

»Oh Mist, tut mir leid. Mum hat gesagt, Zach wär hier drin.«

»War er ja auch. Wir haben getauscht, damit er bei Lucy schlafen kann, aber erzähl ihr das bloß nicht.«

»Aha.«

Ich blinzele ins Dunkel. Er ist aufgestanden und zieht sich jetzt genervt die Hose wieder hoch.

»Typisch Zach«, sagt er.

»Heute ist Silvester. Ist doch klar, dass die beiden zusammen sein wollen.«

»Und wie machen wir das jetzt? Vielleicht kann ich ja auf dem Boden schlafen«, sagt er, setzt sich aber erst mal auf die Bettkante. Wirft sich dann auf den Rücken und schlägt die Hände vors Gesicht, als stünden wir vor der größten Prüfung, die ein Mensch je erdulden musste.

»Ich bin so scheißmüde und hatte so einen absolut beschissenen Abend und muss anscheinend ständig fluchen, entschuldige. Dabei kann ich das eigentlich überhaupt nicht leiden«, sagt Alex. In seiner Stimme liegt eine Verzweiflung, die mir in der Seele wehtut.

»Dann komm doch einfach ins Bett«, sage ich, weil ich irgendwas Nettes und Tröstliches sagen will, aber ungefähr eine Millisekunde nachdem ich die Worte ausgesprochen habe, würde ich vor Scham am liebsten im Boden versinken. Habe ich Alex gerade wirklich aufgefordert, *zu mir ins Bett zu kommen*? Ich widerstehe dem Drang, mir gleich wieder die Decke über den Kopf zu ziehen. Vielleicht kann ich mich ja einfach in Luft auflösen, bevor er antwortet. Ich hoffe es jedenfalls.

Einen Moment lang liegt er ganz still, dann setzt er sich auf, schiebt sich unter die Bettdecke und legt den Kopf auf das Kissen neben mir.

»Danke«, sagt er mit leicht bebender Stimme.

Eigentlich albern, sich bei mir zu bedanken, schließlich sind wir hier im Haus seiner Eltern. Am liebsten würde ich auch sagen, dass er die Jeans ausziehen soll, denn wenn ich nur daran denke, bei dieser Hitze in einer Jeans zu schlafen, juckt es mich schon überall. Aber das würde noch zweideutiger klingen als die Sache mit dem Ins-Bett-Kommen, und außerdem bin ich nicht sicher, ob ich wirklich will, dass er die Hose auszieht.

Ich kann nicht mit einem hosenlosen Alex neben mir schlafen. Am Ende kriege ich noch einen Herzinfarkt.

Bei dem Gedanken an seine Jeans wird mir klar, dass ich selbst gerade das T-Shirt mit dem verzerrten Prinz-Harry-Porträt trage und dazu mit Hotdogs bedruckte Schlafshorts aus der Herrenabteilung von *Kmart*. Nicht gerade sexy. Sozusagen das Gegenteil von sexy.

Alex wühlt ein bisschen herum und hebt dann zwei Kissen vom Boden auf (Mariella liebt Kissen, deshalb liegen auf jedem Bett mindestens drei mehr, als man eigentlich braucht), die er zwischen uns unter die Decke stopft.

»Was machst du da?«, frage ich.

»Ich errichte eine Kissenbarriere. Ich kann nicht in der Jeans schlafen.«

*Oh Gott, oh Gott, oh Gott. Er wird seine Hose ausziehen. Er wird* hosenlos *sein.*

Ich fühle mich wie in der Fan-Fiction meines eigenen Lebens. Allerdings würde ich die Geschichte jetzt lieber aus sicherer Entfernung auf einem Bildschirm lesen, statt hier in Shorts mit Hotdog-Muster herumzuliegen, schweißgebadet und mir meiner BH-Losigkeit aufs Unangenehmste bewusst.

»Willst du etwa nackt schlafen?«, frage ich und meine Stimme klingt seltsam quietschig, ganz anders als sonst.

»Nein! Die Unterhose lass ich an. Wär das okay? Wenn nicht, kann ich natürlich auch die Jeans anlassen.«

»Nein, nein, zieh sie ruhig aus«, sage ich mit möglichst dunkler Stimme, um wie eine weltgewandte Frau zu klingen, der die Menge an Kleidung, die neben ihr im Bett getragen wird, vollkommen gleichgültig ist. (Ich stelle mir weltgewandte Frauen immer mit einer tiefen, rauen – erkältungsheiseren oder vielleicht auch zigarettenheiseren – Stimme vor).

Ich höre, wie Alex sich wieder aus seiner Jeans pellt und sie auf den Boden fallen lässt. Na bitte. Jetzt ist die Jeans also offiziell weg. Tief durchatmen, Natalie. *Das passiert hier gerade wirklich.*

»Wann tauscht ihr denn zurück, du und Zach?«, fragt Alex gähnend. Wie kann er jetzt so entspannt sein? Für mich ist das gerade der aufregendste Moment meines Lebens, und das sage ich als eine, für die es bei ihrer Abschlussprüfung in Englisch um Leben und Tod ging.

»Um halb sieben. Ich hab mir den Wecker gestellt«, antworte ich.

»Und es ist wirklich in Ordnung für dich, dir bis dahin das Bett mit mir zu teilen?«, fragt er.

»Klar. Alex, das hier ist *dein* Haus.«

Es gibt nur eins, was ich noch schrecklicher fände, als mir mit einem hosenlosen Alex das Bett zu teilen, nämlich diese Chance zu versäumen.

»Mein Haus, ganz genau. Was bedeutet, dass du mein Gast bist und dir jetzt mit irgendeinem dahergelaufenen Typen, der nachts bei dir ins Zimmer platzt, das Bett teilen musst.«

»Du bist wohl kaum irgendein dahergelaufener Typ.« Wenn er wüsste, wie viel Raum er während der letzten vier Tage in meinem Kopf beansprucht hat, würde ich vor Scham sterben.

»Stimmt, aber es ist trotzdem komisch. Zum Glück haben wir ja jetzt die Kissenbarriere, damit es sich wenigstens ein bisschen nach getrennten Betten anfühlt.«

Er setzt offenbar großes Vertrauen in diese Kissenbarriere.

»Stimmt, fühlt sich wirklich viel besser an, fast schon wie getrennte Schlafzimmer. Oder gar getrennte Wohnungen«, sage ich.

»Das schafft nur eine richtig gute Kissenbarriere«, antwortet er und in seiner Stimme ist ein Lächeln hörbar.

Wir liegen beide auf der Seite, die Gesichter einander zugewandt. In der Dunkelheit kann ich seine Züge nur vage erkennen, eher einen Schemen seines Gesichts als wirklich sein Gesicht.

»Und was war nun so schrecklich heute Abend?«, frage ich, sehr viel mutiger, als ich es sonst um zwei Uhr nachts bin, aber schließlich ist heute Silvester und ich habe ein bisschen rosa Champagner getrunken.

Er schweigt eine Weile. »Ich bin gefeuert worden«, sagt er schließlich.

»Oh nein.« Damit hatte ich nicht gerechnet. »Und warum?«

»Weil mein Chef ein Arschloch ist.«

»Wow.« Ich bin sprachlos. Von Zach weiß ich, wie wichtig dieser Job für Alex war und was für einen Aufstand seine Eltern gemacht haben, als er sich entschieden hat, kein Studium, sondern eine Ausbildung anzufangen.

»Jepp«, sagt Alex.

»Das tut mir leid.«

»Du kannst doch nichts dafür.«

»Ich meine, es tut mir leid, dass das passiert ist.«

»Mir auch. Ich bin noch nie gefeuert worden.«

»Und wie fühlt sich das an?«, frage ich, ohne nachzudenken. Was für eine taktlose Frage! Man darf mich wirklich nicht allein auf die Leute loslassen.

»Ziemlich mies«, sagt er.

»Was genau ist denn passiert?« Geht mich zwar nichts an, aber vielleicht tut es ihm ja gut, darüber zu reden.

Alex rollt sich auf den Rücken.

»Unser Küchenchef, Garry, ist halt einer, der ständig rumbrüllt und die Leute fertigmacht. Soll bei Küchenchefs wohl normal sein, ich weiß, aber Garry ist wirklich besonders schlimm. Ich glaube, der hat ein echtes Problem. Jedenfalls hatte er heute Abend mal wieder mich und einen von den anderen, Felix, auf dem Kieker. Meistens ignoriere ich ihn einfach, aber Felix ist irgendwann ausgerastet. Die beiden haben sich richtig gefetzt, und ich hab mich hinter Felix gestellt. Hab Garry gesagt, dass er ungerecht ist und dass er mit den Leuten so nicht umgehen kann, und am Ende meiner Schicht hat Garry dann gesagt, ich bräuchte nicht mehr wiederzukommen.«

»Echt fies.«

»Jepp. Felix hat er komischerweise nicht gefeuert, obwohl der viel schlimmere Sachen gesagt hat. Ich glaube, er wollte mich einfach loswerden. Ich bin halt noch kein Spitzenkoch, obwohl ich schon viel gelernt habe.«

»Jedenfalls hast du alles richtig gemacht.«

»Meinst du? Vielleicht hätte ich mich lieber raushalten sollen.

Meine Eltern werden jedenfalls stinksauer sein.« Er stößt langsam die Luft aus.

»Die werden das schon verstehen«, sage ich.

»Die werden sagen, dass sie immer schon wussten, dass das schiefgeht«, erwidert er.

»Du findest doch bestimmt eine andere Stelle«, sage ich, sehr viel zuversichtlicher, als mir eigentlich zusteht, schließlich habe ich keinen blassen Schimmer, wie das läuft.

»Es kommt mir so vor, als ...« Er stockt, rollt sich wieder auf die Seite und schaut mich an. »Weißt du was? Lass uns von was anderem reden. Was habt ihr denn heute Abend so gemacht?«

Ich ignoriere seine Frage. »Es kommt dir so vor, als ...?«

Er schweigt einen Moment, und ich spüre, dass er hin und her überlegt, wie viel er mir erzählen soll.

»Als würde im Moment einfach alles schiefgehen, was ich anpacke, und wenn ich mir noch so viel Mühe gebe«, sagt er schließlich leise. »Als wäre mein ganzes Leben nur ein einziger großer Fehler.«

Das Gefühl kenne ich gut. Dass nichts so läuft, wie es laufen sollte, und dass alle meine Entscheidungen falsch sind.

»Aber jetzt beginnt doch ein neues Jahr, da kannst du ganz unbelastet von vorn anfangen«, sage ich, eigentlich die geborene Pessimistin, aber für Alex übernehme ich heute mal die entgegengesetzte Rolle.

»Eigentlich bin ich aber erst in diesem Jahr gefeuert worden. Zehn Minuten nach Mitternacht, um genau zu sein«, sagt er.

»Alles Schlechte, was in der ersten Stunde des neuen Jahres passiert, gehört rein rechnerisch noch zum alten Jahr«, sage ich. »So lautet die Regel.«

»Eine gute Regel.«

Während dieser Unterhaltung sind wir mit den Köpfen immer näher zusammengerückt.

»Und jetzt sollst du alles wieder vergessen, was ich eben erzählt habe«, sagt er.

»Warum?«, frage ich.

»Weil ich dir gerade so viele peinliche Dinge über mich erzählt habe und … mir das unangenehm ist.« Er lacht verlegen.

»Na, hör mal, du weißt wohl nicht, wen du vor dir hast. Ich bin die Königin der Peinlichkeiten. Mein Leben ist eine einzige riesige Peinlichkeit«, platze ich heraus, bereue die Worte aber sofort, weil ich weiß, wie die nächste Frage lauten wird.

»Echt? Wieso das denn?«

Fieberhaft suche ich nach einer Begebenheit, die ich ihm erzählen könnte, irgendwas Lustiges, Harmloses, das mich am Ende eher cool als peinlich wirken lässt und nichts mit der allumfassenden Scham für meinen Körper und meine Persönlichkeit zu tun hat. Mir fällt nichts ein.

Aber es ist dunkel, und er wartet, und ich muss irgendwas sagen.

»Na ja, eigentlich meine ganze Zeit auf der Highschool«, sage ich schließlich.

»Was denn zum Beispiel?«

Ich greife nach der sichersten Option, die mir auf die Schnelle einfällt, etwas, das er schon weiß. »Na, zum Beispiel die Party neulich. Du hast ja gesehen, wie ich mich im Bad versteckt habe. Und *geheult* habe ich auch noch.«

»Du bist zu einer Party gegangen, wo du niemanden kennst. Das ist ziemlich mutig.«

»Deine Messlatte für *mutig* liegt wohl nicht sehr hoch.«

»Oh doch.«

»Was ist das Mutigste, was du je getan hast?«

Er überlegt einen Moment.

»Ich weiß nicht, ob ich je schon mal was richtig Mutiges getan habe.«

»Was ist mit heute Abend? Deinem Chef die Meinung zu sagen?«

»Vielleicht.« Er klingt nicht überzeugt.

»Für mich hört sich das mutig an.«

»Dann bist wohl eher du diejenige mit der niedrigen Messlatte«, sagt er, streckt den Arm über die Kissenbarriere aus und stupst mich sanft gegen die Schulter.

Die kurze Berührung macht mir eine Gänsehaut. »Oder wir sind eben beide unglaublich mutig«, sage ich.

»Echte Helden«, sagt er.

»Über uns wird man Bücher schreiben.«

»Und Filme drehen.«

»Und zu Halloween werden sich alle so verkleiden wie wir.«

»Dann brauchen wir aber auch Superheldenkostüme.«

»Ich trage einen Silberdegen mit vergifteter Spitze und einen schwarzen Kapuzenumhang«, sage ich. So einen Umhang wollte ich schon immer haben, der eindrucksvoll hinter mir herweht, wenn ich aus dem Zimmer rausche, oder dessen Kapuze ich mit dramatischer Geste zurückschlagen kann, um meine Identität zu enthüllen.

»Bist du ein Superheld oder ein Meuchelmörder?«, fragt er.

»Von beidem ein bisschen«, antworte ich.

»Also, zu meinem Superheldenkostüm gehört ein Düsenrucksack und ein Schwert.«

»Das passt aber nicht so richtig zusammen, oder?«

»Warte, bis du einen Schwertkampf in der Luft gesehen hast, dann wirst du deine Meinung ändern.« Er klingt sehr selbstsicher.

»Und wie willst du gleichzeitig mit dem Schwert kämpfen und deine Düsen steuern? Kommt mir ziemlich riskant vor.«

Wir diskutieren noch eine Weile über Schwerter und Düsenrucksäcke, und ich höre an seiner Stimme, wie er sich allmählich entspannt.

»Danke«, sagt er irgendwann.

»Wofür?«

»Als ich reinkam, gings mir echt mies. Jetzt gehts mir schon etwas weniger mies.«

»Weniger mies, aber noch nicht gut?«

»Wir wollen nicht gleich übertreiben.«

Ich lache und schließe dann die Augen. Lausche auf seinen Atem und weiß ganz genau, wann er einschläft, weil sich der Rhythmus ändert.

Lange Zeit liege ich da und höre ihm beim Schlafen zu, was ich aufregend intim, aber auch irgendwie gestört finde. Ich kann sowieso nichts dagegen machen, denn ich bin nun mal hellwach. Außerdem habe ich noch nie eine Nacht mit einem Typen im Bett verbracht, da will ich keine Sekunde verpassen. Auch wenn ich ziemlich bald merke, dass es mit einem schlafenden Alex nicht viel zu verpassen gibt.

Als mein Wecker losbrummt, habe ich das Gefühl, ich hätte eben erst die Augen zugemacht.

# 11

# Eine unvollständige Liste

Hier eine unvollständige Liste der schlimmsten Peinlichkeiten aus meiner Highschool-Zeit, die ich niemals jemandem beichten würde, weder Alex noch sonst wem:

*Wie mich eine Frau im Supermarkt gefragt hat, was mit meinem Gesicht passiert ist, weil meine Akne so schlimm war, dass sie nicht mal mehr wie Akne aussah.*

*Wie ich bei unserer Hausärztin in Tränen ausgebrochen bin, einfach nur, weil sie nett zu mir sein wollte und »Mein armes Schätzchen« gesagt hat.*

*Wie ich bei meinem Dermatologen in Tränen ausgebrochen bin, als er gefragt hat, warum ich nicht schon viel früher gekommen bin, und mir klar wurde, dass ich an allem selbst schuld war.*

*Wie ich bei meiner Heilpraktikerin in Tränen ausgebrochen bin, als sie mir alles aufgelistet hat, was ich nicht mehr essen sollte, und mir klar wurde, dass sie wahrscheinlich noch nicht mal bei der Hälfte angekommen war und ich nie wieder irgendwas würde genießen können.*

*Wie ich mich in der BH-Abteilung vor allen Leuten mit meiner Mutter gefetzt habe, weil ich nicht wollte, dass die Verkäuferin in die Kabine kommt und all die Pickel und Narben auf meinem Rücken sieht.*

*Wie ich mal tagelang niemanden angesehen habe und mir dann anhören musste, ich sei unhöflich, und wie mir dann in einer schrecklichen Welle der Erkenntnis klar wurde, was die Leute von mir denken mussten.*

*Wie ich meine Haut zum ersten Mal seit Langem ganz okay fand, dann aber von einem kleinen Mädchen gefragt wurde, ob ich mir das Kinn aufgeschrammt hätte, was mir deutlich gemacht hat, dass meine Haut nur im Vergleich zu dem, wie schlimm sie vorher war, ganz okay aussah.*

*Wie ich ein halbes Jahr lang keinen Zucker mehr gegessen habe, nicht mal einen Geburtstagskuchen oder einen Nachtisch zu Weihnachten oder einen Eisbecher am Freitagabend (mein Lieblingsritual), und meine Haut trotz all dieser Opfer immer wieder aufblühte.*

*Wie meine Eltern mal übers Wochenende weggefahren sind und mich dann angerufen und erwartungsvoll gefragt haben, was ich denn so mache, und mir dann erst später klar wurde, dass sie offenbar gehofft hatten, ich würde in ihrer Abwesenheit eine Party schmeißen (wenigstens eine kleine, oder wenigstens eine Freundin zum Übernachten einladen). Stattdessen habe ich stundenlang Fan-Fiction gelesen, mir YouTube-Tutorials über Kreuzstickerei angesehen und eine Liste mit Namen erstellt, die ich meinem Hund geben könnte, wenn ich einen hätte, und mich einfach nur gefreut, niemanden sehen zu müssen.*

*Wie ich montagmorgens beim Blick in den Spiegel regelmäßig in Tränen ausgebrochen bin, weil ich mit diesem Gesicht jetzt wieder eine ganze Woche lang unter die Leute gehen musste.*

*Wie ich mal ein ganzes Jahr lang alle zwei Wochen meine Konten in den sozialen Medien gelöscht und dann doch wieder eingerichtet habe, jedes Mal mit endlosem Kopfzerbrechen, obwohl ich doch sowieso nie Fotos von mir dort eingestellt habe.*

*Wie ich früher buchstäblich Stunden auf den Profilseiten anderer Leute verbracht habe – Mitschüler, Freunde von Mitschülern, Promis, aber auch irgendwelche Fremden – und davon geträumt habe, ihr Leben zu leben.*

*Wie ich achtzehn geworden bin und mir eingestehen musste, dass sich noch nie jemand in mich verliebt hat, kein einziges Mal, mein ganzes Leben lang.*

12

## Ein großer Gefallen

Lucy drückt mit dem Fuß die Zimmertür auf und kommt herein. Sie hat eine Packung Aloe-Vera-Gel, einen feuchten Waschlappen, eine Flasche Wasser und eine Kerze dabei. Die Jalousien sind runtergelassen und ich liege bäuchlings auf dem Bett, weil ich einen Sonnenbrand habe. (Natürlich habe ich den. Ein weiterer Grund, den Sommer zu hassen. Keine andere Jahreszeit bestraft einen dafür, dass man einfach nur tut, was alle von einem erwarten: rausgehen und die Sonne genießen.)

Letzten Endes bin ich aber selbst schuld. Seit ich diese superstarken Akne-Tabletten nehmen musste, ist meine Haut extrem empfindlich gegen UV-Strahlen geworden. Während Zach und Lucy heute beim Surfen waren und Alex irgendwas anderes unternommen hat, bin ich am Strand entlangspaziert. Und ich habe mich zwar fingerdick mit Sonnencreme eingeschmiert, hatte aber blöderweise meinen Sonnenhut nicht dabei und war dann auch noch zu eitel, die uralte, etwas schmuddelige Base-Cap aufzusetzen, die herrenlos an der Garderobe hing.

Schließlich habe ich den Strandspaziergang ja nicht einfach nur so gemacht, sondern in der stillen Hoffnung, Alex über den Weg zu laufen.

Ich hatte mir ausgemalt, wie ich so am Strand entlangschlendern würde, den Wind in meinen Haaren, und wie meine Sonnenbrille mir einen Hauch von Verruchtheit, meine knappen Jeansshorts einen Hauch von Sexiness verleihen würden. Alex wäre im Wasser und würde mich ganz zufällig entdecken, aber das würde ich natürlich nicht wissen, sondern einfach weiterlaufen, tief in Gedanken versunken und wunderschön, ohne mir jedoch meiner Schönheit bewusst zu sein. Wie in einer dieser Szenen aus *Die Bachelorette*, wo emotional unausgeglichene, aber sehr attraktive junge Frauen nach der wahren Liebe suchen. Außer, dass *ich* natürlich über die wichtigen Dinge des Lebens nachdenken würde, zum Beispiel bezahlbare Mieten, den Klimawandel und die Gesundheitsversorgung.

In Wirklichkeit war ich allerdings schon nach wenigen Minuten schweißgebadet und die Jeansshorts schubberten mir die Schenkel wund, und dann bin ich auch noch auf eine (hoffentlich ungiftige) Qualle getreten, die mir mit einem schmatzenden Geräusch zwischen den Zehen hervorgequollen ist, woraufhin ich so laut gekreischt habe, dass eine ältere Frau auf mich zugerannt kam und gefragt hat, ob alles in Ordnung sei. Und dann bin ich auch noch überall verbrannt, an den Armen, den Beinen, im Dekolleté, auf der Nase, der Stirn und im Nacken. Alex habe ich trotzdem den ganzen Tag lang nicht gesehen.

Und so liege ich jetzt oben in unserem Zimmer auf dem Bett und leide. Lucy ist nämlich sehr gut im Bemitleiden, viel besser als meine Mutter, deshalb trage ich bei ihr gern ein bisschen dicker auf. Wir schlüpfen beide immer problemlos in unsere jeweilige Rolle der Helfenden oder Hilfsbedürftigen.

»Hast du denn keinen Hut aufgesetzt?«, fragt Lucy, während sie schon das Aloe-Vera-Gel öffnet.

»Nein. Aber mich dick mit Sonnencreme eingeschmiert.«

»Du brauchst beides.«

»Ich weiß.«

»Wie fühlst du dich?«

»Heiß. Und kalt.«

»Vielleicht hast du sogar einen Sonnenstich.«

»Ist das was Schlimmes?«

»Weiß ich auch nicht so genau. Du solltest auf jeden Fall viel trinken.«

»Wofür ist die Kerze?«

»Das ist eine Duftkerze, Meeresbrise, die riecht wie das Meer. Mariella meint, das würde dich entspannen.«

»Aber wir *sind* hier doch am Meer. Hier riecht es immer nach Meeresbrise.«

»Schon, aber die Duftkerzenvariante soll noch entspannender sein.«

Lucy zündet die Kerze an, setzt sich neben mich und verzieht das Gesicht. »Das Bett ist voller Sand«, sagt sie.

»Ich weiß.«

»Wie hast du hier so viel Sand reinbekommen?«

»Ich hab schon versucht, ihn abzuspülen, aber der bleibt einfach an mir kleben.« Ich sehe mit meiner jämmerlichsten Miene zu ihr auf.

Dann creme ich mich komplett mit Aloe Vera ein, bis ich überall glänze, und Lucy breitet mir den feuchten Waschlappen übers ganze Gesicht.

»Muss das sein?«, frage ich gedämpft durch den Stoff.

»Ja«, antwortet Lucy mit Nachdruck.

Dann kommt Zach ins Zimmer.

»Sei gegrüßt, oh Verbrannte.«

»Keine dummen Sprüche. Ich bin gerade sehr empfindlich«, sage ich.

»Hast du keinen Hut aufgesetzt?«

»Auf diese Frage reagier ich schon gar nicht mehr.« War ja klar, dass alle auf diesem Hut-Thema herumreiten würden.

Zach setzt sich auch aufs Bett und stöhnt genervt. »Wieso ist hier denn alles voller Sand?«

»Gott, ihr beide seid echt zu viel zusammen. Eure Hirne sind schon miteinander verschmolzen.«

Im Flur nähern sich Schritte, treten ins Zimmer, und dann ertönt die Stimme, deren Klang ich am meisten fürchte und herbeisehne.

»Hi, Leute ... Was ist denn mit Natalie?«, fragt Alex.

»Sonnenbrand«, sage ich.

»Oh nein«, sagt er, aber ich höre das Lachen in seiner Stimme.

»Vielleicht hat sie sogar einen Sonnenstich«, sagt Lucy mit ihrer strengsten Krankenschwester-Stimme.

»Und warum glänzt du überall?«, fragt Alex. Seine Stimme klingt jetzt näher.

»Aloe-Vera-Gel.«

»Nach dem Waschlappen auf deinem Gesicht frage ich lieber erst gar nicht.«

»Bitte nicht. Am besten schaut mich einfach niemand an.« Mein Lebensmotto.

Später, als ich mir nach dem Abendessen im Bad die Zähne putze und dabei meinen Sonnenbrand begutachte (rot und immer röter), kommt Zach zu mir rein.

»Ich wollte dich um einen Gefallen bitten.«

»Schieß los«, nuschele ich durch den Zahnpastaschaum hindurch, auch wenn ich schon weiß, was er fragen will.

»Einen großen Gefallen.« Er setzt eine ernste Miene auf.

»Ich höre.« Ich spucke ins Waschbecken.

»Können wir heute Nacht noch mal die Betten tauschen?«

»Und wo soll Alex schlafen?«, frage ich.

»Auf der Liege.«

»Tja, ich weiß nicht.« Wenn ich zu schnell einwillige, wird Zach misstrauisch. Er weiß ja nicht, dass ich Alex mag, und wenn ich Alex nicht mögen würde, fände ich es ein bisschen beängstigend, im selben Zimmer mit ihm zu schlafen, auf eine andere Art beängstigend als jetzt, und Zach müsste es tatsächlich ein bisschen unangenehm sein, mich darum zu bitten. Zach ist ein guter Mensch, aber er ist auch ein Teenager mit klaren Prioritäten: zuallererst kommen Lucy und Sex mit Lucy, dann lange Zeit nichts, dann ich und seine Familie, und dann der Rest der Welt.

»Du musst auch nicht mit ihm reden oder sonst irgendwie in Kontakt treten, versprochen«, sagt Zach.

»Ist er schon eingeweiht?«

»Ja.«

»Und was sagt er dazu?«

»Er sagt, für ihn wärs okay.«

*Okay.* Was für ein mieses kleines Wort. Okay ist das Gegenteil von Begeisterung, von verborgener Leidenschaft, okay ist nicht mal der Versuch, Begeisterung zu verstecken. Okay ist pure Gleichgültigkeit. Okay ist *okay*. Mir wäre alles lieber gewesen als ein *Okay*.

»Hmmmm.«

»Ihr zwei versteht euch doch inzwischen ganz gut, oder?«

»Ganz gut, ja.« Ich packe geschäftig meinen Kulturbeutel zusammen, der ungefähr die Größe einer Reisetasche hat, weil ich immer eine beschämend riesige Menge an Hautpflegeprodukten mit mir herumschleppe. Hier im Strandhaus lege ich sogar zum Schlafen eine leicht getönte Feuchtigkeitscreme auf, um meine rötlichen Narben zu verdecken, sodass mich hier nie jemand gänzlich ungeschminkt zu sehen bekommt.

»Und letzte Nacht wars doch auch ganz okay, oder?«, fragt Zach.

»War schon ein bisschen komisch.«

Mir zieht sich der Magen zusammen, wenn ich nur daran denke. Jetzt habe ich zum zweiten Mal die Chance, mit Alex allein in einem Raum zu sein. Die will ich haben, und wie ich die haben will, aber vorher will ich mir auch noch ein paar nette, harmlose Hindernisse in den Weg legen, denn wenn es gar nicht erst klappt, kann ich es auch nicht vermasseln.

»Na gut, dann lassen wir's einfach«, sagt Zach.

»Wärst du sehr enttäuscht?«, frage ich, um zu sehen, welche Höhe dieses Hindernis hat.

»Nein.«

»Du hast ein miserables Pokerface. Ich sehe doch, wie enttäuscht du wärst.«

»Geht schon. Ist doch klar, dass du es nicht so angenehm findest, mit meinem Bruder das Zimmer zu teilen. Lucy wollte nicht mal, dass ich frage. Und ich hab eh schon ein schlechtes Gewissen wegen gestern Nacht.«

Unsere Blicke begegnen sich im Spiegel.

»Ich würde mit Freuden die Betten tauschen«, sage ich.

»Ist schon gut«, sagt Zach.

»Macht mir überhaupt nichts aus.«

»Nein, jetzt will ich das nicht mehr.«

»Ich machs wirklich gern.«

»Machst du nicht.«

»Doch, irgendwie schon.« Er macht sich überhaupt keine Vorstellung, wie sehr »irgendwie schon«.

»Das glaub ich dir nicht.«

»Ich weiß selbst wohl am besten, was ich will und was nicht. Ich mach das jetzt und damit basta. Ende der Diskussion.«

»Na gut. Alles klar. Prima. Danke«, sagt er.

»Dafür bist du mir was schuldig.«

»Ich weiß.«

»Aber so richtig. Richtig viel.«

»Ich weiß.«

# 13

# Eine Nacht in der Stadt der Gefühle

Ich schleiche auf Zehenspitzen ins Zimmer und schließe leise die Tür hinter mir. Ich hoffe, dass Alex schon auf dem Klappbett schnarcht. Dann kann ich in Ruhe davon träumen, wie wir uns küssen, ohne dass es wirklich möglich gewesen wäre. Und muss mir später auch keine Vorwürfe machen, irgendwas vermasselt zu haben – es hat sich eben einfach nicht ergeben.

Vorsichtig schiebe ich mich ins Zimmer, um nicht aus Versehen gegen die Liege zu stoßen.

»Ich liege im Bett«, sagt Alex.

»Zach hat gesagt, du schläfst auf der Liege.«

»Bei der ist eine Feder gesprungen, die bohrt sich einem die ganze Zeit in den Rücken.«

»Dann geh ich auf die Liege«, biete ich an, hocherfreut, ihm damit zeigen zu können, wie wenig Wert ich darauf lege, mit ihm das Bett zu teilen. *Ich bin einfach nur ein Mädchen, das hier schlafen will. Ganz sicher bin ich kein verzweifeltes, komplett fixiertes und auf fast schon schmerzhafte Art verliebtes graues Mäuschen, und das werde ich unmissverständlich beweisen, indem ich auf dieser Liege übernachte.*

»Tu's nicht.«

»Und ob ich das tue«, sage ich.

Beim Herumtasten im Dunkeln stoße ich mir den großen Zeh am Pfosten des Klappbettes und gebe einen halb erstickten Aufschrei von mir.

»Was ist passiert?«

»Ich hab mir den Fuß an dieser Liege gestoßen.«

»Dieses blöde Teil.«

Ich krabbele auf die Matratze und strecke mich aus. Sehr unbequem. »Die Feder bohrt sich einem wirklich in den Rücken«, sage ich.

»Sag ich doch.« Alex klingt belustigt.

»Dann schlafe ich auf dem Boden«, sage ich. Ich bin fest entschlossen, nicht aufzugeben.

»Sei nicht albern.«

»Ich bau mir ein Nest aus Decken und Kissen – das ist bestimmt gemütlich.« Es kommt mir ungeheuer wichtig vor, ihm eindeutig klarzumachen, dass ich nicht mit ihm in einem Bett liegen will. Meinen sehnlichsten Wunsch zu verleugnen wirkt irgendwie sehr beruhigend.

»Nun lass doch, Natalie.«

Es gefällt mir, wenn er meinen Namen sagt. Aber es gefällt mir nicht, wie sehr es mir gefällt.

»Geht schon«, sage ich, zerre ein paar Kissen und Decken auf den Dielenboden und lasse mich auf den Haufen sinken.

»Gar nicht so schlecht. Sicher gesund für den Rücken.«

Der mir, das schwöre ich, schon nach ungefähr zehn Sekunden wehtut.

Ich suche nach einer bequemeren Position, aber der Boden ist einfach zu hart. Ich bin kein Tier, ich kann so nicht schlafen. Ich weiß ja nicht mal, warum ich mir das überhaupt antue. Ich *will* doch mit Alex im Bett liegen. Was ist bloß los mit mir?

Ich glaube, ich habe einfach Angst, ihm – oder sonst jemandem – zu zeigen, was ich wirklich will. Ich habe Angst, dass wir zusammen im Bett liegen und wieder nichts passiert. Ich weiß nicht, ob ich es ertrage, wenn all diese Chancen am Ende doch wieder zu nichts führen. Umgekehrt ist der Gedanke, es könnte *doch* etwas zwischen uns passieren, so beängstigend-nervenaufreibend-gut, dass ich auch damit nicht umgehen kann. Warum machen gute Sachen immer solche Angst?

»Ich kann doch wieder eine Kissenbarriere bauen«, sagt Alex.

*Wie kann er jetzt an so was denken? Ich will, dass er mich küssen will! So sehr, dass er nie im Leben an eine Kissenbarriere denken würde.*

Lieber Herrgott, jetzt komm mal runter, Natalie.

»Na gut«, sage ich und lege mich ins Bett.

»Oder *ich* schlafe auf dem Boden, wenn du möchtest. In deinem Nest«, bietet er an.

»Nein, bleib lieber hier. Das Nest ist nicht sehr bequem.«

»Dann baue ich uns jetzt eine besonders schöne hohe Kissenbarriere.«

»Lass nur. Die brauchen wir nicht«, sage ich. Inzwischen bereue ich es schon, uns in diese Richtung gedrängt zu haben.

»Oder ich schlafe auf dem Sofa, bis ihr wieder zurücktauscht.«

»Hör auf, Alex. Ich teile mir sehr gern mit dir das Bett.«

Kurze Stille. Habe ich das eben wirklich gesagt? Ziemlich offensichtlich, oder? *Ich teile mir sehr gern mit dir das Bett.* Noch schlimmer als das »Dann komm doch einfach ins Bett« von letzter Nacht. Den Satz werde ich bestimmt noch wochenlang reuevoll im Geiste wiederholen. Ich muss zurückrudern, aber schnell.

»Also, ›gern‹ ist vielleicht das falsche Wort, aber ich hab jedenfalls nichts dagegen«, sage ich, was schon sehr nach verlegenem Gestammel klingt.

»Dann ist ja gut. Ich kam mir schon ein bisschen übergriffig vor.«

»Du bist nicht übergriffig.«

Unbehagliches Schweigen. Jede Chance darauf, dass irgendwas passiert, ist jetzt endgültig zunichte.

Ich schließe die Augen und zähle bis fünfzig. Ich sollte dankbar sein. Immerhin liege ich jetzt schon die zweite Nacht in Folge mit dem Typen, in den ich verknallt bin, im Bett. Das ist nicht *nichts*. Das ist *fast* nichts, aber nicht völlig, zu hundert Prozent nichts.

»Schläfst du?«, fragt er leise.

»Nein. Und du?«, frage ich überflüssigerweise zurück.

»Nein.«

Ich drehe mich auf den Rücken. Ich bin hellwach, obwohl ich die letzte Nacht kaum geschlafen habe.

»Wollen wir ein Spiel spielen?«, schlägt er vor.

»Uno?«, frage ich hoffnungsvoll. Ich liebe Uno. Außerdem würde ich ihn mit Sicherheit schlagen und nichts entspannt mich mehr, als bei einem Kartenspiel zu gewinnen.

»Nicht die Art von Spiel«, sagt er.

»Aber nichts mit Alkohol, oder?«, sage ich, plötzlich misstrauisch. Oh Gott, er hat doch wohl keinen Flachmann unterm Kissen versteckt?

»Nee, die Art von Spiel auch nicht.«

»Was dann?« Eine Sekunde lang denke ich, dass er vielleicht Flaschendrehen meint, und mein Herz fängt an zu rasen, obwohl das natürlich Quatsch ist, weil wir im Bett liegen und keine Flasche haben und weil man das zu zweit sowieso nicht spielen kann und es auch sonst völlig abwegig ist, aber ...

»Ich hab an das Wahrheitsspiel gedacht. Man stellt sich gegenseitig Fragen, die der andere auch immer wahrheitsgemäß beantworten muss, aber dreimal darf man passen.«

»Klingt nach einem sehr indiskreten Spiel.«

»Betrunken gehts leichter«, sagt er.

Mit wem hat er das wohl schon mal betrunken gespielt? Und mit wem nüchtern?

»Du fängst an«, sage ich. Ich brauche Zeit, um mir ein paar Fragen zu überlegen. Außerdem habe ich keine Ahnung, in welche Richtung das gehen soll.

»Okay. Empfindest du mehr als Freundschaft für Zach?«, fragt er, ohne zu zögern.

Mist, in *die* Richtung also. »Nein, empfinde ich nicht«, antworte ich. »Und genau genommen ist das eine ziemlich beleidigende Frage. Zach und Lucy sind meine besten Freunde. Meinst du, ich hab vor, die beiden auseinanderzubringen?« Das macht mich so sauer, dass ich sogar vergesse, dass ich eigentlich in Alex verknallt bin. Wie kann er so was von mir denken? Selbst wenn ich tatsächlich in Zach verliebt wäre, bis über beide Ohren, würde ich das Lucy niemals antun. Niemals. Ich kenne nicht alle meine

Grenzen, aber diese hier schon. Lucy kommt für mich an erster Stelle.

Alex starrt mich erschrocken an. »Das war falsch formuliert. Ich meinte, vorher. Bevor die beiden zusammengekommen sind. Also eher: Hast du jemals mehr als Freundschaft für Zach empfunden?«, sagt er.

»Wie kommst du denn überhaupt auf diese Frage?«, sage ich, um Zeit zu schinden. Schließlich weiß ich selbst nicht so genau, wie die Wahrheit lautet, und schon gar nicht, wie viel ich davon preisgeben soll.

»Mum hat Zach früher immer damit aufgezogen, dass er bestimmt mal eine von euch beiden heiraten wird. Vielleicht hat *sie* mir den Floh ins Ohr gesetzt«, sagt Alex.

»Echt?« Oh Gott, hoffentlich glaubt Mariella nicht auch, dass ich in Zach verliebt bin und ihn und Lucy jetzt auf Schritt und Tritt verfolge, halb Stalker, halb trauriger Welpe.

»Tut mir leid, ich hätte vielleicht mit einer leichteren Frage anfangen sollen. Du kannst aber auch einfach die Antwort verweigern«, sagt Alex. Ich habe große Lust, ihn aus dem Bett zu schubsen.

»Nein, eigentlich ist die Frage ganz leicht. Ich habe und hatte auch noch nie mehr als freundschaftliche Gefühle für Zach.« Die Wahrheit ist zwar um einiges komplizierter, aber das ist jetzt nicht der Zeitpunkt, Alex mein wahres Ich zu enthüllen, auch wenn das Flüstern im Dunkeln zu Enthüllungen einlädt.

»Prima. Du bist dran«, sagt er.

»Bist du noch in Vanessa verliebt?«, frage ich. Eigentlich will ich das gar nicht so genau wissen, aber ich muss ihn irgendwas Vergleichbares fragen.

»Nö.«

»Du hast nicht mal kurz überlegt.«

»Musste ich auch nicht.«

»Sind da keine noch irgendwie unverarbeiteten Gefühle mehr für deine Ex?«

»Das war nicht die Frage.«

»Okay, du wieder.«

Jetzt zögert er. Mein Magen zieht sich zusammen.

»Warst du schon mal verliebt?«

Er macht das echt gut, das muss man ihm lassen. Meine reflexhafte Antwort lautet *Scheiße noch mal, das kann ich doch nicht beantworten.*

»Schwierige Frage«, sage ich, wieder auf Zeit spielend.

»Wir können auch aufhören, wenn du willst.«

»Nee, mir macht das Spaß«, lüge ich. Auch wenn es mich fast umbringt, wäre es noch sehr viel schlimmer, jetzt aufzuhören und mich dann tage- und wochenlang zu fragen (je nach Entwicklung meines Soziallebens vielleicht auch noch monate- und jahrelang), was passiert wäre, wenn wir weitergespielt hätten.

»Macht es nicht«, sagt er.

»Doch, wohl. Und nein, ich war noch nie verliebt«, sage ich und schiebe dann sofort hinterher, damit ihm bloß keine Zeit bleibt, über meine Antwort nachzudenken: »Jetzt wieder ich. Wann willst du deiner Familie erzählen, dass du gefeuert worden bist?«

»Morgen.« Er zögert kurz und lacht dann. »Vielleicht. Vielleicht auch erst am Ende der Woche.«

»Deine Mutter wird das doch sicher verstehen.«

»So einfach ist das leider nicht.«

»Dann sag mir, wie es ist.«

»Mach ich, wenn du mir die richtige Frage stellst.«

»Erst bist du noch dran.«

»Hmmm. Okay. Hättest du Owen beim Flaschendrehen auf der Party gern geküsst?«

»Nein. Mit wie vielen Leuten hast du schon geschlafen?«

Er gibt ein kleines ersticktes Geräusch von sich, über das ich lachen muss. Ich wusste, dass ihn das umhauen würde.

»Ich passe«, sagt er schließlich.

»Dann kriege ich jetzt einen Punkt, oder?«

»Bei diesem Spiel sammelt man keine Punkte.«

»Tja, neue Regel. Wir sammeln Punkte, und damit liege ich jetzt vorn.«

»Hätte ich das gewusst, hätte ich die Frage beantwortet«, sagt er und rutscht etwas näher an mich heran.

»Hättest du nicht.«

»Vielleicht doch.«

»Du bist dran.«

»Wenns jetzt um Punkte geht, muss ich mir wohl was richtig Schweres ausdenken.«

»Ich habe nichts zu verbergen.«

»Und ob du das hast.«

Ich kratze mich am Arm, aber nur als Vorwand, um mich näher an ihn heranzuschieben. So nahe, dass ich meinen Fuß nur ganz leicht bewegen müsste, um seinen zu berühren.

»Gut. Als wir bei der Party neulich beim Flaschendrehen zusammen weggegangen sind, hättest du mich da gern geküsst?«

Es gibt eine lange Pause, und ich bin heilfroh, dass es so dunkel ist, denn mein Gesicht fühlt sich an, als stünde es in Flammen, und das nicht nur wegen des Sonnenbrands. »Ich passe«, sage ich schließlich.

»Wusste ich doch, dass du auch was zu verbergen hast.«

»Okay, jetzt wieder ich«, sage ich hastig. »Und ich gebe dir die Frage einfach zurück.« Die Worte *Hättest du mich denn gern geküsst?* bringe ich einfach nicht über die Lippen.

»Ja.«

»Was?«

»Ja, ich hätte dich gern geküsst.«

*Hilfe, mein Herz!*

»Oh.« Ich weiß nicht, was ich sonst noch sagen soll. Mein Verstand ist wie leer gefegt. Mir fällt nicht mal eine weitere Spielfrage ein.

»Und ich hab dich ja auch geküsst«, sagt er. »Auf die Wange.«

»Ich weiß.«

»Von daher hätte meine Antwort eigentlich klar sein müssen.«

»Ein Kuss auf die Wange ist was anderes.«

Unglaublich, dass wir dieses Gespräch hier tatsächlich führen. Und noch unglaublicher, dass ich dabei noch keinen Herzinfarkt bekommen habe.

»Wenn du mich an dem Abend gern geküsst hättest, warum hast du's dann nicht einfach getan?«, frage ich, obwohl ich gar nicht an der Reihe bin. Wir haben schon die ganze Zeit über leise gesprochen, aber jetzt flüstere ich nur noch. Schließlich sind das beängstigende Worte.

»Ich passe«, sagt er schließlich.

Was soll ich damit jetzt anfangen?

»Würdest du mich jetzt gern küssen?«, fragt er dann so leise, dass ich ihn kaum verstehe.

»Passe«, sage auch ich, denn selbst in diesem Moment, selbst mit der besten Gelegenheit der Welt, traue ich mich nicht, das zuzugeben.

Damit haben wir jetzt beide zweimal gepasst. Der Nächste, der passt, hat verloren, aber das ist mir ausnahmsweise mal egal. Meine Hände zittern. Ich schaffe es nicht, ihm einfach die gleiche Frage zu stellen, aber ich will auch nicht das Thema wechseln. Bitte, lieber Gott, lass uns niemals mehr von dieser überaus wichtigen Frage, wer wen küssen will, abweichen.

»Hattest du vor dieser Party schon mal den Wunsch, mich zu küssen?«, frage ich schließlich.

Er schweigt einen Moment und ich lausche auf seinen Atem.

»Ja. Ein Mal.«

»Und wann war das?« Ich halte die Luft an.

»Das sind zwei Fragen. Du hast aber nur eine, also bin ich jetzt dran«, sagt er und zögert kurz. »Möchtest du, dass ich dich jetzt küsse?«, fragt er dann.

»Das hast du doch eben schon gefragt«, sage ich.

»Nein, da habe ich gefragt, ob *du mich* küssen möchtest. Jetzt frage ich, ob du möchtest, dass *ich dich* küsse.«

»Kommt mir aber ziemlich ähnlich vor.«

»Ähnlich, aber doch anders.« Er lächelt, das höre ich an seiner Stimme. Wir liegen mit den Gesichtern zueinander, aber ich habe die Augen geschlossen.

»Ja, ich möchte, dass du mich küsst«, antworte ich hastig, mit bebender Stimme. Das war bestimmt das Mutigste, was ich je gesagt habe.

Und bevor mir die Zeit für einen ausgewachsenen Nervenzusammenbruch bleibt, beugt er sich auch schon vor und küsst mich. Sein Kuss ist so schnell und zart, nur ein sanftes Berühren der Lippen, dass ich mir fast einreden könnte, er sei gar nicht passiert. Ich öffne die Augen und unsere Gesichter liegen nur wenige Zentimeter voneinander entfernt auf dem Kissen.

»Du bist dran«, sagt er. Und auch wenn er wahrscheinlich nur die nächste Frage meint, beschließe ich, es so zu verstehen, dass ich mit Küssen dran bin, und bevor ich diese Entscheidung überdenken kann, nehme ich all meinen Mut zusammen, lege ihm die Hand an die stoppelige Wange und küsse ihn.

14

# 52 Minuten

*Ich küsse Alex.*

Ich küsse Alex.

Er küsst mich auf den Hals und aufs Schlüsselbein, und das kommt mir kühner und aufregender vor als alles, was ich je erlebt habe und noch erleben werde. Ich habe das Gefühl, gleich zu bersten, als könnte ich die Atome meines Körpers nicht mehr zusammenhalten, und meine Haut steht derart unter Strom, dass ich eine ganze Stadt damit versorgen könnte.

Wir küssen uns 52 Minuten lang, bis die roten Ziffern des Digitalweckers auf dem Nachtisch 00:42 Uhr anzeigen. Einen Großteil dieser Zeit sind Alex' Hände in meinem Haar, meinem Gesicht, auf meinen Schultern, meiner Taille. Irgendwann wagen sie sich weiter vor und gleiten unter mein Oberteil. Ich trage keinen BH, deshalb findet er ziemlich schnell, was er sucht. Ich schiebe meine Hände unter sein Shirt, spüre die nackte Haut auf seiner Brust und seinem Bauch und kriege kaum noch Luft.

Als die Sache immer mehr an Intensität gewinnt, ziehe ich mich ein bisschen zurück und höre auf, ihn zu küssen, weil ich fürchte, die Kontrolle zu verlieren. Er küsst mich auf die Stirn, rutscht ein Stückchen von mir weg, nimmt dann aber meine Hand. Wir sagen nichts, liegen einfach nur da, die Gesichter einander zugewandt, die Hände ineinander verschränkt, bis wir schließlich einschlafen.

# 15

## Ein Tag am Strand

Beim Frühstück am nächsten Morgen bin ich nervös. Ich halte den Kopf gesenkt, in der Hoffnung, dass keiner die leichte Rötung an meinem Mund bemerkt, wo Alex' Bartstoppeln mich wund gerieben haben, oder falls doch, dass alle das für meinen Sonnenbrand halten.

Alex sitzt nicht mit am Tisch. Vielleicht schläft er noch. Als ich mich heute früh aus dem Zimmer geschlichen habe, hat er sich kaum gerührt. Auf dem Weg zur Tür habe ich schnell noch das Bettzeug auf der Liege zerwühlt, damit es benutzt aussieht.

Ich knabbere an einem Brötchen und versuche, nicht an unsere Küsse letzte Nacht zu denken, aber meine Gedanken kehren trotzdem immer wieder dorthin zurück.

Das Küssen war der Wahnsinn. Und der Horror zugleich.

Ungefähr bei Minute sieben drängte sich erstmals eine leise Stimme in mein Hirn und erinnerte mich daran, dass Alex' Hände meinen Körper berührten und dass mein Körper ein Minenfeld potenzieller Demütigungen darstellt.

Als sich seine Hände meinen Hüften und meinem Bauch näherten, musste ich ständig daran denken, wie schwabbelig die sich wahrscheinlich anfühlen, und als er mir die Hand auf dem Rücken unters Oberteil geschoben hat, bin ich richtig zurückgezuckt, weil er, nicht viel weiter oben, meine Narben spüren würde.

Ich wäre so gern eine von denen, die ihren Körper lieben und schön finden und sich nicht diesem bescheuerten Dogma unterwerfen, das jedem Mädchen von Geburt an eingebläut wird: dass letztlich nur ihr Aussehen zählt. Aber gerade bei mir muss man sagen, dass mein Aussehen praktisch mein ganzes Leben bestimmt hat, zumindest in den letzten Jahren. Ich bin also genau das Gegenteil der selbstbewussten Frau, die ich gern wäre. Ich wünschte, es wäre mir egal, was Alex über meinen Körper denkt, aber das ist es nicht. Noch nie habe ich jemanden so nahe an mich herangelassen wie Alex letzte Nacht. Sonst scheue ich oft sogar vor Wangenküssen zur Begrüßung oder zum Abschied zurück, aber letzte Nacht habe ich zugelassen, dass jemand seine Lippen volle 52 Minuten lang auf meine presst.

Weiter unten habe ich ihn allerdings nicht rangelassen (genau genommen hat er's auch gar nicht versucht). Dieser Bereich meines Körpers ist mit einer Angst besetzt, mit der ich mich bisher noch nie eingehender befassen musste. Zum einen bin ich nicht komplett enthaart. Ich habe ausreichend mit Schere und Wachs gearbeitet, um einen Badeanzug zu tragen, aber da sind trotzdem noch ziemlich viele Haare übrig, bei denen ich mir nicht sicher bin, ob ich die haben sollte. Also, ich weiß natürlich, dass da, biologisch gesehen, welche hingehören und dass jede Frau mit ihnen machen kann, was sie will, aber insgeheim hege ich trotzdem die Befürchtung, dass alle anderen Mädchen in meinem Alter womöglich komplett gewachst oder rasiert sind. Zumindest von Lucy weiß ich, dass sie sich regelmäßig die Schamhaare entfernen lässt, und mit ziemlicher Sicherheit auch alle.

Im Internet habe ich mal gelesen, dass sich die Jungs in meinem Alter so viele Pornos ansehen, dass manche von ihnen gar nicht mehr wissen, dass Frauen von Natur aus Schamhaare besitzen. Aber das kann ja wohl nicht stimmen. *Oder doch?*

Und dann natürlich die ewige Frage, ob ich da unten vielleicht irgendwie ... anders bin. Ob ich irgendwie schief bin oder irgendwas innen drin den falschen Winkel oder eine seltsame Krümmung hat oder zu lang, zu kurz, zu groß oder zu klein ist, oder sich sonst irgendwie nicht richtig anfühlt, nicht richtig aussieht oder schmeckt. Wenn ich mich doch, bevor mit Alex womöglich noch mehr passiert, bloß irgendwo absichern könnte, dass ich eine ganz normale Durchschnittsvagina und -vulva habe. Ich könnte natürlich zum Arzt gehen, aber ich würde mich sowieso nicht trauen, konkret danach zu fragen (»Guten Tag, Frau Doktor, meinen Sie, ein neunzehnjähriger Junge mit einer nicht näher spezifizierten Menge an sexueller Erfahrung würde bei mir da unten alles so halbwegs normal finden?«). Im Internet steht, dass Genitalien in allen Größen und Formen vorkommen, dass es da kein Falsch und Richtig gibt, was mir theoretisch natürlich einleuchtet, in der Praxis aber nicht viel weiterhilft, weil bisher noch nie die reale Chance bestand, dass jemand meine zu sehen bekommt.

Eigentlich hatte ich gedacht, sämtliche Ängste in Bezug auf meinen Körper schon vor Jahren katalogisiert und ad acta gelegt zu haben, aber die Begegnung mit Alex hat mir gezeigt, dass da noch viele Abgründe lauern.

Sorgen mache ich mir auch über Alex' mögliche Erwartungen. Er ist neunzehn und hatte schon mal eine feste Freundin. Wer weiß, was der schon alles hinter sich hat. Wir haben bisher nur zusammen im Bett gelegen. Nachts. Haben uns geküsst. Und es beide genossen. Jeder andere Mensch in meiner Situation hätte vermutlich auch Sex gehabt, ist doch klar. Okay, vielleicht auch nicht, aber jeder andere hätte es zumindest in Erwägung gezogen. Wir dagegen sind nicht mal auf halbem Weg zum Sex gewesen. (Keine Ahnung, wo die offizielle Halbstreckenmarke liegt, aber ich glaube kaum, dass wir die erreicht haben. Vielleicht nicht mal ein Viertel des Wegs.) Es stört mich nicht, dass wir keinen Sex hatten, aber es stört mich, dass ich keins von den Mädchen bin, die einfach so hätte Sex haben können.

Oh Gott, ich kann das alles überhaupt nicht.

Und so sitze ich also am Frühstückstisch, in sorgenvolle Gedanken über meine Vagina vertieft, während Zach mit seinem Vater über Politik diskutiert, Mariella sich Glenns Vortrag über Dinosaurier anhört, Anthony auf seinem Handy spielt und Lucy hin und wieder an ihrem Tee nippt und ins Leere starrt.

Dann kommt Alex durch die Tür, schwer atmend. Also schläft er wohl doch nicht mehr. Er hat Sportklamotten an und ist schweißgebadet. Die Musik aus seinen Kopfhörern ist quer durch den ganzen Raum zu hören.

»Wo kommst du denn her?«, fragt Zach.

»Vom Laufen.«

»So kennen wir dich ja gar nicht, mein Schatz«, sagt Mariella.

Alex runzelt die Stirn. »Was soll das jetzt heißen?«

»Du läufst doch sonst nie«, sagt Mariella und entfernt das Nutella-Glas aus Anthonys Reichweite, damit er nicht noch eine dritte Schicht auf seinen Toast schmieren kann.

»Ich laufe ständig«, sagt Alex.

»Wann denn?«, schnaubt Glenn.

»Beim Sport. Auf dem Laufband.«

»Ja gut, aber du bist ja kein richtiger Läufer. Keiner, der morgens extra früher aufsteht, um vorm Frühstück noch eine Runde joggen zu gehen«, sagt Anthony.

»Bei diesem herrlichen Wetter solltet ihr alle eine Runde joggen gehen«, sagt Sal in typischer Vater-Manier.

»Wann hast du denn das letzte Mal ernsthaft Sport gemacht, Dad?«, fragt Zach.

»Deine Mutter und ich machen heute Nachmittag eine Radtour.«

»Ach ja?« Mariella hebt überrascht den Kopf.

»Dad, du bist doch seit mindestens zehn Jahren nicht mehr Rad gefahren«, sagt Zach.

Danach kann ich nicht mehr zuhören, weil mich der schwitzende Alex zu sehr gefangen nimmt. Schweiß soll ja was Ekliges sein, aber bei Alex irgendwie nicht. Er hat sich das dichte Haar aus der Stirn gestrichen, und jedes Mal, wenn er sich mit dem Handtuch das Gesicht abtrocknet, kommen gleich wieder neue Tröpfchen nach. Eigentlich sollte ich das abstoßend finden, aber im Gegenteil: Ich finde es anziehend.

Vielleicht ist das der ultimative Verliebtheitsbeweis: sich nicht vor dem Schweiß des anderen zu ekeln.

»Habt ihr Lust, heute mit zum Strand zu kommen?«, fragt Alex und schaut dabei Zach und Lucy an, aber sein Blick flackert auch kurz zu mir rüber und wieder weg.

»Mit dir?« Zach sieht verblüfft aus.

»Ja klar. Ich treffe mich mit ein paar Leuten am Surferstrand und dachte, ihr drei wollt vielleicht mitkommen.«

»Ich komm mit«, sagt Anthony, aber keiner reagiert darauf.

Betretenes Schweigen. Alex fragt Zach sonst nie, ob er irgendwohin mitkommt. Und Zach fragt Alex nie, ob er irgendwohin mitkommt. Ihre brüderliche Beziehung ist ziemlich kompliziert, was sich unter anderem darin ausdrückt, dass sie ihre sozialen Kontakte und Aktivitäten immer und überall streng voneinander getrennt halten.

»Das ist lieb von dir, mein Schatz«, sagt Mariella schließlich.

»Klar kommen wir mit«, sagt Zach, nach einem Blick auf Lucy und dann auf mich. Ich mache zwar ein sehr, sehr subtiles »Lieber nicht«-Gesicht, aber Zach scheint das eher als »Ich hab noch Hunger« zu deuten, denn er schiebt mir das letzte Brötchen rüber.

»Um wie viel Uhr?«, fragt er Alex.

»So um zwei?«

»Ist gut.«

Alex verschwindet unter die Dusche und geht noch vorm Mittagessen wieder los, mit den Worten »Bis später dann«.

Als der Nachmittag heranrückt, bin ich eigentlich schon fest entschlossen, *auf gar keinen Fall* mit zum Strand zu gehen und dort Alex' Freunde zu treffen. Ich *kann* da nicht hingehen. Aber ich ziehe trotzdem brav meinen Badeanzug an, weil Zach und Lucy meine Proteste einfach ignorieren.

Ich trage einen Einteiler, auf dessen Entdeckung ich ziemlich stolz bin. Er ist, wundersamerweise, am Rücken geschlossen und hat niedliche kleine Flügelärmel. Ich hätte nie gedacht, dass es so was überhaupt gibt. Vorn hat er einen Reißverschluss, und er glänzt schön seidig und sieht auch nicht irgendwie komisch aus – eher wie eine modische Spielerei, eine Art Catsuit als Badeanzug.

Damit sind die Narben auf meinem Rücken verdeckt, und das Einzige an mir, was jetzt noch sichtbar ist und mich stresst, sind meine Oberschenkel. Aber wenn ich den Reißverschluss ein bisschen weiter öffne, kann ich die Blicke vielleicht erfolgreich auf mein Dekolleté umlenken.

Ich ziehe ein weites Kleid über den Badeanzug und leihe mir Lucys großen Schlabber-Strohhut, der im Regal immer so entzückend aussieht und auch auf Lucys Kopf, und auch noch in Lucys Händen, als sie ihn hochhebt, um ihn mir aufzusetzen. Erst in dem Moment, wo er meinen Kopf berührt, sieht er nur noch albern aus, wie alle Hüte bei mir.

Trotzdem, mit Hut, Kleid und Sonnenbrille fühle ich mich einigermaßen sicher.

Zum Surferstrand läuft man ungefähr zehn Minuten. Ich trotte Zach und Lucy hinterher, lausche mit halbem Ohr ihrem Gespräch und bin ansonsten damit beschäftigt, mir Stress wegen der Begegnung mit Alex und seinen Leuten zu machen.

»Was ist letzte Nacht eigentlich zwischen euch vorgefallen, dass Alex uns auf einmal zum Strand einlädt?«, fragt Zach. Er hat sich zu mir umgedreht, läuft rückwärts vor mir her und sieht mich an.

»Gar nichts«, sage ich ein bisschen zu schnell und zu forsch. Irgendwann heute, ich weiß nicht mal genau, wann, habe ich mich entschieden, die Sache mit Alex für mich zu behalten. Vorerst jedenfalls. Lucy würde vor lauter Begeisterung alles bis ins Detail analysieren und viel mehr daraus machen, als es ist. Sie würde mir Hoffnung machen. Mir Dinge einreden, die vielleicht gar nicht stimmen. Von Liebe reden, wo ich doch einen klaren, kühlen Kopf bewahren muss. Mich schützen muss.

Zach hingegen ... Dem will ich es lieber nicht erzählen, weil ich fürchte, dass er dann sauer wird. Ich habe zwar selbst keine Geschwister, aber mir ist schon klar, dass es nicht nur eine Lappalie ist, den großen Bruder seines besten Freundes zu küssen. Und Alex und Zach haben ohnehin schon eine eher schwierige Beziehung. Da muss ich mich nicht auch noch dazwischendrängen.

Und deshalb ist es jetzt ein richtiges Geheimnis.

Am Strand haben wir Alex und seine Freunde schon bald entdeckt. Sie sind alle im Wasser und spielen Frisbee, rufen und lachen und hechten der Scheibe hinterher. Ich sehe Alex und Owen, dazu ein paar Gesichter, die ich von der Party kenne, ein paar völlig unbekannte und dann noch ... Vanessa.

Vanessa ist auch hier.

Ich bleibe wie angewurzelt stehen, und Lucy dreht sich zu mir um.

»Was ist los?«

»Nichts.«

»Du bist ja ganz blass«, sagt sie nach einem Blick unter die Krempe meines Riesenhuts.

»Sie hat einen Sonnenbrand, wie kann sie da blass sein?«, fragt Zach.

»Gehts dir gut?«, fragt Lucy, ohne Zach zu beachten.

»Jaja, geht schon«, sage ich, aber mein Mund ist plötzlich wie ausgetrocknet. Was zum Teufel habe ich mir dabei gedacht, hier heute am Strand aufzutauchen und mir einzubilden, ich würde jetzt irgendwie dazugehören, nur weil ich mit Alex geknutscht habe?

»Kommt, wir setzen uns hierhin«, sage ich. Auf keinen Fall will ich noch näher an die anderen heran.

Wir breiten unsere Handtücher aus. Es ist sehr heiß, aber ich habe nicht vor, ins Wasser zu gehen oder sonst irgendwie auf mich aufmerksam zu machen. Ich hole mein Buch raus und schlage es auf.

Irgendwann schaut Alex zu uns rüber, und Zach winkt, und er winkt zurück, bedeutet uns, näher zu kommen, zu ihnen ins Wasser, aber er selbst bleibt, wo er ist, und mir zieht sich der Magen zusammen.

Eine Viertelstunde lang lese ich immer wieder dieselbe Seite, weil ich natürlich gar nicht lese, sondern das Buch nur als Vorwand in der Hand halte, um Alex und seine Freunde unauffällig zu beobachten.

Alex scheint bester Laune zu sein. Er rennt und taucht nach dem Frisbee, neckt und rauft sich mit seinen Leuten. Einmal jagen Vanessa und er gemeinsam hinter dem Frisbee her, und als sie ihn beiseiteschubst, lacht er laut auf. Sie trägt einen schlichten dunkelblauen Bikini, das dunkle Haar zu einem wirren Knoten hochgesteckt, und rennt und springt und schwimmt und taucht mit der Selbstvergessenheit eines Menschen, der sich in seinem Körper rundum wohlfühlt.

»Los, wir gehen auch ins Wasser«, sagt Zach.

»Ich bleib hier«, sage ich.

»Nein, das tust du nicht«, sagt Lucy und zieht mich auf die Füße. Zu dritt laufen wir auf Alex und seine Clique zu, ich immer noch mit Kleid, Hut und Sonnenbrille. Lucy trägt ihren rot-weiß gestreiften Bikini, der an einen Lolli erinnert, und sieht mit ihrer roten Sonnenbrille und den wippenden blonden Locken so aus, als wäre sie einer Eis-Werbung entsprungen.

Alex und der Rest sind immer noch weit hinten im Wasser, und Lucy und Zach pflügen durchs Wasser zu ihnen hinaus.

»Kommst du?«, ruft Lucy über das Rauschen der Wellen hinweg.

»Gleich«, antworte ich und tue so, als fände ich es toll, so allein im Flachen vor mich hin zu waten.

Während Lucy und Zach zu den anderen rausschwimmen, setze ich mich vorn in den feuchten Sand, wo nur noch die Ausläufer der Wellen ankommen, die mir kühl über Füße und Beine laufen und sich dann wieder zurückziehen. Die anderen fechten jetzt Schulterkämpfe aus, bei denen immer einer rittlings auf der Schulter eines anderen sitzt und versucht, andere Reiter ins Wasser zu schubsen. Lucy hat bei Zach auf der Schulter gesessen und plumpst gerade kreischend in die Wellen. Alex kippt rücklings von Owens Schulter herunter und taucht lachend wieder auf. Er schaut zu mir rüber und ruft irgendwas, glaube ich jedenfalls, denn ich kann ihn nicht hören, wird dann aber wieder ins Spiel zurückgezogen.

Sie scheinen alle Paarungen durchzugehen, deshalb weiß ich schon, was als Nächstes kommt. Vanessa klettert auf Alex' Schultern und mein Herz fängt an zu rasen. Er umfasst ihre Oberschenkel (die natürlich schlank und wunderschön sind) und lachend kämpfen sie gegen Owen und das Mädchen auf seiner Schulter. Vanessa ruft Alex etwas zu, er ruft zurück und beide grinsen, und dann wirft Vanessa das andere Mädchen runter. Alex setzt Vanessa wieder ab und sie gleitet mit einer einzigen geschmeidigen Bewegung von seinen Schultern ins Wasser und taucht unter. In meinem ganzen Leben habe ich mich noch nie so hässlich und erbärmlich gefühlt.

Ich sollte einfach zu ihnen rausschwimmen und mitmachen. Ich sollte mein Kleid abstreifen und mich nicht darum kümmern, wie ich aussehe. Ich sollte lachen und scherzen und flirten und mich Alex von meiner besten Seite zeigen. Ich sollte die Natalie von letzter Nacht sein, die Natalie, die ihn geküsst hat. Stattdessen sitze ich hier im flachen Wasser und trau mich nicht, auf sie zuzugehen.

*Ich kann das einfach nicht. Und ich werde es auch nie können.*

Was zum Teufel habe ich mir bloß dabei gedacht? Außerhalb unserer nächtlichen Blase klappt das mit Alex und mir einfach nicht. Ich kann nicht mit seinen Bikini-Freundinnen am Strand rumtoben, ich kann nicht in Bars gehen und dort machen, was man in Bars eben so macht (trinken, nehme ich an, aber das wird ja wohl nicht alles sein). Mit so was kann ich einfach nicht umgehen.

Diese Erkenntnis türmt sich immer höher in mir auf, wie ein aufziehender Sturm, und plötzlich halte ich es nicht mehr aus. Ich stehe auf, gehe zu unseren Handtüchern zurück, schnappe mir meine Sachen und gehe immer weiter, bis zum Strandhaus zurück. Irgendwann auf dem Weg kommen mir die Tränen, sodass ich mich noch erbärmlicher fühle, noch mehr in Selbstmitleid zerfließe und deshalb noch mehr heulen muss.

Ich würde alles dafür geben, jemand anders zu sein, wenigstens für einen Nachmittag, wenigstens für *eine* verfluchte Minute!

# 16

## Zwei volle Breitseiten

Zach und Lucy gehen natürlich davon aus, dass wir heute Abend wieder die Betten tauschen. Schließlich ist das unsere letzte Nacht in Queenscliff. Ich willige ein, was bleibt mir auch anderes übrig, aber mir ist nicht ganz wohl dabei.

Alex kommt erst spät zurück. Ich bin gerade im Bad und putze mir die Zähne, als ich ihn im Flur höre. Er plaudert noch kurz mit Mariella und Sal, lacht über irgendwas und geht dann in sein Zimmer. Er klingt fröhlich. Ich weiß nicht, ob das ein gutes oder ein schlechtes Zeichen ist.

Lucy und ich liegen im Bett und unterhalten uns, bis wir sicher sein können, dass Zachs Eltern eingeschlafen sind. Dann schleiche ich auf Zehenspitzen die Treppe hinunter, wo Zach mir schon entgegenkommt.

»Alles okay?«, fragt er, bleibt kurz stehen und schaut mir ins Gesicht.

»Jepp.« Ich zwinge mich zu einem Lächeln.

Mir ist inzwischen ein ganz neuer Gedanke gekommen. Alex hatte heute gar nicht vor, etwas mit mir zu unternehmen. Ich habe das alles völlig missverstanden. Wahrscheinlich hatte er bloß Langeweile und wollte halt ein bisschen rummachen. Wahrscheinlich? Ganz sicher sogar! Gott, was bin ich naiv. Für ihn bin ich bloß ein Zeitvertreib, ein Lückenbüßer, ein »Es ist dunkel und ich bin geil, dafür wird sie schon reichen«-Abenteuer. Und heute Nacht will er mich dann endgültig rumkriegen.

Als ich vor seiner Zimmertür stehe, habe ich mich schon so sehr in diese Vorstellung hineingesteigert, dass ich vor Wut koche. Wut fühlt sich viel besser an als Angst.

»Hello stranger«, sagt er, als ich ins Zimmer schlüpfe. Er versuchts auf die charmante Tour.

Aber nicht mit mir, Freundchen. Keine Chance. Mit Charme lasse ich mich nicht einwickeln. »Glaub ja nicht, dass wir beide heute Sex haben«, platze ich heraus, etwas lauter als beabsichtigt. Mir wird klar, dass ich das Wort »Sex« sonst nicht oft ausspreche. Ich habe ja auch nicht viel Gelegenheit dazu, außer in meinen Gesprächen mit Lucy. Und erst recht nicht in dem Kontext, ob ich ihn haben werde oder nicht.

»Nicht so laut«, zischt er voller Panik.

»Ich rede, so laut ich will«, sage ich und stemme die Hände in die Hüften. Wenigstens diesen Teil von Beziehungen, wo man wütend ist und sich stark fühlt, scheine ich ja ganz gut zu beherrschen.

»Wovon redest du überhaupt?«

»Ich. Werde. Keinen. Sex. Mit. Dir. Haben.« Dieses Mal gehts leichter. Langsam laufe ich mich warm.

»Ich habe keine Sekunde auch nur daran *gedacht,* wir könnten heute Nacht Sex haben«, sagt er und klingt ein bisschen schockiert.

»Ach so?«, frage ich, jetzt einigermaßen beleidigt. Ich meine, dran denken können hätte er ja wenigstens mal, oder?

»Du kannst dich also entspannen.«

»Ich bin entspannt.« Es gibt echt nichts Schlimmeres als Typen, die einem Mädchen erzählen, sie soll sich entspannen. Das sind jetzt schon zwei volle Breitseiten gegen Alex, und ich bin noch keine Minute im Zimmer.

»Okay.« Jetzt klingt er ein bisschen eingeschüchtert.

Ich werfe mich aufs Bett, decke mich aber nicht zu.

»Bist du sauer auf mich?«, fragt er schließlich.

»Nein«, behaupte ich, denn wenn ich sauer auf ihn bin, heißt das ja, dass er mich verletzen kann, und jeder weiß, dass die am wenigsten Verletzlichen immer gewinnen. (»Und was genau gewinnen die?«, höre ich meine Mutter fragen, in dem Ton, den sie immer anschlägt, wenn ich ihrer Meinung nach etwas Albernes gesagt habe, aber selbst darauf kommen soll. »Stärke gewinnen die, Selbstsicherheit, Überlebensfähigkeit in dieser Hölle, die man betritt, wenn man jemanden gernhat!«, brülle ich in Gedanken zurück.)

Aber dann überlege ich es mir anders. Das ist schließlich unsere letzte gemeinsame Nacht in diesem Haus und damit vermutlich auch für alle Zeiten, und ich bin so sauer auf ihn, dass ich schreien könnte.

»Oder doch, ja, ich bin tatsächlich sauer auf dich. Weil du dich offenbar für mich schämst«, sage ich so laut, wie ich es wage. Ich höre, wie pathetisch das klingt, aber das ist mir jetzt egal.

»Stimmt doch gar nicht«, entgegnet er ungehalten.

»Du hast mich heute komplett ignoriert!«, flüsterschreie ich.

»Wie bitte? *Du* hast *mich* ignoriert!«, flüsterschreit er zurück.

»Als wir am Strand waren, bist du nicht mal in meine Nähe gekommen.«

»Ich hab dir zugewinkt, zwei ... nein, sogar drei Mal, und dann warst du plötzlich weg.«

»So war das gar nicht.«

»Doch, genau so wars.«

Irgendwie ist es schon auch aufregend, mich hier um Mitternacht mit einem süßen Typen zu streiten, aber ich wünschte, wir hätten ein etwas bedeutsameres Thema als die Frage, wer wem wann und wie oft am Strand zugewinkt hat.

»Und selbst wenn. Hast du gedacht, ich schwimm zu dir und deinen Leuten raus, sage meinen Namen und spiele dann mit euch Frisbee?«, frage ich.

»Eigentlich ja.« Er klingt irritiert. Er hat wirklich keinen blassen Schimmer.

»So geht das aber nicht.«

»*Was* geht so nicht?«

»Du erwartest von mir, dass ich auf dich zukomme, obwohl ich ...« Ich finde keine Worte, aber das muss ihm doch klar sein, oder? Dass die weniger attraktive, weniger beliebte, weniger erfahrene, *in jeder Hinsicht* benachteiligte Person nicht diejenige sein sollte, die der anderen hinterherläuft.

»Ach, vergiss es«, sage ich.

»Ich wills aber wissen«, sagt er, und seine Stimme ist jetzt ganz sanft.

»Warum hast du mich letzte Nacht geküsst?«

»Weil ich Lust dazu hatte. Und wenn mich nicht alles täuscht, hast du mich auch geküsst.«

»Stimmt. Aber hattest du vielleicht nur Langeweile und wolltest dir die Zeit vertreiben?«

»Mir die Zeit vertreiben?«, wiederholt er ungläubig. »Wenn ich das gewollt hätte, wär ich wohl am besten schlafen gegangen«, sagt er lachend.

Für ihn ist das alles ganz einfach. Nur ein Witz. Er hat schon so viele Mädchen in so vielen Betten geküsst, da *braucht* er die Situation ja auch nicht überzubewerten.

Ich drehe ihm den Rücken zu und höre, wie er seufzt und sich ebenfalls wegdreht. Zur Ablenkung spiele ich ein bisschen auf meinem Handy herum, bis plötzlich eine Nachricht aufpoppt.

Von Alex.

*Dreh dich um.*

Ich drehe mich um und er schaut mich an.

»Es gefällt mir nicht, wenn du sauer auf mich bist«, sagt er.

»Aha«, sage ich.

»Das ist ein ganz neues Gefühl.«

»Du hast noch nie erlebt, dass jemand sauer auf dich ist?« Dann steht ihm jetzt aber ein böses Erwachen bevor.

»Nein, neu daran ist, dass es mir nicht gefällt, wenn *du* sauer auf mich bist. Du im Besonderen.«

»Oh.«

»Ich hätte heute am Strand zu dir rüberkommen sollen.«

»Und warum hast du's nicht getan?«

»Ich bin in so was nicht besonders gut«, antwortet er.

Ich nicke wissend, obwohl ich keinen Schimmer habe, wovon genau wir hier eigentlich reden: vom Daten, von romantischen Gefühlen oder eher freundschaftlichen Gefühlen, oder wie man am Tag mit jemandem redet, den man nachts geküsst hat, wie man mit den Unsicherheiten des anderen umgeht, oder von Sozialkontakten ganz allgemein?

»Ich auch nicht«, sage ich trotzdem, denn ganz egal wovon er spricht, für mich gilt das in jedem Fall auch und ist wahrscheinlich noch stark untertrieben.

»Tut mir jedenfalls leid, wie das heute gelaufen ist«, sagt er.

Er nimmt meine Hand, verschränkt seine Finger in meine und zieht sie auf seine Brust. Dann fährt er mir mit den Fingerspitzen der anderen Hand ganz sanft den Unterarm auf und ab. Das fühlt sich so schön an, dass ich unfreiwillig ein wohliges Brummen von mir gebe.

Vor dieser Nacht, oder genauer gesagt vor *diesem* Moment, wäre ich nie auf die Idee gekommen, dass man auch einfach nur zärtlich sein kann. Ich hatte immer nur an Küssen gedacht, und alles, was dann folgt. An Leidenschaft und sich die Kleider vom Leib reißen und mit einem Schwung die Tischplatte leer fegen, um auf der nächsterreichbaren waagerechten Fläche loszulegen. Oder auch an Verhandlungen, Grenzen austesten, herausfinden, wie weit der andere bereit ist zu gehen, was dem anderen gefällt.

Aber nie hätte ich gedacht, dass man auch einfach nur beieinanderliegen und sich sanft streicheln kann. Dass einem Jungen das gefallen könnte. Ich dachte immer: entweder Sex oder gar nichts.

Lange Zeit streicht Alex mir mit den Fingerspitzen den Arm auf und ab, und das ist schöner als alles, was ich je erlebt habe.

# 17

## Was habt ihr gemacht?

»Aufstehen, Jungs!«, ruft Mariella und hämmert gegen die Tür.

*Jungs*, denke ich, noch im Halbschlaf, ohne zu begreifen. Warum sagt sie »Jungs« zu Lucy und mir? Bisher hat Mariella immer nur ganz sachte an die Tür geklopft und so was wie »Zeit zum Aufstehen, meine Süßen« gesäuselt, oder »Heute gibts Pfannkuchen, extra für euch zwei«, oder »Das Bad ist frei und heißes Wasser ist auch noch da«.

Sie hämmert wieder gegen die Tür. Alex stöhnt.

Ich schrecke senkrecht hoch und boxe ihn in die Seite.

»Mist«, zische ich.

»Was denn?« Er redet in normaler Lautstärke und ich boxe ihn wieder.

»Ich hab heute Morgen nicht mit Zach zurückgetauscht.«

Er öffnet die Augen, blinzelt kurz und schaut mich dann an.

»Nicht so schlimm«, sagt er. »Kannst du doch jetzt noch machen. Ich glaub, sie ist nach oben gegangen.«

»Dann lauf ich ihr doch direkt in die Arme.«

»Tu einfach so, als kämst du gerade aus dem Bad.«

»Und wenn sie vorher am Bad vorbeigekommen ist und gesehen hat, dass es leer ist?«

»Jetzt übertreib mal nicht.«

»Tu ich nicht ...«

Ich verstumme, weil sich im Flur wieder Schritte nähern, werfe mich aufs Bett zurück, ziehe mir die Decke über den Kopf und mache mich so flach wie möglich.

Die Tür schwingt auf.

»Aufstehen, Jungs, hab ich gesagt. Ihr seid mit Frühstückmachen dran.« Wenn Mariella ihren Söhnen Aufträge erteilt, dann immer im Kasernenton. Bei ihnen zu Hause gibt es ein Drehrad für die Haushaltspflichten, das jede Woche einmal gedreht wird, damit jeder weiß, was er zu tun hat. Seit Zach allerdings mal vier Wochen hintereinander das Bad putzen musste, ist die Unparteilichkeit des Drehrads ziemlich in Verruf geraten.

Bei mir zu Hause gibt es kein Drehrad. Unter der Woche kümmert sich meist Dad um den Haushalt und samstagmorgens machen Mum und ich zusammen alles sauber und hören dabei unsere offizielle Samstagmorgen-Putz-Playlist auf Spotify. (Bevor ein neuer Song auf die Liste kommt, müssen wir ihn beide absegnen, und es müssen auch beide zustimmen, wenn beim Hören einer übersprungen werden soll.) In meinen schlimmsten, kontaktärmsten und am stärksten von Akne gebeutelten Jahren gehörten diese Putztermine fast schon zu den Highlights der Woche.

Wie gern würde ich jetzt mit Mum zu Hause putzen. Genau genommen würde ich gerade so ziemlich alles lieber machen, als hier in diesem Bett zu liegen.

»Was ist denn mit Zach?«, fragt Mariella.

Ich halte die Luft an.

»Wieso?«, fragt Alex und klingt dabei genauso desinteressiert und heiser wie an jedem anderen Morgen. Er ist ein besserer Schauspieler, als ich gedacht hätte. Oder er hat einfach nur viel Übung darin, seine Mutter anzulügen. Sollte mir das Sorgen machen? Keine Ahnung. Jetzt ist nicht der Moment, darüber nachzudenken.

»Warum schläft er nicht auf der Liege?«, fragt sie.

»Auf der kriegt man Rückenschmerzen«, antwortet Alex.

»Stimmt, diese blöde Feder. Ich hab mich sowieso gewundert, warum ihr euch nicht einfach das Bett teilt.«

»Tun wir ja jetzt …«

Einen Moment lang bleibt es still und es scheint schon so, als hätten wir's geschafft, als wären wir noch mal davongekommen und alles würde gut.

»Nun steh endlich auf, Zach.«

»Lass ihn schlafen, Mum. Ich mach heute allein das Frühstück.«

Wieder Stille, wieder eine Sekunde, in der ich denke, wir kämen damit durch, aber Mariella kennt ihre Söhne viel zu gut. So rücksichtsvoll ist Alex sonst nie mit seinem Bruder.

»Hoch mit dir, Zach.«

Ich bleibe einfach liegen, mit zusammengekniffenen Augen, und bete zu allen Göttinnen und Göttern, von denen ich je gehört habe, mich hier rauszubeamen.

»Er kann nicht aufstehen«, sagt Alex ganz ruhig. Er sucht seine Rettung nicht im Gebet, sondern scheint immer noch zu glauben, wir könnten uns aus der Affäre ziehen.

»Wieso nicht?« Ihre Stimme klingt näher. Sie steht jetzt gleich neben mir. Ich versuche so zu atmen, wie ein schlafender Teenager das meiner Vorstellung nach tun würde.

»Ihm gehts nicht gut«, sagt Alex.

»Ach ja? Inwiefern?«

»Na, einfach so. Kränklich. Nicht in Form.«

Ich erwäge, einen Husten vorzutäuschen oder ein leichtes Stöhnen. Nein. Nicht zu dick auftragen.

»Alex, was ist hier los? Ist Zach betrunken?« Mariellas Stimme wandert eine Oktave höher.

»Nein, nein. Irgendein Ausschlag, glaube ich. Und Halsschmerzen. Sicher ansteckend ...«

Mit einem Ruck zieht Mariella die Decke zurück, und als ich die Augen öffne, ist ihr Gesicht direkt vor meinem.

»Natalie!«, ruft sie, sonst nichts. Ich glaube, das ist das erste Mal, dass ich sie sprachlos erlebe.

# 18

# Geständnisse

»Mum, es ist nicht so, wie du denkst.« Selbst jetzt, im allerpeinlichsten Moment meines Lebens, ist Alex noch ruhig und entspannt. Obwohl, ein bisschen schneller als sonst redet er schon. Das Loch, aus dem er uns rausholen muss, wird sekündlich tiefer.

Gott sei Dank habe ich immer noch meinen Sonnenbrand, sodass man hoffentlich nicht sieht, dass ich vor Scham knallrot angelaufen bin.

»Und was denke ich deiner Meinung nach?«, fragt Mariella, die Hände auf den Hüften.

»Dass da irgendwas zwischen uns läuft.«

»Ist aber nicht so«, sage ich und setze mich auf. Anscheinend habe ich meine Stimme wiedergefunden. Und ich denke gar nicht daran, auch nur einen Hauch der Wahrheit zu erzählen. Lügen scheint hier die einzige Option.

»Hat Zach dich gefragt, ob du für die Nacht mit ihm tauschst, Natalie?«, fragt mich Mariella.

»Ja«, sagt Alex, ohne zu zögern.

»Nein«, sage ich gleichzeitig. Wir wechseln einen Blick.

»Es war meine Idee«, sage ich.

Alex hebt die Augenbrauen.

»Ich dachte, Zach und Lucy würden sicher gern in einem Bett schlafen, und weil es mir ja völlig egal ist, wo ich schlafe, habe ich den Tausch vorgeschlagen«, sage ich.

Mariella mustert mich aus zusammengekniffenen Augen und stürmt dann mit den Worten »Mal sehen, was Zach dazu sagt« entrüstet aus dem Zimmer. Ich kenne sie lange genug, um zu wissen, dass sie solche Entrüstungsstürme insgeheim auch genießt, aber normalerweise gehöre ich zu denen, mit denen sie diese Entrüstung teilt, statt selbst der Grund dafür zu sein.

»Ich hab ihm eine Nachricht geschickt«, sagt Alex und zieht sein Handy unter der Bettdecke hervor.

»Welchen Inhalts?«

»Mum hau ab.«

»Sehr hilfreich.«

»Zumal da jetzt steht ›Num kau ab‹, weil ich, ohne hinzugucken, getippt habe.«

»Oh Gott.« Hoffentlich hat Lucy was an, wenn Mariella reinkommt. Ich ziehe mir die Decke über den Kopf.

»Meinst du, sie ist richtig sauer?«, frage ich durch eine schmale Lücke zwischen Decke und Kissen hindurch.

»Auf mich und Zach bestimmt, weil wir ihre ›Keine Übernachtung im selben Bett‹-Regel gebrochen haben. Sie ist völlig paranoid, dass ihr Haus sich sonst in eine Sexhöhle für Minderjährige verwandelt.« Alex gähnt. Offenbar hat er das alles schon hundertmal erlebt.

»Wir sind nicht minderjährig.«

»Für sie ist jeder unter dreißig noch minderjährig. Und sie mag's nicht, wenn man lügt.«

»Aber wir haben doch gar nicht gelogen.«

»Oh doch. Du hast gesagt, dass zwischen uns beiden nichts läuft.«

»Ich war in Panik«, sage ich und würde gern hinzufügen, dass wir ja auch noch gar nicht geklärt haben, ob da irgendwas zwischen uns läuft, und wenn ja, ob es die Art von irgendwas ist, die man Müttern gegenüber erwähnen sollte.

»Wir sind beide erwachsen, von daher geht es Mum eigentlich überhaupt nichts an, was in diesem Zimmer passiert.«

»Stimmt«, sage ich, auch wenn ich nicht ganz so sehr von der Richtigkeit dieser Behauptung überzeugt bin wie er. Schließlich ist das Mariellas Haus, und hier macht sie die Regeln. Außerdem fühle ich mich überhaupt nicht erwachsen. Jedenfalls nicht wie die Art von erwachsen, die Alex meint, wo man ein Sexleben hat und selbstbewusst eigenständige Entscheidungen trifft.

Ich stehe auf und sehe mein Gesicht im Spiegel.

»Mein Sonnenbrand ist ja noch schlimmer als gestern.«

»Sieht doch süß aus.«

»Überhaupt nicht.«

»Wie eine Tomate.«

»Tomaten sind nicht süß.«

»Eine kleine Kirschtomate.«

Ich setze mich auf die Bettkante. Ich würde gern raufgehen und mir was Ordentliches anziehen, aber ich habe Angst, Mariella über den Weg zu laufen. Alex liegt immer noch im Bett und beobachtet mich.

»Nicht zu fassen, dass ich eingeschlafen bin, ohne mir den Wecker stellen«, sage ich.

»Tja, Zach offenbar auch.«

»Hoffentlich ist Mariella mir nicht allzu böse.«

»Du kennst doch meine Mutter. Sie ist die Überreaktion in Person.«

»Lucys Mutter wird ausrasten«, sage ich.

»Lucys Mutter ist doch gar nicht hier«, sagt Alex.

»Und wenn deine Mutter ihr alles erzählt? Außerdem geht es dabei ums Prinzip. Wir haben sie angelogen«

»Also, *ich* hab nicht gelogen.«

»Du hast behauptet, Zach läge unter der Bettdecke.«

»Ah, stimmt. Aber sonst nicht.«

»Mir ist das alles so peinlich. Wie soll ich deiner Mutter jemals wieder in die Augen sehen?«

»Jetzt übertreibst *du* aber ein bisschen. Es ist ja nicht so, als hätte sie uns in flagranti erwischt.«

»Aber sie glaubt, das hätte sie, was so ziemlich das Gleiche ist.«

»Bisher weiß sie doch noch gar nicht, was sie glauben soll.«

Ich stecke vorsichtig den Kopf durch die Tür, um zu sehen, ob die Luft rein ist.

»Natalie?«

Mariella hat mich natürlich sofort entdeckt.

»Kommt ihr bitte mal her, Alex und du?«

»Klar.«

Wir gehen ins Wohnzimmer, wo Lucy und Zach schon am Tisch sitzen. Zach macht ein mürrisches Gesicht, aber das macht er morgens immer, und Lucy starrt auf die Tischplatte, auf der sie ihre Hände wie eine Nonne gefaltet hat. Sie hebt den Blick, begegnet meinem und grinst verstohlen, und ich habe plötzlich das dringende Bedürfnis zu kichern.

Ich beiße mir so fest auf die Unterlippe, dass es wehtut, um nicht laut loszulachen.

»Also, Leute.« Mariella klatscht in die Hände. Sie macht dieses universelle, sehr enttäuschte Elterngesicht.

Lucy greift nach meiner Hand. Ich muss schon wieder kichern, weil die Situation mir zwar ernst, aber auch völlig absurd vorkommt. Ich drücke ihre Hand und sie drückt zurück.

»Zunächst mal möchte ich sagen, dass ich von euch allen zutiefst enttäuscht bin«, sagt Mariella.

Wir alle nicken.

»Insbesondere von Alex und Zach.«

Die beiden wiederholen ihr feierliches Nicken.

»Kann ich kurz was sagen, Mum?«, fragt Zach.

»Ich bin noch nicht fertig.«

»Okay.«

»Jetzt habe ich den Faden verloren.«

»Du hast davon gesprochen, wie tief enttäuscht du von uns allen bist, insbesondere von deinen Söhnen«, sagt Alex und stützt das Kinn in die Hand.

»Ach ja, genau. Und wisst ihr auch, wovon ich so tief enttäuscht bin?« Sie macht eine Pause. Lucy und ich wechseln einen Blick. Sollen wir das jetzt erraten?

Keiner sagt etwas. Alex gähnt. Ich funkele ihn böse an.

»Dass ich euch vertraut habe und ihr dieses Vertrauen gebrochen habt.«

»Mum, kann ich nur ganz kurz was sagen?«, fragt Zach erneut.

»Ich fand es immer schön, wenn eure Freunde bei uns übernachtet haben«, fährt Mariella fort, ohne ihn zu beachten, »unter der Voraussetzung, dass sich alle an die Regeln halten. Deshalb werde ich jetzt, wo ihr sie gebrochen habt, sehr viel strenger sein müssen.«

Lucy hebt die Hand, wie in der Schule.

»Ja, Lucy?«

»Ich wollte nur sagen, dass mir das alles sehr leidtut, dass ich zu schätzen weiß, wie offen ihr mich immer bei euch aufgenommen habt, und dass ich verspreche, dass so was nie wieder vorkommen wird.«

»Ich auch«, schließe ich mich an.

»Ach, Mädchen, ihr wisst doch, dass ich euch wie Töchter liebe und euch immer vertraut habe. Aber wie kann ich das jetzt noch, wenn ihr hinter meinem Rücken herumschleicht?« Sie legt mit einer dramatischen Geste die Hand über die Augen.

»Dafür gibt es eine ganz einfache Lösung, Mum«, sagt Zach.

»Und die wäre?« Mariella lässt die Hand sinken.

»Dass du Lucy und mir erlaubst, in einem Bett zu schlafen.«

»Auf gar keinen Fall.« Mariellas Hand wandert zu ihren Augen zurück.

»Wir sind beide erwachsen.«

»Seid ihr nicht! Du bist erst siebzehn, Zachary. Und Lucy auch! Ich habe Lucys Mutter versprochen, dass ich ein Auge auf sie habe, und jetzt habt ihr mich vor ihr bloßgestellt.«

»Nur wenn Lucys Mutter davon erfährt«, gibt Alex zu bedenken.

»Eben, Mum, es ist ganz allein deine Entscheidung, ob du ein Drama daraus machen willst oder nicht«, sagt Zach, was mir Mariella gegenüber nicht ganz fair erscheint.

»Und was, wenn Lucy schwanger geworden ist, unter meinem Dach, unter meiner Obhut?«, fragt Mariella. Ihre Stimme wird immer schriller und Lucy läuft rot an.

»Entspann dich, Mum«, sagt Zach. »Das ist vollkommen unmöglich. Seit ich elf bin, predigst du uns, wir sollen Kondome benutzen. Noch vor zwei Tagen hast du mir den Link zu einem Artikel über Gonorrhö geschickt.«

Ich möchte mich am liebsten in Luft auflösen, um bloß nicht dabei zu sein, wenn Zach und seine Mutter die Einzelheiten seines Liebeslebens mit Lucy erörtern, und außerdem ist Gonorrhö so ein hässliches Wort.

»Das will ich aber auch hoffen, dass ihr Kondome benutzt. Am besten gleich zwei übereinander«, sagt Mariella.

»Herr im Himmel«, sagt Alex leise. Ich sehe mich nach einem Fluchtweg um, aber Lucy hält meine Hand fest umklammert.

»Mum, ich glaube nicht ...«, setzt Zach an.

»Und ihr benutzt parallel dazu hoffentlich auch noch weitere Verhütungsmethoden, um ganz sicherzugehen. In eurem Alter kann man nicht vorsichtig genug sein«, übertönt ihn Mariella.

Alle sitzen schweigend da. Ich habe nicht vor, mich an dieser Diskussion über die Anzahl der zu verwendenden Verhütungsmethoden zu beteiligen, obwohl ich weiß, dass Lucy seit ein paar Monaten die Pille nimmt, mit Zach aber trotzdem auch noch Kondome benutzt, weil sie fast noch paranoider ist als Mariella.

»Kaum zu glauben, dass ich es überhaupt so weit kommen lassen konnte, ohne dieses Gespräch zu führen. Wer weiß, ob Lucy nicht längst schwanger *ist*?« Mariella redet sich immer weiter in Rage. Eigentlich kann das alles nicht wirklich eine Überraschung für sie sein, aber ich glaube, es war einfach zu viel für sie, die beiden leibhaftig zusammen im Bett zu sehen. Vielleicht, weil Lucy so feengleich ist, die großäugige Unschuld in Person. Und Zach hat solche schelmischen »Wer, ich?«-Grübchen und liest achtzig Bücher im Jahr. Sie wirken beide eher so, als würden sie den ganzen Tag lang nur Schach spielen und über ihre Gefühle reden, aber ich weiß, dass sie seit mindestens einem halben Jahr mehrmals pro Woche nach der Schule miteinander schlafen.

»Ich bin nicht schwanger«, sagt Lucy und wird feuerrot.

»Sie ist nicht schwanger«, sagt Zach. Er sieht zu zwei Dritteln genervt und zu einem Drittel entsetzt aus.

»Wir müssen aber alle zu hundert Prozent sicher sein.« Mariella wedelt mit der Hand durchs Zimmer, als würde dieses »wir alle« auch Alex und mich umfassen. Nicht, dass sie Lucy jetzt auch noch einen Schwangerschaftstest machen lässt.

»Mum, dieses Gespräch ist für alle hier am Tisch extrem unangenehm«, sagt Alex.

»Und dabei haben wir über dich und Natalie noch gar nicht gesprochen«, sagt Mariella.

Alle sehen uns an.

»Wie meinst du das?«, fragt Zach.

»Also? Ich warte auf eure Erklärung«, fordert Mariella uns auf.

In diesem Moment schwingt die Haustür auf und Sal kommt hereingepoltert, mehrere Tüten und ein Tablett mit Kaffeebechern in den Händen. »Ist heute wieder herrlich draußen!«, ruft er mit dröhnender Stimme und kickt sich die Schuhe von den Füßen.

»Kommst du mal her, Sal? Wir haben hier ein kleines Problem«, sagt Mariella. Sal stellt die Kaffeebecher auf den Tisch und reißt eine Tüte mit Croissants auf. »Greift zu, ihr Lieben! Die sind noch warm!« Sal gehört zu den Leuten, die möglichst jeden Satz mit einem Ausrufezeichen beenden.

»Ich sagte, wir haben hier ein Problem, Schatz«, wiederholt Mariella. So, wie sie »Schatz« betont, klingt es nicht nach einem Kosewort.

»Aha, und was für ein Problem?« fragt Sal, jetzt schon leicht besorgt, aber immer noch weitgehend auf die Croissants fixiert.

»Die Kinder haben heute Nacht die Betten getauscht«, sagt Mariella, ungefähr in demselben Ton, wie man »die Kinder haben heute Nacht Heroin genommen« sagen würde.

Aber Sal mustert sie nur verständnislos.

Mariella seufzt. »Zach und Lucy haben in dem einen Bett geschlafen und Alex und Natalie in dem anderen«, erklärt sie.

»Alex und Natalie!«, ruft Sal und klatscht dabei in die Hände wie ein Zeremonienmeister, der bei einer Hochzeit das Brautpaar ankündigt.

»Zwischen den beiden läuft aber nichts, Dad«, sagt Zach.

»Nee, ist mir schon klar«, sagt Sal mit einem Glucksen.

»Moment mal eben. Was genau ist an dieser Vorstellung so lustig?«, fragt Alex.

Mir zieht sich der Magen zusammen. Einerseits würde ich das auch gern wissen. Andererseits ist das hochgradig vermintes Gelände.

»Es ist nicht für sich genommen lustig, sondern einfach nur sehr unwahrscheinlich«, sagt Sal.

»Warum soll das so unwahrscheinlich sein?«, fragt Alex.

»Weil du du bist und Natalie Natalie ist«, sagt Zach und beißt in ein Croissant.

»Was soll *das* nun wieder heißen?«, mische ich mich ein. Das Minengelände ist mir plötzlich egal.

»Dass ihr halt sehr verschieden seid«, sagt Zach.

»Noch nie davon gehört, dass Gegensätze sich anziehen?«, fragt Alex.

»Daran glaube ich nicht«, erwidert Zach, immer noch kauend, als würde er ganz entspannt über ein philosophisches Thema diskutieren, statt hier irgendwelche gewagten Thesen über meine potenzielle Partnerwahl aufzustellen.

»Aufgrund deiner reichhaltigen Lebenserfahrung?«, fragt Alex, offensichtlich genervt.

»Alex ist Löwe und Natalie Skorpion«, sagt Mariella, als würde das alles erklären.

»Ihr wärt jedenfalls die letzten beiden Menschen, die ich mir zusammen vorstellen könnte«, sagt Zach im Brustton der Überzeugung.

»Natalie ist eher die Intellektuelle«, sagt Sal. (Dieser Täuschung ist er erlegen, seit ich bei einem Kreuzworträtsel mal irgendwas wusste, auf das er selbst nicht gekommen war.)

»Und ich bin der Depp, oder was?« Alex wird langsam sauer.

»Aber nein, Schätzchen. Er meint nur, dass Natalie bücherschlau ist und du eher bauernschlau«, sagt Mariella und macht mit den Fingern Anführungsstriche um das »bauernschlau«.

Zach bricht in wieherndes Gelächter aus und Alex schüttelt den Kopf. Früher hat es mich nie gestört, wenn sich die ganze Familie über Alex lustig gemacht hat, weil er der älteste und coolste Bruder war, aber jetzt würde ich am liebsten allen über den Mund fahren.

»Du arbeitest in einer Bar und Natalie trinkt nicht mal Alkohol«, fügt Zach hinzu.

Ich warte auf Alex' Erwiderung, dass er genau genommen nirgendwo mehr arbeitet und dass es sowieso keine Bar, sondern ein Pub mit Restaurantbetrieb war, und dass er gern kocht und ich gern esse, weshalb wir in dieser Hinsicht schon mal sehr gut zusammenpassen, aber er starrt nur wütend vor sich hin.

»Diese Diskussion ist doch vollkommen lächerlich«, sage ich, bevor jetzt irgendwer den Mund aufmacht und mich mit Vanessa vergleicht, worauf dieses Gespräch, wie ich befürchte, als Nächstes zusteuert.

»Genau, schließlich sind Alex und Natalie doch gar nicht zusammen«, sagt Zach.

»Da irrst du dich«, sagt Alex und erhebt sich in einer dramatischen Bewegung.

Ich spüre einen stechenden Schmerz in meinem Herzen. Bestimmt kriege ich gleich einen Herzinfarkt und sterbe, bevor Alex diese Behauptung klarstellen kann.

»Wir *sind* zusammen«, sagt Alex.

Mariella schnappt buchstäblich nach Luft und legt sich die Hand auf die Brust.

»Was?«, fragen Lucy und Zach wie aus einem Mund. Zach wirkt ungläubig, Lucy empört. Sie hat meine Hand losgelassen, was mir gar nicht gefällt, denn ich brauche sie jetzt.

»Na, das ist ja …«, sagt Sal. Er öffnet den Mund, als wollte er den Satz noch vollenden, klappt ihn dann aber doch lieber wieder zu.

Wenn mein Leben ein Film wäre, würde jetzt Herzschmerz-Musik einsetzen. Alex hat soeben öffentlich erklärt, dass wir zusammen sind! Nur fühlt sich das leider gar nicht romantisch an. Eher so, als wäre die ganze Luft aus dem Raum entwichen. Und ich bin mir auch nicht sicher, ob das, was er sagt, *wirklich* so stimmt.

Ein kurzer Blickwechsel zwischen Alex und mir. Meiner sagt *Was zum Teufel machst du da?* und seiner erwidert *Ich würde alles behaupten, nur um meine Familie ins Unrecht zu setzen.*

Jetzt richten sich alle Augen auf mich.

»Ist das wahr?«, fragt Zach, offensichtlich in der Hoffnung, dass ich alles abstreite.

»Ähm, irgendwie schon«, antworte ich. Mein linkes Auge fängt nervös an zu zucken, während ich gleichzeitig wie betäubt bin, ruhig, gelassen und von allem losgelöst. Das muss so eine außerkörperliche Erfahrung sein, von der die Leute immer reden. Oder ich bin tatsächlich gerade gestorben.

»Ihr beide seid ein Paar?«, fragt Lucy sehr langsam.

»Na ja, so würde ich das nun auch wieder nicht sagen«, erwidere ich und presse einen Finger auf mein zuckendes Augenlid. Ob das ein Hinweis auf irgendwas Ernsteres ist? Sollte ich nicht lieber zum Arzt gehen? Immerhin käme ich dann hier raus.

»Wie würdest du's denn sagen?«, fragt Zach.

»Ich würde sagen, es ist kompliziert«, antworte ich. Das Gefühl der Ruhe ist schnell verflogen und wird von Panik abgelöst. Hilfe suchend schaue ich zu Alex hinüber. Er macht ein Gesicht wie jemand, der eben noch dachte, er sei der Herr der Lage, jetzt aber feststellen muss, dass das ein Irrtum war.

»Wann soll denn das passiert sein?«, fragt Zach. Er ist jetzt ebenfalls aufgestanden und baut sich drohend vor Alex auf? Will er sich etwa mit ihm *prügeln*?

»Und *was* genau ist überhaupt passiert?«, ergänzt Lucy, als würde ich ihr das hier vor Mariella und Sal erklären.

»Ich schwöre dir, Alex, wenn du Natalie nur ausgenutzt hast, weil sie zufällig neben dir im Bett lag ...«, droht Zach, und obwohl ich Alex letzte Nacht genau das Gleiche vorgeworfen habe, regt mich das jetzt ziemlich auf, vor allem die Tatsache, dass er das hier vor allen sagt.

»Zach!«, rufe ich.

»Du scheinst ja eine sehr hohe Meinung von mir zu haben«, sagt Alex und funkelt seinen Bruder wütend an. Die beiden stehen sich jetzt Auge in Auge gegenüber. Bis eben wäre mir der Gedanke, dass zwei Typen sich meinetwegen prügeln könnten, eigentlich ganz reizvoll erschienen, aber jetzt, wo es Realität zu werden droht, fängt auch mein anderes Auge an zu zucken. Ich schließe sie beide für einen Moment und atme tief durch.

»Wieso werden wir hier überhaupt wie zwei Kriminelle verhört?«, fragt Alex. »Wir können schließlich tun und lassen, was wir wollen, solange es in gegenseitigem Einverständnis passiert.«

Sehr gut, er versucht vom Thema abzulenken. Nur das mit dem gegenseitigen Einverständnis hätte er weglassen können. Das klingt, als hätten wir wirklich Sex gehabt. Auch Lucy hat das offenbar so verstanden, denn ihre Augen weiten sich.

»Das kommt jetzt alles ein bisschen plötzlich, mein Schatz. Lass uns einen Augenblick Zeit, das zu verdauen«, sagt Mariella. Sie weiß noch nicht, was sie davon halten soll. Einerseits tratscht sie furchtbar gern, bevorzugt über ihre Söhne, und noch bevorzugter über deren Liebesleben. Andererseits sind wir kein Paar, mit dem sie gerechnet hat, und vermutlich auch keins, das ihr so richtig gefällt.

Sal ist in die Küche gegangen und kommt jetzt mit Butter und Aufstrich zurück. Er setzt sich wieder hin, schneidet ein Croissant auf und bestreicht es dick mit Erdbeermarmelade. Die hat er selbst eingekocht, worauf er mächtig stolz ist. Ein ganzes Wochenende hat er damit verbracht, die Etiketten für »Sals echt einmalige Erdbeermarmelade« zu entwerfen und sie seiner Familie in drei verschiedenen Varianten zur Abstimmung vorzulegen.

Er beißt ein großes Stück von seinem Croissant ab und sagt dann mit vollem Mund: »Worum gehts hier eigentlich? Wie ernst sind deine Absichten, Alex?«

*Wie ernst sind deine Absichten?* Offenbar sind wir jetzt in einer Posse aus der Zeit von Jane Austen gelandet. Ich verschlucke mich fast an meinem Latte Macchiato. Darauf kann er doch nicht ernsthaft eine Antwort erwarten.

»Das reicht jetzt, ich verschwinde.« Alex dreht sich um und geht zur Tür.

»Die Diskussion ist aber noch nicht beendet«, ereifert sich Mariella.

»Für mich schon. Ich zieh mich jetzt an«, sagt er über die Schulter. Dann bleibt er stehen und sieht mich an.

»Natalie?«, sagt er, als hätte ich irgendwas Offensichtliches verpasst.

»Ja?«, frage ich. Hoffentlich will er nicht doch noch die Ernsthaftigkeit seiner Absichten kundtun.

»Kommst du kurz mal mit aufs, äh, Zimmer?«

Mariella macht ein alarmiertes Gesicht.

»Nur zum *Reden*, Mum. Und um mich bei ihr für diesen Horrorauftritt meiner Familie zu entschuldigen«, sagt Alex.

»Die dürften für Natalie nichts Neues sein!«, brüllt Zach.

Ich stehe auf und gehe steifbeinig hinter Alex her, wie jemand, der nicht mehr weiß, wie man läuft. Genau genommen weiß ich überhaupt nichts mehr.

## 19

# Alles, was ich mir je gewünscht habe

Ich schließe die Tür zu Alex' Zimmer hinter mir, und ein paar Sekunden lang stehen wir uns schweigend gegenüber, bevor wir wieder mit dem Flüsterschreien anfangen.

»Was zum Teufel hast du dir dabei gedacht?«, zische ich. Mit einem Mal bin ich richtig sauer auf ihn, und es tut gut, meinen ganzen angestauten Frust endlich an jemandem auslassen zu können.

»Tut mir leid, ist mir halt so rausgerutscht. Aber es hat mich so wütend gemacht, wie sie über uns geredet haben.«

»Mich auch. Aber deshalb musst du ja noch lange nicht solche Sachen erzählen.«

Erst recht nicht solche *bedeutungsvollen* Sachen. Vor aller Ohren. Noch dazu so missverständlich formuliert, dass keiner so richtig weiß, wie sie gemeint sind.

»Ja, du hast ja recht.«

Ich lege mich aufs Bett und starre an die Decke. »Was für eine Katastrophe.«

»›Katastrophe‹ scheint mir leicht übertrieben.« Alex setzt sich neben mich.

»*Alle* wissen es jetzt.«

»Na und?«

»Na und? Jetzt ist das plötzlich so ein Riesending. Jeder will wissen, was eigentlich los ist, Zach ist sauer und deine Eltern werden uns ständig belauern, und ich muss es meinen Eltern erzählen, die mich mit Fragen löchern, um von ihrer blöden Trennung abzulenken, und das alles nur wegen etwas, aus dem vielleicht ...«

»Aus dem vielleicht was?«, ermuntert mich Alex.

»Aus dem vielleicht gar nichts wird«, sprudele ich heraus.

»Möchtest du denn, dass nichts draus wird?«

»Keine Ahnung. Vielleicht haben sie ja recht und wir passen einfach nicht zusammen.«

Immerhin hat gleich mein erster Versuch, mich mit ihm und seinen Leuten am Strand zu treffen, dazu geführt, dass ich heulend nach Hause gerannt bin. Kein sehr vielversprechender Anfang.

»Die können mich mal. Ich will, dass aus uns was wird.«

»Das sagst du doch nur, um deine Familie ins Unrecht zu setzen.«

»Möglich, aber ich kann ja auch *beides* wollen: meine Familie ins Unrecht setzen *und* mit dir zusammen sein. Quasi eine Win-win-Situation.«

»Aber was von beidem ist die treibende Kraft?«

Er beugt sich über mich und sieht mich an. »Mit dir zusammen zu sein. Und ich setze meine Familie wirklich sehr gern ins Unrecht, daran kannst du sehen, wie wichtig du mir bist.«

Er küsst mich und mein Auge hört endlich auf zu zucken. Aber als er aufhört, mich zu küssen, und sich auf seinen Ellbogen stützt, ist das Zucken gleich wieder da.

»Jetzt hast *du* aber noch gar nicht gesagt, was du willst«, sagt er.

»Stimmt.«

Kann man einerseits ganz genau wissen, was man will, andererseits aber auch keinen blassen Schimmer haben? Sicher bin ich mir eigentlich nur, dass ich ihm sowieso nicht sagen würde, was ich will, weil mich das viel zu sehr bloßstellen würde.

»Also, wie sehen deine Vorstellungen aus?«, fragt er.

»Ich mag dich gern küssen«, sage ich, ohne ihm in die Augen zu schauen, weil Blickkontakt bei Geständnissen den Stress noch mal verzehnfacht.

Er lacht. »Gut. Und was noch?«

»Ich mag *dich*, also, du weißt schon, so als Mensch«, sage ich, was mir groß und bedeutsam genug erscheint, um stolz auf mich zu sein, auch wenn mir klar ist, dass das Anhängsel »so als Mensch« ein ziemlicher Abtörner ist. Er küsst mich auf die Stirn und wieder bin ich von seiner Zärtlichkeit überrascht.

»Und was sagen wir jetzt denen da draußen?«, frage ich.

»Dass sie sich um ihren eigenen Kram kümmern sollen.«

»Dafür ist es wohl ein bisschen zu spät.«

»Dann sagen wir, wir schauen einfach mal, wohin das alles führt.«

»Klingt gut, einverstanden«, sage ich.

Na bitte, das ist doch was. Fast schon beziehungsartig, oder? Bei *Der Bachelor* oder *Die Bachelorette* würde man jetzt eine Rose bekommen und noch eine weitere Woche im Rennen bleiben. (Und bescheuerterweise sehe ich Alex natürlich sofort in der Rolle des *Bachelors* und mich als nicht ganz so attraktive Außenseiterin, die zwar vom Publikum bejubelt wird, letztlich aber, wie alle wissen, nicht den Hauch einer Chance hat.)

Von Alex' Zimmer aus gehe ich erst mal ins Bad, weil ich einen Augenblick Ruhe brauche, um mir kaltes Wasser über die Handgelenke laufen zu lassen und tief durchzuatmen.

*Genau das hast du dir doch immer gewünscht,* halte ich mir vor.

Meine Kehle ist rau und trocken. Vielleicht werde ich ja krank. Das habe ich mir bestimmt bei ihm eingefangen. Pfeiffersches Drüsenfieber zum Beispiel. Oder Scharlach, von dem ich immer dachte, der sei ausgerottet, bis ein Mädchen an meiner Schule ihn bekommen hat, nachdem sie bei einem Musikfestival zu viele Leute geküsst hatte. Alex hat bestimmt schon so viele Mädchen geküsst, dass er ein wandelnder Bazillenherd sein muss. Er selbst ist sicher längst immun gegen all die Keime, aber ich, die noch kaum jemanden geküsst hat, bin ihnen schutzlos ausgeliefert und werde ihrem Ansturm erliegen.

Jetzt reiß dich mal zusammen, Natalie. Es gibt da einen Jungen, der dich zu mögen scheint. Diese Information sollte eigentlich keinen emotionalen Super-GAU bei dir auslösen.

*Ich schaffe das. Ich krieg das hin.*

## 20

# Die große Liebe

Sal fährt uns nach Melbourne zurück. Mariella hat die Paare gezielt voneinander getrennt: Lucy und Glenn sitzen bei ihr im Auto, Zach, Anthony und ich bei Sal. Alex muss allein in seinem Leihwagen nach Hause fahren. Ich hätte es schon schick gefunden, mit Alex loszubrausen, mit offenen Fenstern, lauter Musik und Sonnenbrille (natürlich einer viel cooleren als der jetzigen), während uns im Rückspiegel alle mit offenem Mund hinterherstarren, aber das kann ich Mariella, nachdem sie so nett war, mich hierher einzuladen, nun wirklich nicht antun.

Zach und ich sitzen hinten und schauen beide, voneinander abgewandt, aus unserem jeweiligen Autofenster. Wir fechten einen schweigenden Kampf aus. Wir brauchen kein Wort zu sagen, um zu wissen, wie sauer wir aufeinander sind. Sal und Anthony unterhalten sich während der Fahrt, aber ihr Gespräch kann das kalte, harte Schweigen auf der Rückbank nicht durchdringen. Zach und ich sind jeder in seiner kleinen Blase aus Kränkung und Wut gefangen.

In Gedanken streite ich mich gerade umso lauter mit ihm (»Du bist so unreif und selbstsüchtig, dass du mir meine einzige Chance auf Liebe nicht gönnst« – »Hör doch mal, Natalie« – »NEIN, LASS MICH AUSREDEN, ICH BIN NOCH NICHT FERTIG«), als wir bei einer Tankstelle anhalten. Sal steigt aus, um zu tanken, und Anthony läuft in den Laden, um Eis zu kaufen. Zach und ich sind allein im Auto. Wir wechseln einen Blick und schauen dann schnell wieder weg.

»Können wir kurz mal reden?«, frage ich.

»Klar«, sagt Zach und wendet sich leicht zu mir um.

Eigentlich hatte ich erwartet, dass er Nein sagt, dann könnte ich mich mit dem Gefühl zurücklehnen, die Klügere gewesen zu sein, und Lucy schreiben »Ich hab versucht, mit ihm zu reden, aber er wollte nicht«, und dann würde sie Zach für mich anschreien und in ein, zwei Tagen wäre alles vergessen. Aber jetzt muss ich irgendwas sagen.

»Also?«, fragt Zach.

»Ich überlege noch«, entgegne ich abwehrend.

»Okay, dann ich zuerst. Wann hat diese Sache mit dir und Alex angefangen?«

»Vor zwei Tagen.«

»Sprich: Ihr habt einfach mal so, aus heiterem Himmel, ein bisschen rumgeknutscht?«

»Könnte man so sagen«, antworte ich. Ich meine, wenn man sämtliche Todesqualen, die ich gelitten habe, kurz mal ausblendet, bringt es das eigentlich auf den Punkt.

»Weil ihr eh schon zusammen im Bett wart, also warum nicht?«, sagt Zach tonlos.

Er versucht das möglichst negativ darzustellen, aber für mich klingt »weil wir eh schon zusammen im Bett waren, also warum nicht« ehrlich gesagt ziemlich heiß.

»So ungefähr. Ich meine, erst haben wir uns auch noch unterhalten«, sage ich. Wie viele Details möchte er hören?

»Und du findest ihn wirklich nett?«

»Was soll dieser Tonfall?«

»Welcher Tonfall?«

»Du weißt schon, was ich meine. *Dieser* Tonfall. Den kann ich nicht leiden.«

»Weil ich sauer auf dich bin. Du hast hinter meinem Rücken mit meinem *Bruder* geknutscht und keinen Ton davon gesagt. Ich hab doch wohl jedes Recht, sauer zu sein.«

»Sagt wer?«

»Sagt das Gesetz des Universums. Oder hast du schon mal gehört, dass es jemand gut findet, wenn der Bruder mit der besten Freundin zusammenkommt?«

»Ständig. Die normale Reaktion ist Freude und Glück.«

»Nenn mir auch nur *ein* Beispiel, wo das so war.«

»Hör auf mit diesem ›Nenn mir ein Beispiel‹-Quatsch.« Das ist immer Zachs Totschlagargument, und das nervt.

»Tut mir leid, aber ich finds halt blöd und bin stinksauer.«

»Auf wen?«

»Auf euch beide.«

»Und wie lange hast du noch vor sauer zu sein?«

Er runzelt die Stirn, und mein Herz setzt einen Schlag lang aus, als mir klar wird, wie unschätzbar wichtig er mir ist und wie sehr er mich aber auch gerade nervt. *Ich liebe dich, ich hasse dich, ich könnte dich schlagen.*

»Keine Ahnung. Schon noch ein bisschen. Wie lange soll das zwischen dir und Alex denn noch gehen?«

»Keine Ahnung. Schon noch ein bisschen.«

Zach stößt eine Mischung aus Schnauben und Stöhnen aus.

»Was denn?«, frage ich. Jemand, der bei der Vorstellung, ich könnte eine Beziehung haben, eine Mischung aus Schnauben und Stöhnen ausstößt, bestätigt meine schlimmsten Vermutungen über mich selbst.

»Das sehe ich allerdings nicht.«

»Toll, Zach, vielen Dank auch. Sehr charmant.«

»Nicht deinetwegen. Seinetwegen.«

»Auch nicht viel besser.«

»Jetzt überleg doch mal. Alex feiert gern und ist ständig unterwegs. Die meisten seiner Freunde sind einfach nur blöd. Ihm wird schnell langweilig. Er ist vielleicht immer noch in seine Ex verliebt. Er hat unmögliche Arbeitszeiten. Er ist bei *Tinder*. Ihr passt einfach nicht zusammen.«

»Vielleicht ja doch«, sage ich, als wäre das ein schlagkräftiges Argument gegen seine zutiefst verstörende Auflistung. Allein das

Wort »Tinder« macht mir eine Gänsehaut. Und bei der Erwähnung seiner Ex muss ich mich fast übergeben. Ich befinde mich hier auf völlig unbekanntem Terrain.

»Du solltest dich selbst mal hören«, sagt Zach.

»Das Gleiche würde ich dir auch empfehlen. Genau genommen teilst du mir nämlich gerade mit, dass Alex mich unmöglich gernhaben kann.«

*Und du hast natürlich vollkommen recht,* möchte ein Teil von mir rufen, aber diesen Triumph würde ich Zach niemals gönnen. Je mehr er meine tiefsten Ängste anspricht, desto vehementer werde ich mich verteidigen.

»Das habe ich überhaupt nicht gesagt«, sagt er.

»Hast du wohl.«

»Natalie, ich mach mir doch bloß Sorgen, dass das schiefgeht und du dann leidest. Wär schließlich nicht das erste Mal, dass Alex alles vermasselt.«

»Sei so nett und hör auf, mir zu unterstellen, dass ich mein Leben nicht allein auf die Reihe kriege, danke«, sage ich so giftig wie möglich, auch wenn ich zugegebenermaßen Jahre unserer Freundschaft damit verbracht habe, mich als jemand darzustellen, der sein Leben nicht allein auf die Reihe kriegt.

»Dann komm aber auch nicht angerannt, wenn er dir das Herz gebrochen hat«, sagt Zach, während Anthony schon die Beifahrertür öffnet.

»Mach ich nicht, keine Sorge«, sage ich.

*Du bist mir echt ein toller Freund,* möchte ich ihn anschreien, obwohl ich gleichzeitig den Verdacht habe, ihm umgekehrt auch keine bessere Freundin zu sein.

Anthony reicht jedem von uns ein Eis am Stiel nach hinten und steigt dann wieder aus, um Sal zu zeigen, wo die Toiletten sind.

»Ich würde nie was mit einem Bruder oder einer Schwester von dir anfangen«, sagt Zach.

Ziemlich irrelevante Aussage, schließlich habe ich keine Geschwister.

»Du hast was mit Lucy angefangen, das ist fast das Gleiche«, sage ich.

Eigentlich sogar noch schlimmer.

Ich beiße in mein Eis, weil ich weiß, dass Zach allein schon vom Zusehen die Zähne wehtun.

»Das ist was völlig anderes«, sagt er und verzieht erwartungsgemäß das Gesicht.

»Meinst du, das war leicht für mich?«

»Das war trotzdem anders. Erstens lieben wir uns.« Er schluckt nach diesen Worten. Ich weiß, dass er und Lucy schon »Ich liebe dich« zueinander gesagt haben und sich Herzchen- und »love you«-Nachrichten schicken, aber so offen hat er das mir gegenüber noch nie ausgesprochen. Ich nehme mir vor, Lucy später noch davon zu erzählen, weil ich weiß, wie sehr es sie freuen wird, dass er das gesagt hat, und wie zärtlich sein Blick dabei war.

Aber hier und jetzt, in dieser Sekunde, bin ich erst mal wütend. »Du bist ganz schön überheblich, weißt du das?«, sage ich.

»Gar nicht.«

»Und wie! Du glaubst, Lucy und du, ihr seid die große Liebe, während ich nur eine jämmerliche Versagerin bin, die sich das Herz brechen lässt und dann völlig am Ende ist.«

»Ich halte dich nicht für eine Versagerin.«

»Aber alles andere glaubst du schon, hab ich recht?«

Er schaut mich an, während ihm das Eis schon auf die Hose tropft. »Ich glaube jedenfalls nicht, dass Alex deine große Liebe wird, nein«, sagt er dann.

Wir starren uns an, und dann steigen Sal und Anthony wieder ins Auto und für den Rest der Fahrt sagen wir kein Wort mehr.

21

# Umzugs-Blues

Am nächsten Tag stehen Dad und ich in seinem neuen Wohnzimmer und sehen uns um. Der ganze Raum ist mit Umzugskisten vollgestapelt, die meisten davon akribisch mit »Bücher – Belletristik A bis G«, »CDs – Jazz + Klassik«, »Kleidung – Winter« beschriftet, aber auf anderen steht auch einfach nur »Zerbrechlich« oder »Küche« oder ein kryptisches »Gute Sachen« – irgendwann hatten wir keine Lust mehr.

Ich bin noch nie umgezogen. Tue ich jetzt ja auch nicht, aber ich hatte auch noch nie mit einem Umzug zu tun. Ich dachte, Kisten einpacken würde Spaß machen (tut es nicht), und auspacken noch viel mehr, weil ich gern Sachen einräume. Aber angesichts dieser Berge von Kartons haben wir beide das Gefühl, vor einer Mammutaufgabe zu stehen, die wir niemals bewältigen können.

Dads letzter Umzug war kurz vor meiner Geburt, insofern ist das alles auch für ihn ziemlich neu.

»Dad?«

»Ja?«

»Wie lange hast du jetzt nicht mehr alleine gewohnt?«

Dad nimmt die Brille ab und reibt sich die Augen. Er sieht müde aus. Aber er kann noch so müde sein, er verliert nie die Geduld, und selbst wenn ihm meine Fragen lästig sind, gibt er mir immer eine klare, wohlüberlegte Antwort.

»Tja, mal nachrechnen. Deine Mutter und ich haben geheiratet, als ich achtundzwanzig war. Vorher wohnten wir auch schon eine Weile zusammen. Also ungefähr zwanzig Jahre, plus/minus?«

Da fragt man sich doch ernsthaft, warum sie sich jetzt noch die Mühe machen, sich zu trennen.

»Nicht auf die Kisten setzen, Liebes, die gehen kaputt.«

Seufzend stehe ich wieder auf. Dads Apartmenthaus hat zwar einen Aufzug und die schweren Teile haben die Möbelpacker geschleppt, aber ich bin trotzdem völlig verschwitzt. Die Gläser sind alle noch verpackt, deshalb gehe ich zum Spülbecken und trinke aus der Leitung.

»Nicht doch, Natalie, lass das.«

»Ich sterbe vor Durst und Gläser gibts ja noch nicht.«

»Ich hätte ein paar Pappbecher besorgen sollen.«

»Oder wir packen jetzt gleich mal die Küchenkiste aus.«

Aber das tun wir nicht. Wir stehen einfach nur rum und betrachten das Chaos. Viele Küchenutensilien sind sowieso nicht in den Kartons, sondern noch originalverpackt, weil Dad das meiste ja neu anschaffen musste. Es hat sogar ziemlich viel Spaß gemacht, die Vor- und Nachteile von Mixern und Toastern zu diskutieren. (»Du musst unbedingt diesen Vier-Scheiben-Toaster nehmen, Dad, sonst wirst du das dein Leben lang bereuen.«) Auch eine Multifunktionsreibe kam uns unverzichtbar vor, aber jetzt sieht es eher so aus, als würde hier gar nicht alles reinpassen.

»Ich mag diesen maritimen Look«, sage ich und tätschele die großen blau-weiß gestreiften Kissen, die er für sein neues Sofa gekauft hat.

»Oh ja, die hatte ich auch schon länger im Auge.« Keine Ahnung, warum, aber bei diesen Worten bildet sich ein Knoten aus Trauer in meiner Magengrube.

»Wie wärs, wenn wir erst mal was essen?«, schlage ich vor. Solche Vorschläge kann Dad eigentlich überhaupt nicht leiden, weil er ein großer Verfechter von »Erst die Arbeit, dann das Vergnügen« ist. Aber heute nicht. Heute muss er zum ersten Mal seit zwanzig Jahren wieder allein wohnen. Umziehen ist echt blöd.

»Einverstanden«, sagt er.

Wir laufen die Hauptstraße von Port Melbourne entlang und ich zähle begeistert auf, was es hier alles zu entdecken gibt, auch wenn er das sicher selbst schon weiß, schließlich war es seine Entscheidung, hierherzuziehen. Er nickt trotzdem brav zu allem, was ich sage, auch wenn er mit den Gedanken ganz offensichtlich woanders ist. Eigentlich wollte ich nur irgendwo ein paar Sandwiches holen, aber Dad will lieber Eis essen gehen.

Dad und ich essen beide gern Eis. Das ist unser Ding. Mum mag Eis zwar auch ganz gern, aber wenn sie die Wahl hat, nimmt sie meist was anderes – Kuchen oder sonst irgendwas Gebackenes. Aber Dad und ich waren uns immer schon einig, dass Eis das einzig Wahre ist.

Wir gehen den ganzen Strand entlang bis zum Albert Park, wo es Jocks berühmtes selbst gemachtes Eis gibt. Auf dem letzten Stück reden wir kaum noch. Dad scheint in Gedanken versunken, während ich in meinem Kopf schon wieder um Alex kreise, mich dann aber zum Aufhören zwinge, weil ich dem Aberglauben anhänge, dass es Unglück bringt, wenn man zu oft an etwas Gutes denkt. Außerdem haben wir uns schon vierundzwanzig Stunden nicht mehr gesehen und er hat sich noch nicht gemeldet. Statt an Alex denke ich an meinen Streit mit Zach und dann an die immer noch unglaubliche Tatsache, dass meine Eltern nicht mehr zusammen sind.

Nicht zu fassen, dass mein Vater jetzt wirklich ausgezogen ist. Als symbolischen Akt habe ich seinen Lieblings-R2D2-Magneten vom Kühlschrank abgenommen und in einer Schublade versteckt, damit er ihn nicht mitnehmen konnte. Außerdem hege ich den fiesen Hintergedanken, dass Mum ihn dort eines Tages findet und einen Stich der Reue im Herzen verspürt. Eigentlich wollte ich Dad auch immer mal sagen, dass ich nicht möchte, dass er geht, aber irgendwie hat sich in unseren Gesprächen nie die Gelegenheit dazu ergeben. Die meiste Zeit haben sie ohnehin nur in einem übertrieben höflichen Flüsterton darüber verhandelt, wem was gehört. (»Du kannst gern den Reiskocher mitnehmen.« – »Nein, nein, behalt ihn ruhig, du magst Reis doch viel lieber als ich.« – »Ist das so?« – »Na klar, weißt du nicht mehr, wie du eine Zeit lang zu allem immer nur Naturreis essen wolltest?« – »Na ja, damit bin ich jetzt jedenfalls durch.«) Am liebsten hätte ich alles kaputt geschmissen, damit nichts mehr zum Aufteilen übrig gewesen wäre.

Jetzt taucht die Eisdiele vor uns auf und meine Stimmung hebt sich ein bisschen, schließlich sind wir hier im Paradies. Wir stellen uns an und gehen die verschiedenen Sorten durch.

»Toffee-Eis?«, schlage ich vor.

»Soll sehr gut sein«, sagt Dad.

»Oder Pfirsichsorbet. Oder marmorierte Feige.«

»Oder Schoko-Vanille. Die Klassiker kombinieren«, sagt Dad, ein großer Fan der althergebrachten Sorten.

»Walnuss-Espresso?«

»Nüsse mag ich, und Kaffee auch.«

»Aber ich glaube, bei mir muss es heute was mit Schokolade sein«, sage ich.

»Stimmt, kein Umzugstag ohne Schokolade«, bestätigt Dad.

»Hörnchen oder Becher?«

»Du kennst meine Einstellung zu dem Thema, Natalie: Hörnchen, immer nur Hörnchen.«

»In den Becher passt aber mehr rein.«

»Dafür kann man das Hörnchen mitessen.«

»Aber beim Hörnchen saut man sich immer so ein.«

»Darin unterscheiden sich eben der kleine Junge und der erwachsene Mann.«

»Mum und ich hassen diesen Spruch«, sage ich.

Dad bringt ihn trotzdem ständig, wahrscheinlich um uns zu ärgern.

»Ich weiß«, sagt er nur und klingt gar nicht mehr fröhlich.

Danach herrscht wieder Schweigen. Die Erwähnung von Mum hat unserem Gespräch offenbar die Luft genommen. Als ich Dad das nächste Mal anschaue, sieht er ganz komisch aus.

»Bring mir irgendwas mit, okay?«, sagt er.

»Ist gut, aber wo willst du denn hin?«

»Ich warte draußen auf dich.« Er drückt mir Geld in die Hand und geht raus.

Die Frau hinterm Tresen lächelt mich an.

»Was kann ich für dich tun, Herzchen?«

Ziellos deute ich auf irgendwelche Sorten, kombiniere Aromen, die überhaupt nicht zusammenpassen, wie der schlimmste Anfänger, und bestelle für beide ein Hörnchen. Die Frau braucht furchtbar lange, um das Eis abzufüllen, und mit jeder Sekunde, die ich hier im Laden stehe, während Dad irgendwo da draußen ist, werde ich unruhiger. Er sah wirklich komisch aus. Vielleicht kriegt er gerade einen Herzinfarkt? Oder einen Schlaganfall? Ich hole mein Handy raus und tippe die ersten Ziffern des Notrufs, damit ich nur noch eine Ziffer hinzufügen muss und gleich auf »Anruf« drücken kann, wenn ich rauskomme und ihn auf dem Boden entdecke.

Nicht, dass er mir unter den Händen wegstirbt, nur weil meine Eisbestellung so lange gedauert hat.

Ich zahle und stürze vor die Tür. Ein paar Meter weiter sitzt er auf einer Bank, mit hängenden Schultern, die Hände auf die Knie gestützt. Wenn ich ihn als Fremde dort sitzen sähe, würde ich bestimmt *Der sieht aber traurig aus* denken, und mein Herz zieht sich bei dem Gedanken zusammen, dass mein liebevoller, wunderbarer Vater jemand ist, an dem die Leute vorbeigehen und ihn bemitleiden.

»Alles in Ordnung, Dad?«

»Alles gut, Liebes.«

Ich reiche ihm sein Eis und setze mich neben ihn.

»Da drin wars einfach furchtbar heiß«, sagt er, ohne mich anzusehen. Seine Augen sind feucht und rot gerändert.

Und erst jetzt, wie ich mir beschämenderweise eingestehen muss, wird mir zum ersten Mal klar, wie schlimm diese Trennung auch für meine Eltern sein muss.

# 22

# Die Dating-Szene

»Hast du etwa ein Date?«, frage ich mit meiner vorwurfvollsten Stimme.

Ich bin gerade von Dads Umzug nach Hause gekommen und sehe jetzt zu, wie Mum sich vor dem Spiegel dreht und wendet. Sie trägt ein Wickelkleid und niedliche Sandalen mit Glitzer drauf. Ihre Fußnägel sind so perfekt lackiert, wie das nur eine Pediküre hinkriegt. Soweit ich weiß, hat meine Mutter noch nie ihre Füße pflegen lassen. Das ist neu, und das kann ich nicht gutheißen.

Nach dem heutigen Tag mit Dad hatte ich mir eigentlich geschworen, etwas sensibler für meine Eltern und das, was sie gerade durchmachen, zu sein. Mich als die reife, abgeklärte und fürsorgliche Tochter zu erweisen, die sie jetzt brauchen.

Dieser Schwur hat genau eine Stunde lang gehalten. Stattdessen bin ich schon wieder stinkwütend auf meine Mutter, was mir wesentlich leichter fällt.

»Das ist kein Date, sondern ein Abendessen mit drei anderen Leuten.«

»Von denen zwei Tante Jenna und Onkel Ian sind.«

»Genau. Nicht gerade aufregend.«

»Nein, ich meine, die beiden sind ein Paar, und dann du und wer noch? Wer ist die vierte Person?«

»Ein Freund von Onkel Ian, hab ich dir doch schon erzählt.«

»Also hast du wohl ein Date. Die beiden haben dir ein Date organisiert.«

Mum dreht sich um und schaut mich lange an. Ich starre zurück, mit triumphierendem Blick.

»Nein, haben sie nicht. Aber selbst wenn, Natalie, was dann?«

»Was dann? Was dann? Es ist gerade mal zwei Wochen her, dass ich von eurer Trennung erfahren habe, ausgerechnet zu *Weihnachten,* worüber ich, ehrlich gesagt, noch lange nicht hinweg bin, und genau heute ist Dad bei uns ausgezogen und du hast schon wieder ein Date? Das ist doch lächerlich. Und verletzend. Das geht mir alles ein bisschen zu schnell.«

»Ich weiß, dass wir das alles nicht besonders gut hinbekommen haben. Und das tut mir auch leid. Aber hier ist gerade nichts anderes geplant als ein Abendessen mit meiner Schwester und ihrem Mann. Mehr nicht.«

»Und noch einem Mann.«

»Ja, einem Freund von ihnen.«

»Wozu die Eile?« Ich werfe mich auf ihr Bett, quer über die Klamotten, die sie schon anprobiert und verworfen hat. Mums Sachen riechen alle immer ganz zart nach der Rosen-Sandelholz-Körperlotion, die sie benutzt. Und ganz egal, wie mein Verhältnis zu Mum in bestimmten Momenten vielleicht gerade aussieht, dieser Duft gibt mir immer ein Gefühl der Geborgenheit.

»Es gibt keine Eile«, sagt Mum, aber ich kann ihr ja nichts mehr von dem glauben, was sie sagt.

Mum ist achtundvierzig. Mit Sicherheit zu alt, um noch mal schwanger zu werden, selbst mit künstlicher Befruchtung, und wahrscheinlich auch mit geliehenen Eizellen. Vielleicht aber auch nicht. Sechsundvierzig ist das neue Sechsunddreißig, habe ich neulich irgendwo gelesen. Ich versuche, mir Mum schwanger vorzustellen, und mich selbst mit einem Geschwisterchen. Dann würden ein Stiefvater und ein Baby und meine generalüberholte Mutter in diesem Haus wohnen, und Dad und ich würden draußen vorm Wohnzimmerfenster stehen, ein Eis in der Hand, und mit tränenverschleierten Augen zu ihnen reinstarren.

»Willst du etwa gleich wieder heiraten?«

»Ich bin noch nicht mal geschieden, von daher ist eine neue Ehe das Allerletzte, woran ich gerade denke.«

»Das Allerletzte wohl kaum. Schließlich gehst du gleich zu einem Date.«

»Das ist kein Date.«

»Dann aber zumindest Date-ähnlich.«

Mum hält sich zwei unterschiedliche Ohrringe an die Ohren und dreht sich zu mir um. »Welchen findest du besser?«

»Den linken.«

»Sicher?«

»Ja, die anderen sind mit den Schuhen zusammen ein bisschen zu viel.«

»Stimmt.«

»Siehst du? Allein schon diese Frage nach den Ohrringen. So was fragt man doch nur, wenn man ein Date hat.«

»Natalie.« Mum klingt erschöpft.

»Was denn?«

Sie wendet sich um. »Es ist nur ein Abendessen. Bitte gönn mir das doch einfach.«

»Nur zu, ich kann dich doch sowieso nicht davon abhalten, oder?«

»Wenn du wirklich nicht willst, dass ich hingehe, bleibe ich hier.«

»Au ja, bitte.« Ein Streit mit Mum läuft auf fast schon tröstliche Weise immer gleich ab. Ich wusste, dass sie das sagen würde, weil wir uns die Schuldgefühle immer schön hin- und herwerfen wie einen Ball.

»Ich mein's ernst.«

»Das würde dir gefallen, was? Dass ich sage, du sollst zu Hause bleiben, damit du dann mit Leidensmiene hier rumsitzen und mich vorwurfsvoll ansehen kannst.«

»Das würde mir überhaupt nicht gefallen. Ich freue mich auf dieses Abendessen. Aber ich würde es für dich aufgeben, wenn du das wirklich willst.«

Das ist Mum in ihrer passiv-aggressiven Höchstform, und das weiß sie auch.

»Um ehrlich zu sein, habe ich keine große Lust, den Abend mit dir zu verbringen«, sage ich.

»Na prima. Dann hab ich jetzt ja wohl deinen Segen.«

»Hast du nicht.«

Aber sie reagiert gar nicht mehr, sondern starrt angestrengt in den Spiegel, um sich die Augenbrauen zu zupfen. Innerlich koche ich vor Wut, lasse aber das Schweigen zwischen uns andauern, weil ich weiß, dass sie es als Erste wieder brechen wird.

Sie hört auf zu zupfen und dreht sich zu mir um. »Nun hör doch mal, das ist wirklich kein Date, okay? Ich hab nicht vor, gleich wieder einen Mann mit nach Hause zu bringen. Bitte verdirb mir nicht den Abend.«

Das ist nämlich die größte Macht, die ich über meine Mutter besitze: ihr ein schlechtes Gewissen zu machen. Ihre größte Angst besteht darin, als Mutter womöglich versagt zu haben. Als ich mal zufällig auf ihre Google-Chronik gestoßen bin, fand ich dort die mitternächtliche Suche nach »Bin ich eine schlechte Mutter?«, und gleich am nächsten Tag bin ich losgegangen und habe ihr eine Beste-Mutter-der-Welt-Tasse gekauft. Eigentlich nur so aus Jux, aber obwohl das jetzt schon drei Jahre zurückliegt, ist das immer noch ihre Lieblingstasse, weshalb ich mir manchmal ein bisschen Sorgen mache, um sie, aber auch um mich, denn wenn sie glaubt, als Mutter versagt zu haben, bedeutet das ja auch umgekehrt, dass mit mir als Kind offenbar irgendwas nicht in Ordnung ist. Mit diesem Gedanken habe ich mich im letzten Jahr manchmal motiviert, noch mehr für die Schule zu tun – psychologisch sicher nicht gesund, aber sehr effizient.

Gerade jetzt bin ich allerdings eher in die entgegengesetzte Richtung motiviert. »Setz es doch einfach mit auf die Liste all der anderen Dinge, wegen denen du ein schlechtes Gewissen haben solltest, zum Beispiel, dass du mich ein Jahr lang belogen, deine Ehe ruiniert und deine Familie zerstört hast«, sage ich. Ihr Gesicht im Spiegel zeigt mir, dass ich sie verletzt habe, deshalb stehe ich schnell auf und gehe raus.

»Wie konnte ich nur so eine grässliche Tochter großziehen?«, sagt sie, was mich wiederum verletzt, von daher sind wir jetzt wieder quitt.

In meinem Zimmer mache ich die Tür hinter mir zu und werfe mich aufs Bett. Etwas später kommt Mum, bleibt vor meiner Tür stehen, öffnet sie aber nicht.

»Tschüss, Natalie. Es wird heute bestimmt ein bisschen später. Ruf mich an, wenn irgendwas ist.«

Ich antworte nicht. Eine lange Pause entsteht, aber ich weiß, dass sie noch da ist.

»Ich hab dich lieb«, sagt sie.

Ich schweige weiter.

»Für mich ist das auch alles nicht leicht, weißt du? Und ich bin auch traurig darüber, dass dein Vater heute ausgezogen ist. Deshalb versuche ich jetzt, mich ein bisschen abzulenken, sonst nichts.«

Ich sage immer noch nichts. Ich könnte schließlich Kopfhörer aufhaben. Oder sogar tot sein.

Sie seufzt und geht weg. Hoffentlich hat sie ein richtig schlechtes Gewissen und kann den Abend überhaupt nicht genießen.

Oh Gott, ich bin wirklich eine grässliche Tochter.

Ich höre, wie sie die Haustür zuzieht, den Wagen anlässt und losfährt, und warte ab, ob mir vielleicht die Tränen kommen. Ich fühle mich so, aber sie kommen nicht. Ich schreie in ein Kissen, was beim ersten Mal noch guttut, mir beim zweiten Mal aber schon irgendwie albern vorkommt.

# 23

# Ungesendet

An diesem Abend verbringe ich viel Zeit damit, Nachrichten an Alex zu entwerfen, aber nicht abzuschicken.

– Hey

(zu ernst)

– Hi!

(zu anbiedernd)

– Hey …

(zu zweideutig)

– Hi☺

(völlig verzweifelt)

– Hey, was geht?

(krampfiger gehts wohl kaum)

– Yo

(durch und durch lächerlich)

– Hallo Alex

(ein Roboter klänge weniger förmlich)

Alex und ich haben uns gestern Mittag zuletzt gesehen, bei der Abfahrt vom Strandhaus. Er hat »Bis bald« gesagt, und ich habe genickt. Einer von uns hätte sich inzwischen mal melden sollen.

Ich muss endlich aufhören, an ihn zu denken. Aber ich schaffe es nicht.

Einen Moment lang überlege ich, ob ich auf einem Foto von Alex und Vanessa, das ich in den Tiefen der Instagram-Chronik eines ihrer Freunde gefunden habe, Vanessas Gesicht per Photoshop durch meins ersetzen soll, nur um zu sehen, ob Alex und ich ein vergleichbar süßes Pärchen wären, verwerfe die Idee aber ziemlich schnell, als ich mir ausmale, wie Alex durch irgendeinen Zufall auf dieses Foto stößt. Die Vorstellung ist so grauenvoll, dass ich am liebsten alle jemals gespeicherten Bilder von meinem Laptop löschen und mich sofort in eine mehrjährige Therapie begeben würde.

Den Rest des Abends verbringe ich damit, Artikel über die mutmaßlichen heimlichen Beziehungen irgendwelcher Promis zu lesen, eine Liste mit Anzeichen für die allmähliche Entfremdung zwischen meinen Eltern anzufertigen, die ich damals noch nicht als solche gedeutet hatte, und auf Zach sauer zu sein, von dem ich seit unserem Streit im Auto ebenfalls nichts mehr gehört habe.

Als Mum von ihrem Nicht-Date zurückkommt, gebe ich vor, schon zu schlafen. Während sie unter der Dusche steht (vor ein paar Jahren ist Mum zur Abendduscherin geworden, während Dad ein Morgenduscher geblieben ist, und wenn ich jetzt so darüber nachdenke, gab es vielleicht kein eindeutigeres Anzeichen für ihre bevorstehende Scheidung als dies), hebe ich meine Grässlichkeit als Tochter auf das nächste Level: Ich schleiche mich in ihr Zimmer und schaue auf ihr Handy, wobei ich mir hauptsächlich wie die letzte Psychopathin vorkomme, aber auch ein bisschen wie eine coole Spionin.

Ich finde mehrere Textnachrichten, die zwischen ihr und einem Mann namens Eric hin- und hergegangen sind. Nichts Anzügliches, das würde ich dann doch nicht lesen, ich bin ja nicht völlig gestört. Genau genommen flirten sie noch nicht mal richtig miteinander. Eric scheint ein sehr höflicher Mensch zu sein. Er lädt meine Mutter zum Golfspielen ein und schickt ihr einen Werbe-Gutschein mit 20 Prozent Rabatt für eine Online-Bestellung von Druckerpatronen. Ich weiß nicht, welchen Gedanken ich schlimmer finde: dass sie beim Abendessen über Druckerpatronen gesprochen haben oder dass er den Gutschein womöglich ungefragt geschickt hat. Auf jeden Fall hat Eric offenbar den Charme eines Spambots.

Mein Vater wird einsam sterben, und meine Mutter wird einen Typen heiraten, der sie mit billiger Druckertinte verführen wollte.

Außerdem muss ich jetzt auch noch damit klarkommen, dass Eric meiner Mutter gleich drei Mal innerhalb einer Stunde nach dem Ende des Abendessens geschrieben hat. Entweder ist er ein Stalker, oder ich sollte mir wirklich langsam Sorgen machen, weil Alex sich seit 34 Stunden nicht mehr gemeldet hat.

Oder beides stimmt: Eric ist eine Klette ersten Ranges *und* Alex hat mich längst abserviert.

Nach dem Duschen kommt Mum in mein Zimmer. Sie hat sich einen Bademantel übergestreift und kämmt sich das feuchte Haar. Ich schaffe es nicht schnell genug, mein Handy wegzulegen, deshalb weiß sie, dass ich noch wach bin.

»Lass uns noch ein bisschen reden«, sagt sie und legt sich neben mir aufs Bett. Sie ist der festen Überzeugung, dass man niemals verärgert ins Bett gehen sollte, was meiner Vorliebe für ausgiebiges Schmollen und nächtliches Vor-sich-hin-Schmoren, statt zu schlafen, regelmäßig im Weg steht.

»Worüber denn?«, frage ich.

»Wie wars bei Zach im Strandhaus?«

»Gut.«

»Und was habt ihr so gemacht?«

»Nicht viel.«

»Natalie.«

»Was denn?«

»Lass das bitte.«

»Was soll ich lassen?«

»Mir Antworten zu geben, die keine sind.«

Es gab mal eine Zeit, als ich so vierzehn, fünfzehn war, da hatten mir meine Eltern regelrecht verboten, ihre Fragen mit »Gut« oder »Nicht viel« zu beantworten. Sie ließen mich erst in Ruhe, wenn ich ihnen irgendwas Interessantes erzählt hatte. Manchmal habe ich mir dann einfach was ausgedacht, um sie zufriedenzustellen. Oder ich habe irgendwelche verblüffenden Fakten recherchiert, weil ich wusste, dass Dad sich von einem Satz wie »Ich hab gelesen, dass es in der Schweiz verboten ist, ein einzelnes Meerschweinchen zu halten« sofort würde ablenken lassen, und dann würde keiner mehr nach meinen Erlebnissen fragen.

Aber heute Abend habe ich keine interessante Geschichte zur Hand, und Mum hat sich sowieso noch nie so leicht ablenken lassen wie Dad.

»Na gut, mal sehen. Ich war am Strand und hab mir einen Sonnenbrand geholt, wir haben ein paar Filme gesehen und ich habe Alex geküsst.«

Innerlich habe ich schon die ganze Zeit darauf gebrannt, ihr das zu erzählen, zum einen, weil ich sie ein bisschen aufrütteln und ihr zeigen will, dass sie längst nicht so viel von mir weiß, wie sie glaubt. *Wer sich ständig mit anderen Männern verabredet, bekommt natürlich nicht mehr viel von meinem Leben mit.*

Und zum anderen will ich es ihr erzählen, weil wir in letzter Zeit nicht viel miteinander gesprochen haben und ich ein bisschen Angst habe, sie könnte sich in gleicher Weise von mir abwenden wie von Dad, was albern ist, weil Eltern ihre Kinder immer lieben, aber vielleicht stimmt das ja auch gar nicht, und es redet bloß keiner darüber.

»Du hast *was?*«, fragt Mum und klingt genauso entgeistert, wie ich es gehofft hatte.

»Ich hab Alex geküsst, den Bruder von Zach.«

Mum stützt sich auf einen Ellbogen und schaut mich an. »Wann denn?«

»Wir waren halt oft zusammen und da ist es dann irgendwann passiert«, sage ich achselzuckend und versuche, möglichst unbefangen auszusehen.

»Und magst du ihn?« Aus Mums Augen leuchtet eine Mischung aus Begeisterung und leichter Panik. So ähnlich muss ich wohl auch ausgesehen haben, als Lucy mir von ihrem ersten Mal erzählt hat.

»Na, hör mal, ich hab ihn schließlich geküsst.«

»Ich dachte, du magst seinen Freund, diesen Owen.«

»Nein.« Ich rümpfe die Nase.

»Aber im Auto hast du doch gesagt …«

»Das ist doch schon ewig her.«

»Das ist gerade mal eine Woche her!«

»Dann fühlt es sich halt wie ewig her an.«

»Ich fürchte, ich komme bei deinem Liebesleben nicht mehr so ganz hinterher«, sagt Mum.

»Na ja, ich hab dir soeben das mit Abstand aufregendste Ereignis aus diesem Liebesleben erzählt, also betrachte dich als bestens informiert.«

»Schätzchen, das ist … toll. Ich freu mich so. Du dich doch auch, oder?« Sie mustert mein Gesicht und versucht, meine Gefühle dort abzulesen.

»So halb«, sage ich. Ich meine, es ist natürlich schön, dass wenigstens *eine* mir nahestehende Person sich über mich und Alex freut, aber Mum freut sich aus den falschen Gründen, deshalb wirkt das eher wie eine Alarmglocke. *Ding, ding, ding, die hässliche kleine Natalie sollte doch wohl überglücklich sein, dass sie endlich mal jemand beachtet.*

»Den muss ich unbedingt mal kennenlernen.«

»Musst du gar nicht, Mum, entspann dich.«

»Vielleicht kannst du ihn mal zum Abendessen einladen.«

»Kommt nicht infrage!«

»Nicht sofort, ist doch klar. Aber vielleicht so in ein, zwei Wochen.«

Oh Gott, als Nächstes schlägt sie bestimmt ein Golf-Doppel-Date mit Eric vor. »Wer weiß, ob wir nächste Woche überhaupt noch ein Thema sind«, sage ich.

»Aber jetzt gerade seid ihr eins?«

»Das kleinste Thema, das man sich vorstellen kann, so klein, dass es nicht mal einen Namen hat. Wir schauen einfach mal, wohin das alles führt. Vermutlich ins Leere, denn er hat sich seit gestern nicht mehr gemeldet.«

»Dann melde du dich doch bei ihm.«

Na klar, sie hat gut reden – die Frau, die schon drei Nachrichten von dem Typen bekommen hat, mit dem sie vor einer Stunde noch beim Essen saß. Ihre Augen funkeln, und ich ahne schon, dass ihr nächster Vorschlag lauten wird, mir beim Formulieren der Nachricht zu helfen. Ich kann förmlich sehen, was ihr gerade durch den Kopf schießt: die Vision von uns beiden als lustige Singlefrauen, die gemeinsam die Dating-Welt erobern.

Nein, nein, nein. *Das werden wir* nicht *tun*.

»Das ist doch wohl meine Sache.«

»Oh, ja klar.« Sie lässt die Schultern hängen. Womit wir wieder bei den Schuldgefühlen wären.

»Mum, kannst du nicht verstehen, dass ich immer noch sauer auf dich bin? Du hast mich *monatelang* belogen.«

»Ich weiß, ich weiß.«

»Und dich von Dad getrennt.«

»Das sagst du ständig, Liebes, aber es ist nun mal so, dass wir diese Entscheidung gemeinsam gefällt haben.«

Das glaube ich ihr nicht. Einer von beiden *muss* die treibende Kraft gewesen sein, aber offensichtlich wollen sie nicht, dass ich erfahre, wer das war.

»Die war jedenfalls total bescheuert.«

»Ich wollte auch nicht, dass meine Ehe so endet, das kannst du mir glauben. Ich hatte nicht vor, mit Ende vierzig wieder Single zu sein.«

»Aber warum ist sie denn überhaupt so geendet? Das verstehe ich nicht.«

Ich denke an die Liste, die ich vorhin geschrieben habe, mit den Anzeichen, die ich offenbar übersehen habe. Es gab nicht sehr viele konkrete Hinweise. In unserer Familie wird nicht viel rumgeschrien oder geweint. Unser Kampfstil ist sehr viel subtiler: scharfzüngige Bemerkungen, bissiger Sarkasmus, Augen verdrehen und vielsagendes Schweigen. Manchmal haben sie sich über Geld gestritten, doch immer nur so andeutungsweise und verschwurbelt, dass ich keine Lust hatte, mir das anzuhören. Aber hier kommt jetzt die Liste mit dem, was mir eingefallen ist:

*Dad isst seinen* Vegemite-*Toast gern mit viel Butter und wenig* Vegemite, *aber obwohl Mum das weiß, macht sie es immer umgekehrt.*
*Mum mag die Zahnpasta nicht, die Dad für uns kauft, aber er kauft sie trotzdem immer wieder.*
*Als Mum mal gesagt hat, dass Dad die Zombie-Apokalypse niemals überleben würde (was so offensichtlich ist, dass man es eigentlich gar nicht erwähnen müsste), war Dad dermaßen beleidigt, dass er sich geweigert hat, die nächste Folge von* The Walking Dead *mit uns zu gucken.*
*Dad findet, dass Mum ihn zu oft unterbricht.*
*Mum findet, dass Dad nicht genügend zu ihr hält, wenn sie anderen Leuten widerspricht.*
*Dad findet, dass Mum ein schlechtes Zeitmanagement hat.*
*Mum hasst den Valentinstag, ist aber trotzdem beleidigt, wenn Dad ihn dann einfach ausfallen lässt.*
*Dad kann es nicht leiden, wenn Mum seine guten Arbeitssocken als Hausschuhersatz anzieht.*
*Mum hätte gern eine Katze gehabt, aber Dad ist allergisch gegen Katzenhaare, was Mum ihm nie so richtig geglaubt hat.*
*Mum findet, dass Dad sich nicht gut entschuldigen kann.*
*Dad schnarcht.*
*Einmal habe ich Mum dabei erwischt, wie sie weinend im Auto saß, und es kam mir damals auch so vor, als würde sie das nicht zum ersten Mal tun.*

Keins dieser Anzeichen für sich genommen würde ausreichen, eine zwanzigjährige Ehe zu beenden, aber alle zusammen vielleicht doch. Andererseits gab es auch viele gute Sachen. Da bin ich mir ganz sicher. Sie haben viel zusammen gelacht. Viel miteinander gesprochen. Sie schienen wirklich gern Zeit miteinander zu verbringen und waren immer an der Meinung des anderen interessiert.

»Das ist kompliziert«, sagt Mum.

»Ich bin durchaus in der Lage, auch etwas komplexere Sachverhalte zu verstehen, weißt du?«, sage ich in meinem besten Zickenton.

»Ich weiß. Aber ich finde es irgendwie ... unpassend, dir das in allen Einzelheiten zu erzählen.«

»In allen Einzelheiten« klingt jetzt irgendwie nach Skandal und Affäre.

Mum errät meine Gedanken. »Nein, so ist das nicht. Dein Vater und ich hatten einfach beide das Gefühl, dass wir kein Liebespaar mehr sind.«

»Aber solche Phasen gibt es doch in jeder Ehe.«

»Das war keine Phase.«

»Habt ihr denn wenigstens mal versucht, das zu ändern?«

»Ja. Ziemlich lange.«

»Aber ...«

Aber, aber, aber. Das hilft mir alles nicht weiter. Und erklärt mir auch immer noch nicht, woran man erkennt, ob eine Beziehung gut oder schlecht, richtig oder falsch ist.

»Ich finds einfach nur schrecklich, dass ihr euch trennt«, sage ich, und der zickige Ton ist endlich verschwunden.

»Ich weiß.«

»Meinst du denn, du wirst irgendwann noch mal heiraten?« Ich fürchte die Antwort auf diese Frage.

»Deinen Vater?«, fragt sie zurück.

»Nein. Jemand anders.« Meine Mutter soll nicht den Rest ihres Lebens allein bleiben, wenn sie das nicht will. Sie soll glücklich sein, aber andererseits will ich sie mir auch nicht teilen müssen – sie gehört mir.

»Bisher habe ich keine Pläne in der Richtung.«

»Ich will keinen fiesen Stiefvater haben.«

»Ich werde niemals jemanden heiraten, den du nicht magst, versprochen.«

»Oje, damit setzt du mich aber ganz schön unter Druck. Vielleicht habe ich ja auch eine ganz miserable Menschenkenntnis. Zu viel Macht solltest du mir auch nicht verleihen.«

»Na gut, dann hast du eben ein Mitspracherecht, aber kein Vetorecht.«

»Oder nein, ich habs mir anders überlegt, ich will doch ein Vetorecht.«

»Süße, du eilst den Dingen weit voraus. Bei dir wird sich in den nächsten Jahren doch sicher auch sehr viel ändern. Wer weiß denn schon, wo jeder von uns in fünf Jahren sein wird und wie wir die Dinge dann sehen.«

»Sag so was nicht.«

Wachsen und sich verändern macht nur so lange Spaß, wie meine Eltern dieselben bleiben. Dann kann ich ihnen zeigen, wie viel besser und anders ich selbst geworden bin, ohne mich auch noch mit ihrem Kram auseinandersetzen zu müssen.

»Hast du Angst vor nächster Woche?«, fragt sie.

Nächste Woche werden die Studienplätze bekannt gegeben und damit quasi über den *Rest meines Lebens* entschieden. Natürlich habe ich Angst davor.

»Ein bisschen.«

Ich habe festgestellt, dass ich dieses Zwischenstadium eigentlich sehr angenehm finde, weil jetzt noch alles offen ist. Erst nächste Woche wird klar, wie es für mich weitergeht, und dann werde ich sehen, ob ich die richtigen Entscheidungen getroffen habe, und wenn nicht, muss ich vielleicht für immer damit leben, deshalb kann ich auch überhaupt nicht begreifen, wie manche Leute solche Dinge dermaßen sorglos und unbekümmert entscheiden können. Mir wird bei so was immer schlecht vor Angst.

»Aber ganz egal, was passiert, mein Liebes, ich bin sehr stolz auf dich.«

Jetzt kommt sie schon wieder mit diesem »Ganz egal, was passiert«. Ist ihr denn gar nicht klar, dass der Gedanke an eine ungewisse Zukunft für jemanden wie mich die Hölle ist?

Inzwischen habe ich ein schlechtes Gewissen, weil ich heute so gemein zu ihr war, und auch wegen der Rumschnüffelei in ihrem Handy, aber als ich mich gerade bei ihr entschuldigen will, holt sie selbst tief Luft und wendet sich mir zu.

»Ich muss dir auch noch was anderes sagen, Natalie.«

Mein Magen zieht sich schon mal präventiv zusammen. »Was denn?«

Mum räuspert sich. »Wir verkaufen das Haus.«

»Das Haus? Unser Haus?«

»Ich kann die Hypothek nicht allein abbezahlen.«

Der Gedanke hätte mir auch schon selbst kommen können, aber ich war ja zu sehr damit beschäftigt, mich in Selbstmitleid zu suhlen und an Alex zu denken. *Aber ich will das nicht.* Ohne dieses gemeinsame Stück Grundbesitz wird die Chance, dass Mum und Dad irgendwann wieder zusammenkommen, noch sehr, sehr viel kleiner, als sie ohnehin schon ist (bis eben war mir nicht mal klar, dass ich überhaupt noch auf diese Chance gehofft habe).

»Und wo soll ich dann wohnen?«

»Bei mir, in meiner neuen Wohnung.«

»Wo ziehst du denn hin?«

»Das weiß ich noch nicht. Zu dem Punkt bin ich noch nicht gekommen, da gibt es erst noch so viel anderes zu organisieren.«

Ich schlucke die aufsteigenden Tränen hinunter und warte, bis ich sicher sein kann, dass meine Stimme nicht zittert. »Und was, wenn ich bei Dad wohnen will?«

»Dann wohnst du eben bei ihm«, sagt Mum, klingt aber auch so, als müsste sie ein Zittern in ihrer Stimme unterdrücken.

»Also werde ich mich irgendwann zwischen euch entscheiden müssen?« Wusste ich doch, dass das so kommen würde! Hätte Mum das Haus behalten, wäre es mir weniger wie eine Entscheidung vorgekommen, weil das mein richtiges Zuhause ist und ich hier immer schon gewohnt habe. Aber wenn jetzt beide woanders hinziehen, läuft das auf eine klare Entscheidung zwischen ihnen hinaus.

»So würde ich das nicht ausdrücken.«

»Aber genau so ist es doch.«

»Du könntest eine Woche bei ihm und eine Woche bei mir wohnen. Oder einen Monat lang. Oder auch ein Jahr. Es gibt viele Möglichkeiten, wie wir dich miteinander teilen können«, sagt sie und streicht mir das Haar aus dem Gesicht.

Hauptsache, man kann mich aufteilen. Hauptsache, mein Leben lässt sich in schön gleich große Stücke zerschneiden, damit beide ihren gerechten Anteil bekommen.

## 24

# Fünf Stufen

Am nächsten Morgen liege ich bäuchlings auf dem Sofa und gucke *Netflix*. Inzwischen sind 48 Stunden seit meinem letzten Gespräch mit Alex vergangen, und ich habe bereits alle fünf Stufen der Zurückweisung durchlaufen. (1. Stufe: Ich bin so schwer beschäftigt und entspannt, dass ich gar nicht darauf achte, wann er sich zuletzt gemeldet hat. 2. Stufe: Er hat sicher viel zu tun, und ich ja auch, wir sind halt beide sehr beschäftigt. 3. Stufe: Wär schon nett, wenn er sich inzwischen mal gemeldet hätte, aber nicht so wichtig. 4. Stufe: Vielleicht ist ihm das Handy ins Klo gefallen oder er hat es irgendwo vergessen. 5. Stufe: Es ist aus und er kann mich mal.)

Dann erscheint eine Nachricht von Alex auf meinem Bildschirm.

– Hey, was machst du heute Abend?

Ich umklammere mein Handy und starre beschämend lange mit einem völlig verzückten, dümmlichen Grinsen auf seine Worte hinunter, bis mir irgendwann klar wird, dass ich jetzt auch antworten muss. Ich überlege, ob ich »Nichts« sagen soll, aber eigentlich habe ich ja schon was vor. Lucy hat gefragt, ob ich mit ihr und Zach ins Kino gehe, was natürlich ein leicht durchschaubarer Versuch ihrerseits ist, Zach und mich zu versöhnen, aber ich finde es schon richtig, Zach die Chance zu geben, sich persönlich bei mir zu entschuldigen.

– Ich geh mit Zach und Lucy ins Kino.

Je länger ich diesen Satz auf dem Bildschirm anstarre, desto schroffer und abweisender wirkt er auf mich, deshalb schicke ich, bevor mir Zweifel kommen können, noch eine Nachricht hinterher.

– Willst du mitkommen?

Okay, das war jetzt wieder völlig übers Ziel hinausgeschossen. Ich habe ihn tatsächlich eingeladen! Er lässt mich zwei Tage lang schmoren, und das ist meine Antwort.

Ich bräuchte jetzt eine Papiertüte zum Reinpusten, oder einen von diesen Stressbällen zum Kneten, oder eine Tafel Schokolade, die ich mir in den Mund stopfen kann – bitte, lieber Gott, gib meinen Händen irgendwas zu tun, bevor sie noch mehr solcher entlarvenden Nachrichten schreiben.

Die kleinen »Ich tippe«-Punkte erscheinen, verschwinden aber wieder, und meine Frage bleibt unbeantwortet – wie so viele Fragen in meinem Leben.

Die Sekunden ticken vorbei. Ich fange an, sie zu zählen, damit ich später, wenn Lucy und ich die Situation gemeinsam analysieren, genaue Fakten vorliegen habe.

Eine ganze Minute vergeht.

Bei einer Minute und 23 Sekunden tauchen die Tipp-Punkte wieder auf, und bei einer Minute und 29 Sekunden erscheint dann endlich die Antwort.

– Und welcher Film?

Heißt das jetzt *Klar komm ich, was gucken wir denn?* Oder eher *Ob ich mitkomme, hängt vom Film ab*? Und warum hat er eine Minute und 29 Sekunden für *diese* Antwort gebraucht?

Ich warte genau eine Minute und dreißig Sekunden mit meiner Antwort, um wenigstens einen Hauch von Würde zu bewahren.

– »Krampus – The Reckoning«

– Ein Horrorfilm

– Wir gehen in die 18:30-Uhr-Vorstellung

– Hat ein paar gute Kritiken bekommen

– Na ja, gut ist vielleicht übertrieben, eher gemischt

– Hier ist der Link zum Trailer

Nur mit Mühe halte ich mich davon ab, noch eine siebte Nachricht hinterherzuschicken, und lege das Handy weg. Jetzt ist es okay, wenn er eine Weile für die Antwort braucht. Vielleicht will er sich ja den Trailer ansehen, oder ein paar Kritiken lesen, oder …

Eine neue Nachricht poppt auf.

– Klingt gut. Soll ich dich abholen?

Das letzte Mal, als wir zusammen im Auto saßen, wusste ich die meiste Zeit nicht, was ich sagen sollte. Nein, besser, wir treffen uns am Kino.

Ich schreibe ihm, wo er wann hinkommen soll, und er schreibt zurück *Dann bis später,* und ich stresse mich mit der Frage, ob ich darauf antworten soll oder nicht, und wenn ja, ob ich dann schon lange genug gewartet habe, und schicke ihm schließlich ein Daumen-hoch-Zeichen. Dann werfe ich das Handy möglichst weit von mir weg, gehe in mein Zimmer und lasse mich, mit dem Gesicht nach unten, aufs Bett fallen.

Wenn jeder Schritt beim Daten so qualvoll ist, werde ich das nicht überleben.

## 25

# Habt ihr schon Spaß?

»Hi.«

»Hi.«

»Hi.«

»Hi.«

Noch keine zehn Sekunden sind vergangen, da ist dieses Doppel-Date schon ein Desaster. Wir halten ein bisschen Small Talk über Popcorn und Eis mit Schokoüberzug, und mir ist schmerzlich bewusst, wie weit Alex und ich auseinanderstehen, während Zach und Lucy Händchen halten – wahrscheinlich nur, damit Lucy warnend seine Hand drücken kann, wenn ihm irgendwas Falsches rausrutscht –, aber trotzdem führt es mir ihre Nähe und unsere Distanz nur allzu deutlich vor Augen. Ein Doppel-Date, wird mir gerade klar, bedeutet immer auch, seine eigene Beziehung dem direkten Vergleich mit einer anderen auszusetzen, und gegen Lucy und Zach haben Alex und ich nicht die geringste Chance. Die zwei sind die unangefochtenen Beziehungs-Weltmeister, während Alex und ich wie blutige Anfänger und in völliger Unkenntnis der Regeln übers Feld stolpern.

Alex und Zach gehen übertrieben höflich miteinander um, was mich total nervös macht, denn das tun sie sonst nie. Jedes Wort zwischen ihnen scheint mit einem geheimen Subtext aufgeladen zu sein. Zach und ich vermeiden von vornherein konsequent jeden Blickkontakt und jede direkte Ansprache. Eine Entschuldigung scheint nicht anzustehen. Und auch Alex sehe ich lieber nicht in die Augen, weil mich das furchtbar verunsichert. Ich fühle mich mit einer Intensität zu ihm hingezogen, die mir hochgradig peinlich ist und auch nicht ganz normal erscheint.

Angesichts dieser merkwürdigen Spannung zwischen uns dreien muss Lucy eine Menge sozialer Schwerstarbeit leisten, aber zum Glück ist sie ziemlich gut darin, Gesprächspausen mit unverbindlichem Geplauder zu füllen. (»Dieses Kinoplakat hängt jetzt überall, aber man weiß gar nicht, worum es in dem Film eigentlich geht, und was hat ein Plakat für einen Sinn, wenn man weder das Thema des Films erkennt, noch zu welchem Genre er überhaupt gehört, aber andererseits rede ich ja gerade darüber, also ist es vielleicht doch ein Erfolg.«)

Wir betreten den Kinosaal, mit Lucy vorneweg, was zur Folge hat, dass ich zwischen Zach und Alex sitzen muss.

Ich merke, wie Zach uns aus dem Augenwinkel beobachtet, und muss die ganze Zeit an seine Bemerkung denken, dass Alex bestimmt nicht meine große Liebe wird. Ich bin fest entschlossen, diese These zu widerlegen, aber das ist gar nicht so einfach, wenn man unter Dauerbeobachtung steht.

Ich bestehe also aus zwei Dritteln Angstschweiß und einem Drittel Paranoia, aber wer weiß, vielleicht ist das beim ersten Date ja auch ganz normal?

Der Film geht los, und es gibt eine gruselige Monsterpuppe, was ich bei Horrorfilmen überhaupt nicht mag, und jede Menge Schreckmomente, was ich fast genauso wenig mag. Auf die reagiere ich nämlich sehr empfindlich und springe auch gleich beim ersten förmlich vom Sitz hoch, was Alex wiederum einen Schrecken einjagt.

»Herrgott, du machst mir ja mehr Angst als der Film«, flüstert er.

»Tut mir leid, mit Horror komm ich nicht so gut klar.«

Er klappt die Armlehne zwischen uns hoch, Gott sei Dank, denn das wollte ich schon von Anfang an machen, wusste aber nicht, wann der Anstand das erlaubt.

Jetzt kann ich bei jeder bedrohlichen Szene mein Gesicht an Alex' Schulter verstecken und verstehe plötzlich auch den Reiz von Horrorfilmen. Alex riecht nämlich sehr, sehr gut. Irgendwie besonders männlich, so wie ich mir vorstelle, dass alle diese gut aussehenden Promis riechen, die man in den Illustrierten in Lederjacke auf dem Motorrad sitzen sieht.

Einmal schaut Alex zu mir rüber und lächelt, und um seine Augen wird wieder alles ganz knitterig, und ich könnte sterben, so süß finde ich ihn.

Dann ist der Film zu Ende, und die Hölle hat uns wieder.

»Und? Wie fandet ihr ihn?«, fragt Lucy.

»Na ja, ziemlich schlecht«, sagt Alex.

»Das ist ja echt dreist«, sagt Zach.

»Was ist echt dreist?«, fragt Alex.

»Dass du meiner Freundin, die dich netterweise eingeladen hat, einfach so ins Gesicht sagst, sie hätte einen schlechten Film ausgesucht.«

»Also, erstens hat Natalie mich eingeladen. Und mir war auch nicht klar, dass Filmkritik hier verboten ist.«

»Schon gut, Alex, natürlich musst du den Film nicht gut finden«, mischt sich Lucy mit einem »Was zum Teufel soll das?«-Blick auf Zach ein.

Schweigend schieben wir uns aus dem Kinosaal und die knisternde Spannung zwischen Zach und Alex ist fast körperlich zu spüren. Im Foyer bleibe ich stehen und will irgendwas Unverfängliches sagen, aber Zach kommt mir zuvor.

»Wieso bist du überhaupt mitgekommen?«, faucht er Alex an.

»Keine Sorge, mach ich nicht noch mal«, entgegnet Alex.

»Es wird dich auch keiner mehr einladen.«

»Sagt mal, gehts noch, ihr zwei?«, frage ich. Zwischen Zach und Alex gibt es oft Streitereien und Gestichel, aber hier schwingt jetzt ein sehr verbitterter, nachtragender Unterton mit.

»Zach hat ein Problem mit uns beiden«, sagt Alex und greift nach meiner Hand, was mir nicht gefällt, weil ich keine Requisite in ihrem Streit sein will. Ich löse mich von ihm, aber als ich dann Zachs triumphierenden Blick aufschnappe, möchte ich am liebsten *Das mach ich bestimmt nicht deinetwegen* rufen.

»In der Tat«, sagt Zach.

»Kommt, wir trinken noch einen Kakao!«, schlägt Lucy hoffnungsvoll vor. Sie glaubt fest an die entspannende Wirkung von warmen Getränken. Das hat sie sich bestimmt bei Mariella abgeschaut, die ihre Söhne regelmäßig mit Essen oder Trinken ablenkt, wenn die sich zanken oder sonst irgendwie nerven – das ist quasi ihr mütterliches Markenzeichen.

»Schon komisch, dass du mit Lucy zusammen bist, dich aber gleichzeitig auch noch ständig in Natalies Liebesleben einmischen willst«, sagt Alex.

Lucy und ich wechseln einen Blick. Was soll das denn jetzt?

»Nein, viel komischer ist, dass du hier plötzlich auftauchst, nachdem du uns jahrelang ignoriert hast«, erwidert Zach.

»Kommt, wir atmen jetzt mal alle tief durch und entspannen uns ein bisschen«, versucht es Lucy noch mal.

Aber Alex hört gar nicht hin. »Was willst du eigentlich?«, fragt er Zach. »Dass Natalie und ich kein Wort mehr miteinander wechseln, oder was? Würde dich das glücklich machen?«

Mir wird überdeutlich bewusst, dass wir hier gerade im Kinofoyer eine Szene machen.

»Wenn du's genau wissen willst: Ja, das würde mich glücklich machen«, erwidert Zach.

»Und interessiert dich vielleicht auch noch, was *mich* glücklich machen würde?«, frage ich, weil ich jetzt doch nicht mehr einfach danebenstehen kann.

»Ja, klar. Genau das versuche ich ja gerade zu sagen«, antwortet Zach.

Alex presst die Kiefer zusammen. »Du musst mich ja für ein richtiges Arschloch halten«, sagt er mit rauer Stimme.

Mein Herz zieht sich zusammen.

Zach schüttelt den Kopf. »Nein, tu ich nicht«, antwortet er ruhig.

»Sieht aber ganz danach aus«, sagt Alex.

»Immerhin hast du Vanessa betrogen«, platzt Zach auf einmal heraus.

Oh.

*Oh.*

Das ist eine Information, die ich nicht hier, vor allen Leuten, verarbeiten kann.

»Und ich will nicht, dass du mit Natalie das Gleiche machst«, fügt Zach noch hinzu.

»Du weißt doch gar nicht, wovon du redest«, erwidert Alex.

»Ich glaube, wir sollten jetzt lieber gehen, bevor du noch mehr Schaden anrichtest«, sagt Lucy mit einem wütenden Blick auf Zach. »Ich ruf meine Mutter an, dass sie uns abholen soll.«

Mariella hat Lucys Mutter netterweise nichts von dem Bettentausch im Strandhaus erzählt, deshalb ist Lucy der Umgang mit uns immer noch erlaubt.

»Ich muss dann auch mal los«, sagt Alex, ohne mich anzusehen.

Ich warte darauf, dass er mir anbietet, mich nach Hause zu bringen, aber stattdessen umarmt er mich nur kurz und geht weg, den Kopf gesenkt, die Hände in den Taschen vergraben, fast schon rennend. Mehr Bestätigung brauche ich nicht dafür, dass Zachs Anschuldigung offenbar stimmt.

»Willst du bei uns mitfahren?«, fragt Lucy.

»Nein, nein, ich werde auch abgeholt«, lüge ich. Ich werde jetzt ganz bestimmt nicht mit Zach zusammen ins Auto steigen!

»Okay, dann tschüss«, sagt Lucy, wirft mir einen Blick zu, der besagt, dass wir später noch mal telefonieren, und schiebt Zach dann in Richtung Fahrstuhl.

»Tschüss«, antworte ich. Ich kann noch gar nicht fassen, was hier gerade passiert ist.

»Ach, und Zach«, rufe ich noch, als die beiden mir schon den Rücken zuwenden.

»Was denn?« Er bleibt stehen und dreht sich um.

»Vielen Dank, dass du mir mein erstes Date ruiniert hast«, sage ich.

Er macht ein angemessen betroffenes Gesicht und ich wende mich schnell ab, bevor er sich verteidigen kann.

# 26

## Die Wahrheit oder so was Ähnliches

Später schickt mir Alex eine Nachricht. Ich bin bei Dad in der Wohnung, meine erste Übernachtung bei ihm, und versuche gerade herauszufinden, wie der Dimmer an den Lichtschaltern funktioniert, als mein Handy »Ping« macht.

– Das ist blöd gelaufen

Da ist sie, die unvermeidliche Nachricht, von der ich immer schon wusste, dass ich sie nach meinem ersten Date bekommen würde. Irgendwie gibt es mir insgeheim auch einen Kick, meine Erwartungen bestätigt zu sehen. Da hast du's, Mum. Manchmal wird der Pickel eben doch immer noch dicker, passt die Jeans einfach nicht mehr, egal wie lange man sie schon geweitet hat, und das Date, das man eigentlich nur schlimm fand, war der absolute Reinfall.

Ich schreibe zurück.

– Ja, stimmt

Kann man schließlich nicht anders sagen. Schon Sekunden später erscheint Alex' Antwort auf meinem Bildschirm.

– Also, wegen dem, was Zach gesagt hat

Oh Gott. Diese Sache, an die ich schon seit Stunden nicht zu denken versuche und die mir doch keine Ruhe lässt. *Alex hat Vanessa betrogen.* Alles, was ich je im Internet oder im Fernsehen über Beziehungen gelernt habe, besagt, dass jemand, der einmal fremdgeht, das auch immer wieder tut. Alex ist ein Mistkerl, und Zach hat recht damit, dass er mich bloß enttäuschen würde. (Was Alex für mich aber nur noch attraktiver macht, schließlich hat das Fernsehen mich ebenfalls gelehrt, Mistkerle zu lieben.)

Ich hole tief Luft. Ich muss mich schützen. Stark sein.

– Welcher Teil?

– Der Teil mit dem Betrügen.

– Stimmt das?

– Ja. Nein. So halb.

– So halb?

Wenn Alex ein Mistkerl ist, ist er auch ein Lügner, was bedeutet, dass ich ihm sowieso kein Wort glauben sollte.

– Die Sache ist komplizierter, als sie aussieht

– Sagen das nicht immer alle, die ihre Freundin betrogen haben?

Die kleinen Tipp-Punkte erscheinen schon lange vor seiner Nachricht. Ich male mir aus, was er alles schreiben könnte. *Das war ich gar nicht, sondern ein Typ, der genauso aussah wie ich. Ich bin reingelegt worden. Jemand hat mich so fotografiert, dass es aussah, als würden wir uns küssen, aber das haben wir gar nicht. Ich war von einem Dämon besessen. Das war nur eine Wette. Eine Intrige. Eine Szene aus einem Theaterstück. Teil eines raffiniert geplanten Juwelenraubs.*

Nichts davon würde ich ihm natürlich glauben, aber ich möchte ihm wichtig genug sein, dass er sich eine gute Lüge für mich einfallen lässt.

Endlich erscheint seine Nachricht auf dem Bildschirm.

– Vanessa und ich waren schon seit Monaten mal zusammen, mal getrennt … alles sehr chaotisch … ein Wochenende haben wir uns dann so richtig gefetzt und ich war ziemlich durch den Wind und hab auf einer Party mit einer anderen geknutscht … ungefähr zwei Minuten lang … Das war ein Fehler, ich bin nicht stolz darauf

Ich weiß nicht, was ich dazu sagen soll, deshalb tippe ich nur ein einziges Wort, das mich selbst, wenn ich es als Antwort bekäme, wahrscheinlich höllisch stressen würde.

– Okay

– Aber ich bin kein mieser Typ oder so. Hoffe ich jedenfalls. Oder falls ich es war, dann jetzt nicht mehr.

– Okay

– Was meinst du mit okay???

– Dass ich über diese Informationen nachdenke
– Und was denkst du darüber?
– Hab ich noch nicht entschieden

Ich glaube ihm, was mich sofort skeptisch werden lässt, weil ich doch überhaupt keine Ahnung habe und mein Instinkt mich sowieso immer trügt. Ich bin schließlich nur ein kleines, naives Dummerchen. (Und was ist mit all den Ratgeber-Kolumnen, die ich jahrelang im Netz gelesen habe? Die müssen doch irgendwas genützt haben! Aber mir anscheinend nicht.) Die Natalie, die ich war, bevor wir uns geküsst haben, wusste es jedenfalls besser. Sie wusste, dass man sich vor Typen wie Alex besser in Acht nimmt. Sie war stark und standhaft. Sie fand Lügen und Heimlichtuerei blöd, und den Großteil der männlichen Bevölkerung auch. Jetzt bin ich armselig und schwach, ein Spielball meiner Gefühle.

Hinzu kommt noch die unübersehbare Tatsache, dass ich *zehn Monate* lang nichts von der Trennung meiner Eltern bemerkt habe: der ultimative Beweis, dass meinem Urteil nicht zu trauen ist.

Wenn ich Alex wenigstens ins Gesicht sehen, ihm in die Augen schauen könnte, vielleicht wüsste ich es dann. Ich habe mal ein Buch darüber gelesen, wie man Lügner entlarvt. Das meiste habe ich vergessen, aber ich weiß noch, dass es wesentlich schwerer ist zu lügen, wenn einem jemand direkt und ohne zu blinzeln in die Augen schaut. Es sei denn, man ist ein Psychopath, dann starrt man einfach zurück, lügt munter weiter und wickelt den anderen in sein Lügennetz ein.

– Kommst du noch mal vorbei?

Ich tippe, ohne groß nachzudenken, aber als ich es dann vor mir sehe, finde ich es ziemlich aufregend.

– Klar
– Ich bin bei meinem Vater.

Ich schicke ihm die Adresse, und er antwortet, er sei schon unterwegs. Dad ruft nach mir und fragt, ob ich Lust habe, die nächste Folge einer neuen *Netflix*-Serie zu gucken. Die erste Episode war sehr, sehr gemächlich, und ich musste mich ziemlich zusammenreißen, um nicht alle zwei Sekunden auf mein Handy zu schauen, aber ich will ihm auch nicht gleich unseren ersten gemeinsamen Abend verderben – sonst überschattet das womöglich den ganzen Rest unseres Leben. Dad und ich müssen schließlich eine ganz neue Beziehung aufbauen, eine ohne Mum, und ich habe keine Ahnung, wie man so was macht.

Ich gehe ins Wohnzimmer.

»Dad, es kommt gleich noch jemand vorbei.«

»Jetzt noch?«

»Ja.«

»Es ist schon nach zehn.« Nach zehn ist für Dad eine Zeit, wo man in Ruhe seinen Tee trinkt und Kekse knabbert. Und unter keinen Umständen ausgeht, laut ist oder sonst was unternimmt, schon gar nicht mit anderen Leuten.

»Ich weiß, aber es ist wichtig.«

»Wer kommt denn?«

»Ein Freund.«

»Hierher?«

»Nicht hier rauf, ich geh zu ihm runter. Ich muss nur kurz mit ihm sprechen.«

»Du kannst ihn aber auch ruhig mit raufbringen.«

»Lieber nicht.«

Er mustert mich stirnrunzelnd. »Warum machst du so ein Geheimnis daraus?«

»Fragt der Mann, der mich zehn Monate lang belogen hat.«

»Nun hör mal …« Er unterbricht sich.

Mum und er suchen immer noch händeringend nach Ausflüchten, um bloß nicht zugeben zu müssen, dass sie mir etwas Schreckliches angetan haben, obwohl wir eigentlich alle drei wissen, dass es so war.

»Nun sag schon, wer's ist, nur für meinen Seelenfrieden«, bittet er mich.

»Ein Junge namens Alex.«

»Und ist dieser Junge namens Alex nett?«

»Das überlege ich noch.«

»Aha. Und willst du noch irgendwo mit ihm hinfahren?«

»Nein, ich setz mich nur zu ihm ins Auto und wir reden.«

»In Ordnung. Und worüber?«

»Das ist privat«, antworte ich, was ein Fehler ist, denn jetzt denkt er bestimmt, es geht um Sex.

Dad nippt an seinem Tee und stellt dann klirrend die Tasse ab. »Du kannst mit mir über alles reden, das weißt du, oder?«

»Ja.« Was stimmt: Dad ist sehr viel weniger voreingenommen als Mum.

»Ich bin ein guter Ratgeber.«

»Ich weiß«, sage ich.

»Und ich war auch mal ein junger Mann, deshalb verfüge ich vielleicht über Einsichten, die dir fremd sind.«

»Du warst aber bestimmt ein ganz anderer junger Mann als Alex.«

»Ist er etwa kein fanatischer *Star Wars*-Fan und Steinesammler?«

Soweit ich weiß, war Dad als Teenager der absolute Prototyp eines 90er-Jahre-Nerds. Ich habe mal ein Foto von ihm als Fünfzehnjähriger gesehen, da hat er mir sofort leidgetan, obwohl er die Arme um zwei Freunde gelegt hat und alle drei breit grinsen, während einer von ihnen völlig verzückt auf sein T-Shirt deutet, auf dem vorne ein Bild aus einem Film drauf war, den ich nicht erkennen konnte.

Ich stelle mir vor, wie mein eigenes Kind irgendwann mal meine Fotos als Fünfzehnjährige anschaut und mich bemitleidet, aber da wäre wenigstens klar, warum: wegen meiner Haut, und weil auf allen Fotos offensichtlich ist, dass ich mich vor einer Kamera einfach nicht entspannen kann. Immer gucke ich nach unten oder woandershin, wende mich halb ab, lächele gequält, bemüht, mit geschlossenem Mund und einem »Bringen wir's hinter uns«-Gesichtsausdruck. »Meine Güte, fotogen bist du ja wirklich nicht«, hat eine Freundin von Lucy mal zu mir gesagt, als wir ein Gruppenfoto für Instagram aussuchen mussten, und ich habe geantwortet »Ist doch gut, dann sind die Leute nie enttäuscht, wenn sie mich persönlich kennenlernen«, und sie hat mit ernster Miene genickt, als würde ich das wirklich mit Absicht machen.

»Nicht so ganz«, sage ich jetzt zu Dad.

»Trotzdem, frag mich einfach mal was.«

»Na gut. Rein *hypothetisch* gesprochen, ich sage also *nicht,* dass es um Alex geht, aber wenn jemand einmal seine Freundin betrogen hat, macht er das dann auch immer wieder?«

»Ja«, antwortet er, ohne zu zögern.

»Wenn man in seiner Jugend also mal was Schlimmes gemacht hat, verfolgt es einen für den Rest des Lebens?«

»Na ja, nein.«

»Aber was denn nun?«

Nachdenklich trinkt er einen weiteren Schluck Tee.

»Ich weiß es nicht, Süße. Die Menschen sind ja nicht nur gut oder nur schlecht. Jeder kann aus seinen Fehlern lernen, statt sie zu wiederholen. Jeder kann ein besserer Mensch werden.«

»Das ist jetzt nicht sehr hilfreich.«

»Ich kann nur sagen, dass dieser Junge sich für mich nicht besonders nett anhört.«

»Ich hab doch gesagt, rein hypothetisch.«

»Dann hört er sich eben rein hypothetisch nicht besonders nett an.«

Echt clever von mir, Alex gleich so negativ bei meinem Vater einzuführen, aber ich kann mir sowieso nicht vorstellen, dass Alex meine Eltern jemals kennenlernen wird. Das fühlt sich noch Jahre entfernt an, falls es überhaupt mal passiert. Das ist das Problem einer anderen Natalie. Die derzeitige Natalie muss erst mal wissen, was sie heute Abend tun soll, hier und jetzt.

Als Alex mir eine Nachricht schickt, dass er draußen vor der Tür steht, renne ich, so schnell ich kann, die drei Treppen nach unten, komme mir dann aber ziemlich albern vor. *Immer mit der Ruhe. Oder willst du dir am Ende noch den Hals brechen, nur weil du's nicht erwarten kannst, einen Typen zu sehen, der dich zwei Tage lang ignoriert und auch noch seine Ex betrogen hat?*

Ich trete also mit möglichst gelassener Miene vors Haus und laufe ganz gemächlich auf sein Auto zu.

»Hi«, sagt er und lächelt, als ich die Tür öffne.

»Hi«, antworte ich und steige ein.

*Gott, er ist so süß.* Ich wünschte, ich würde das nicht jedes Mal denken, wenn ich sein Gesicht sehe, aber ich kanns nicht ändern. Alex. Süß. Alex. Süß.

Er holt tief Luft. »Vielleicht können wir ja noch mal von vorn anfangen.«

»Und ab wann?«

»Irgendwann vor dem Kino heute Abend.«

»Aber nach Queenscliff.«

»Ja.«

Das Küssen behalten wir also, löschen aber mein Wissen über das Fremdgehen? Ich runzele die Stirn, und im Auto herrscht Stille. Ausnahmsweise verspüre ich mal nicht den Drang, sie zu füllen. Diese Stille ist sein Problem, nicht meins.

»Das war eigentlich gar kein richtiges Fremdgehen«, platzt er heraus.

»Ich dachte, wir fangen noch mal von vorne an.«

»Ja, stimmt, aber ich habe das Gefühl, das ist jetzt so ziemlich das Schlimmste, was man über mich wissen kann, daran kommen wir sowieso nicht vorbei.«

»Ich glaube, je weniger wir über deine Ex reden, desto besser.«

»Vanessa konnte nichts dafür.«

»Okay, das war jetzt genau das Gegenteil von dem, was ich vorgeschlagen habe.«

»Schon klar, aber ich möchte, dass du weißt, dass ich ihr keinen Vorwurf mache oder so.«

Einerseits gefällt mir, dass er das sagt, weil ich es echt schlimm fände, wenn er jetzt auch noch schlecht über Vanessa reden würde, nachdem er sie schon hintergangen hat, andererseits wirft das für mich erneut die Frage auf, ob er vielleicht doch noch in sie verliebt ist. Ich erinnere mich, wie sie auf seinen Schultern saß, und spüre einen Stich der Eifersucht bei dem Gedanken, wie entspannt sie miteinander umgegangen sind.

»Na ja, immerhin scheint ihr euch ja noch ganz gut zu verstehen, und wenn *sie* nicht mehr sauer auf dich ist, habe ich wohl auch keinen Grund, das zu sein.«

»Ich habs ihr nicht immer leicht gemacht.«

»Schon klar, immerhin hast du sie ja auch betrogen.«

»Das Wort ›betrogen‹ finde ich allerdings ein bisschen übertrieben.«

»Inwiefern?«

»Ich war siebzehn, ich wusste nicht mal, ob wir überhaupt noch zusammen sind, ich war betrunken und ziemlich mies drauf und habe auf einer Party eine Minute lang mit irgendeiner Unbekannten geknutscht.«

»Vorhin waren es noch zwei Minuten.«

»Jedenfalls eine sehr, sehr kurze Zeit.«

»Hat Vanessa es als Betrug empfunden?«

»Ja.«

»Na also.«

»Ich sage ja auch nicht, dass es richtig war. Ich will nur erklären, was passiert ist. Dass es nicht geplant war. Und dass ich es Vanessa sofort erzählt habe.«

»Also eine Spontanaktion? Eine, die praktisch jederzeit wieder vorkommen könnte?«

»Nein!«

Ich habe keine Ahnung, wie böse ich ihm sein darf. Bin ich bloß eine furchtbar spießige Person, die ihn wegen etwas bedrängt, das sie eigentlich überhaupt nichts angeht? Oder ist es klug und richtig von mir, möglichst viel über ihn herauszufinden, bevor ich mich zu sehr an ihn binde? Sicher ist, dass die Lage nach nur einem Date noch nicht so verworren sein sollte. Wir kennen uns ja quasi erst seit einer Woche. Eigentlich müsste ich ihn gerade nach seiner

Lieblingsfarbe fragen, nach seiner Lieblingsserie oder irgendeiner anderen Lieblingssache. Wir sollten gerade *öde Fakten* austauschen, keine traumatischen Geheimnisse.

»Ich weiß nicht, wie ich dir das erklären soll«, sagt Alex, echte Panik im Gesicht. Es fällt ihm wirklich schwer.

»Du bist mir doch auch gar keine Erklärung schuldig«, sage ich. Letztlich haben wir das alles hier nur Zach zu verdanken. Ich verfluche sein loses Mundwerk und seinen Drang, sich in mein Leben einzumischen.

»Ich hätte dir das eh erzählt. Nicht gleich bei unserem ersten Date, aber irgendwann schon«, sagt er.

»Jetzt weiß ich's halt.« Lieber wüsste ich es nicht.

»Ich möchte nur nicht, dass du mich für jemanden hältst, der dich hintergeht. So bin ich nicht«, sagt Alex.

Ich blicke ihm ins Gesicht, dessen eine Hälfte von der Straßenlaterne erhellt wird, und es wirkt aufrichtig. Er will mich nicht verletzen.

Und ich beschließe, ihm zu glauben. Was sich ziemlich verwegen anfühlt, als würde ich ihm etwas schenken, das ich nie mehr zurückbekommen werde. Ein Vertrauensvorschuss. Ich beschließe sogar, ihn nicht darauf anzusprechen, dass er sich zwei Tage lang nicht gemeldet hat. (Vielleicht bin ich emotional doch reifer, als ich dachte.)

»Na ja, bei uns könnte man doch sowieso noch nicht von Hintergehen sprechen, oder?«, frage ich und steche damit ins nächste Wespennest. *Wie sehr zusammen sind wir beide eigentlich?* Wenn ich ihm vertrauen soll, muss ich das wissen. Ich bin froh, dass es dunkel ist, weil mein Gesicht sich sehr rot anfühlt und meine Hände zittern.

»Ich meinte auch eher, in der Zukunft. Wenn das hier, du weißt schon, irgendwie ernster werden sollte.« Alex schaut kurz zu mir rüber und dann wieder weg.

»Oh, ach so.«

»Aber jetzt natürlich auch. Es ist nicht so, als würde ich mich noch mit jemand anders treffen.« Wieder schaut er mich an, aber diesmal nicht wieder weg.

»Ich auch nicht.« Mühsam unterdrücke ich das hysterische Lachen, das bei diesem Gedanken in mir aufsteigt. Herrgott, jeder Satz in diesem Gespräch fühlt sich wie ein Wettstreit an, bei dem jeder versucht, sich bloß nicht zu verwundbar zu zeigen.

»Und ich habe auch niemand anders im Kopf«, fügt er hinzu, während er meinen Blick noch immer festhält.

»Ich auch nicht«, sage ich wieder und mein Herz hämmert wie verrückt. Ich lächle ihn zaghaft an.

Da beugt er sich vor und küsst mich, und dann küssen wir uns ziemlich lange und ich vergesse, dass wir auf einer öffentlichen Straße stehen, bis mein Handy brummt. Sicher eine Nachricht von Dad. Wenn ich nicht reagiere, kommt er runter und entdeckt mich hier, und dann können wir uns nie mehr in die Augen sehen.

»Okay, ich glaub, ich muss mal wieder rauf«, sage ich und ziehe mich zurück.

»Du sollst aber noch bleiben.«

»Mein Vater wartet auf mich. Ich übernachte heute zum ersten Mal in seiner neuen Wohnung.«

»Na gut.« Alex lehnt kurz seine Stirn gegen meine und ich muss meine ganze Willenskraft zusammennehmen, um nicht einfach für immer neben ihm sitzen zu bleiben.

»Du könntest morgen wieder vorbeikommen, da bin ich bei meiner Mutter.« Solche Einladungen sprudeln ja inzwischen nur noch so aus mir heraus.

*Ich will jede Sekunde mit dir zusammen sein und diese Sehnsucht macht mich krank.*

»Soll ich?«

»Ja.«

Das ist alles so schrecklich und verwirrend und wunderbar. Ich liebe und hasse es gleichermaßen.

27

# Das erste Mal

Ich habe schon oft über mein erstes Mal nachgedacht. Vielleicht ein bisschen *zu* oft, aber ein Übermaß an Analyse und Vorbereitung ist immer noch besser als keine. Ich habe alles gelesen, was ich im Netz und in Büchern darüber finden konnte, und bin dabei zu drei zentralen Ergebnissen gekommen: 1. Es könnte wehtun, 2. es ist sehr unwahrscheinlich, dass ich einen Orgasmus haben werde (mit mir allein ist das kein Problem, aber mit jemand anderem zusammen scheint es eine Menge Logistik, Multitasking und detaillierte Kommunikation zu erfordern), und 3. werde ich, ganz allgemein gesprochen, von nichts eine Ahnung haben.

Am liebsten würde ich die ersten paar Male überspringen – vielleicht sogar die ersten zehn, zwanzig oder dreißig Male (womöglich gehört Sex zu den Dingen, bei denen man erst nach endlos vielen Übungsstunden richtig gut wird, wie beim Golfen oder Klavierspielen) und gleich an dem Punkt anfangen, wo alles bereits perfekt funktioniert und ich entweder schon richtig gut dabei aussehe oder es so sehr genieße, dass es mir egal ist, wie ich dabei aussehe.

Als ich noch jünger war, dachte ich immer, ich würde erst mit jemandem schlafen, wenn derjenige mich mit so einer überwältigenden Filmstar-Leidenschaft liebte. Dann habe ich unreine Haut bekommen und meine Haltung ein bisschen geändert: Vielleicht reichte es auch, wenn er mich nur richtig nett fand und schön breite Schultern hatte. Oder wenn er mich ein bisschen nett fand. Oder auch einfach nur willens war, mir ins Gesicht zu sehen, ohne sich über mich lustig zu machen. Oder auch einfach nur willens.

Lucy und ich hatten eigentlich beschlossen (bevor sie mit Zach zusammenkam und Sex mit Travis hatte), dass wir erst an der Uni so richtig mit Sex und dem ganzen Drum und Dran anfangen würden. Wundersamerweise würden wir beide zwei anspruchslose, pflegeleichte Freunde finden (oder auch, in Lucys Fall, eine Freundin, sie war für beides offen). Zwei süße, witzige Personen, die uns aber nicht so wahnsinnig wichtig wären und mit denen wir guten Sex haben könnten, ohne dass dabei allzu viele *Gefühle* im Spiel wären.

Aber jetzt ist Alex aufgetaucht.

Alex und all die Alex-Gefühle, die mit ihm einhergehen.

Er ist der Typ, mit dem ich gern Sex haben würde. Je eher, desto besser, bevor wieder alles den Bach runtergeht und ich meine Chance verpasst habe.

Und ich habe mir überlegt, dass heute der Tag dafür ist. Alex kommt gleich vorbei, wie wir es gestern Abend im Auto verabredet haben. Mum ist auf der Arbeit. Wenn wir es heute machen, in meinem Zimmer, zu meinen Bedingungen und auf meine Initiative hin, habe ich die Situation einfach viel besser im Griff. Und vor allem habe ich ganz genau im Griff, wie viel – oder wenig – Alex bei der ganzen Sache von meinem Körper zu sehen bekommt.

Wenn ich schon nicht kontrollieren kann, was mit meinen Eltern passiert, wo ich dann wohne, in welchem Studiengang ich lande oder was ich überhaupt mit dem Rest meines Lebens anfange, dann will ich, verflucht noch mal, wenigstens *das* kontrollieren.

Ich habe mein Zimmer aufgeräumt und mein Bett frisch bezogen. Ich habe im Supermarkt eine Packung Kondome gekauft, und zweimal nachgezählt, ob ich letzten Monat auch wirklich keine Pille vergessen habe. Ich habe geduscht und meine teure Feuchtigkeitscreme aufgelegt, die ich nur für besondere Gelegenheiten verwende. Ich habe mir zweimal die Zähne geputzt. Mir die Haare richtig trocken geföhnt, statt wie sonst aus Faulheit nur so ein bisschen die oberste Schicht anzupusten. Ich habe sogar ein paar Dehnübungen gemacht und mir auf YouTube ein Meditationsvideo angesehen, um meinen Geist zu zentrieren, was immer das heißen soll.

Ich schreibe Lucy, dass ich vielleicht gleich Sex mit Alex habe, weil es sich irgendwie unwirklich anfühlt, wenn ich es ihr nicht erzähle. Sie ruft sofort an.

»Natalie!«

»Vielleicht passiert ja auch gar nichts«, sage ich und stelle sie auf laut, damit ich gleichzeitig den Sitz meiner Augenbrauen überprüfen kann.

»Bist du dir auch wirklich sicher?«, fragt sie. »Mir kommt das ein bisschen überstürzt vor.«

»Ja«, antworte ich. Ich bin mir sicher. Glaube ich jedenfalls. Ich bin achtzehn. Genau der richtige Zeitpunkt. Es muss der richtige Zeitpunkt sein. Meine Chance. Vielleicht fange ich einfach schon ein bisschen früher mit der Uni an.

»Was hast du denn an?«

»Mein Busenwunder.«

»Okay, gut. Und wie fühlst du dich?«

»Nervös.« Ich beuge mich so dicht über den Spiegel, wie ich kann. Meine Augenbrauen müssen Sex-bereit aussehen. Ich weiß nicht genau, was ich damit meine, aber ich weiß, dass sie noch nicht so aussehen.

»Soll ich … dir ein paar Tipps geben?«, fragt Lucy zögernd.

»Was für Tipps?«

»Na, zu … zu allem.«

»Okay, aber nur die fünf besten.« Mir wird gerade klar, dass Alex jeden Moment hier sein muss.

»Ich bin doch kein *BuzzFeed*-Artikel.«

»Schnell, sag mir einfach, was am wichtigsten ist.«

»Ähm, na gut. Lass dir Zeit. Genieß erst mal auch die anderen Sachen, und mach immer nur das, was du auch wirklich willst. Nimm Gleitmittel. Und bleib bei den Grundlagen.«

Ich habe ungefähr eine Million Fragen (*Was sind die Grundlagen!? Wie wichtig ist das Gleitmittel!?*), aber da klingelt es auch schon und alles ist zu spät.

»Er ist da. Ich muss gehen!«, zische ich ins Handy.

»Viel Glück!«, sagt sie noch.

Ich lege auf, hole dreimal tief Luft, wie es in meinem YouTube-Video empfohlen wird, und gehe dann zur Haustür.

»Hey«, sagt er, als ich sie öffne.

»Komm rein. Es ist keiner zu Hause«, plappere ich los.

Ich gehe ihm voraus, direkt auf mein Zimmer zu. Ich bin furchtbar nervös und will das Ganze nur möglichst schnell hinter mich bringen. Ich male mir aus, wer ich in einer Stunde sein werde: eine abgeklärte junge Frau, die soeben eine befriedigende sexuelle Erfahrung gemacht hat. Am liebsten würde ich gleich bis zu diesem Moment vorspulen.

Im Wohnzimmer schaut er sich um, als sollte ich ihn ein bisschen rumführen, aber ich schiebe ihn gleich weiter in mein Zimmer und setze mich aufs Bett.

»Wir haben zwei Stunden Zeit, vielleicht auch drei, bis meine Mutter zurückkommt«, sage ich. Mum kommt fast nie vor sechs, aber ich baue lieber ein bisschen Puffer ein.

»Zeit wofür?«, fragt er etwas ratlos.

»Für alles, worauf wir Lust haben«, erwidere ich möglichst unbekümmert, hoffe aber, dass er die Andeutung trotzdem versteht. Ich will nicht auch noch vielsagend lächeln müssen.

»Aha«, sagt er, immer noch leicht irritiert, und setzt sich neben mich. Wir schauen uns an. Er ist unrasiert und trägt eins seiner engen grauen T-Shirts – eine unwiderstehliche Kombination.

Ich stehe auf, ziehe die Jalousien runter und schließe die Tür ab.

»Was machst du da?«, fragt er mich mit leichter Panik im Blick.

»Ich sorge nur für ein bisschen Ungestörtheit.«

»Aha. Ich dachte, das Haus ist sowieso leer?«

»Eine Extraportion Ungestörtheit.«

Ich setze mich wieder aufs Bett, lasse aber etwas Platz zwischen uns. Bei geschlossener Jalousie ist es nicht ganz dunkel, aber dunkel genug, dass er meine Haut nicht allzu deutlich sehen kann. Sollte ich mein Oberteil ausziehen, darf er auf keinen Fall meinen narbigen Rücken bei Tageslicht sehen, so viel ist sicher.

»Na dann«, sage ich.

»Na dann.«

Ich beuge mich vor und küsse ihn, und er küsst mich zurück, allerdings etwas zurückhaltend. Nach ein paar Minuten liegt er halb auf mir drauf und die Zurückhaltung ist verschwunden. Ich schiebe sein T-Shirt hoch und lege ihm die Hände auf den nackten Rücken. Er hört auf, mich zu küssen, und drückt sich auf einen Ellbogen hoch.

»Was machen wir hier eigentlich?«

»Was meinst *du* denn, was wir hier machen?«, frage ich zurück. Ich spüre ein nervöses Zwicken in der Magengegend, versuche aber, ganz locker zu bleiben.

»Ich hab den Eindruck, als ... ich weiß nicht.«

»Wir machen einfach alles, wozu wir Lust haben«, sage ich. Ich stelle mir ein anderes Mädchen vor – ein viel cooleres, selbstbewussteres, das schwarzen Nagellack trägt und sich die Haare kurz schneiden lässt, ohne es zu bereuen, und das schon mit mindestens zwei Personen über die Grundlagen beim Sex hinausgegangen ist –, bei dem diese Worte vielleicht sehr verführerisch klingen würden. Bei mir klingen sie einfach nur kindisch.

»Das hast du jetzt schon mehrfach gesagt«, sagt Alex.

»In der Hoffnung, dass du's irgendwann begreifst«, erwidere ich.

»Du willst, dass wir miteinander schlafen?«, fragt er.

Na endlich.

»Ja.« Ich nicke erleichtert.

»Letzte Woche hast du noch gesagt, ich sollte ja nicht glauben, dass wir Sex miteinander hätten«, sagt er.

»Das war letzte Woche.« Seitdem haben sich Millionen Dinge geändert. (Gefühlsmäßig. In meinem Kopf.)

»Okay, aber warum gerade heute?« Alex ist jetzt ganz von mir runtergerollt und liegt neben mir, was mich nicht gerade zuversichtlich stimmt.

»Warum nicht? Dann haben wir das erledigt.«

Er lacht nervös. »Bei dir klingt das wie ...«

»Wie was?«

»Wie eine lästige Pflicht.«

»Gar nicht. Ich würde dieses erste Mal nur gern hinter mich bringen.« Ich sage »dieses erste Mal«, damit er denkt, ich rede von dem ersten Mal zwischen uns, aber er ahnt sicher schon, dass ich noch nie Sex hatte und in Wirklichkeit von »meinem ersten Mal« spreche.

*»Hinter dich bringen?«*

»Na ja, abhaken können.«

»Noch schlimmer.«

»Du weißt schon, was ich meine.« (Oder doch nicht?)

»Du machst mich echt fertig«, sagt er, setzt sich auf und reibt sich die Schläfen.

»Vielleicht wird das erste Mal ja nicht ganz so toll. Aber danach können wir dann immer besser werden. Über die Grundlagen hinausgehen«, sage ich so munter wie möglich, während ich im Stillen bete, dass er mich nicht fragt, was ich mit den Grundlagen meine.

»Deine Erwartungen an mich sind wohl erschreckend niedrig.«

»Ist es nicht besser, die Erwartungen zu übertreffen, als an ihnen zu scheitern?« Ich persönlich gehe an jede Situation mit möglichst niedrigen Erwartungen heran und bin immer wieder überrascht, dass andere Leute wohl nicht so denken.

»Ich finde dieses Gespräch extrem anstrengend.« Er steht auf und geht im Zimmer auf und ab.

»Ich wills ja nicht noch schlimmer machen, aber ich muss dich auch noch was anderes fragen«, sage ich.

»Und das wäre?« Seine Miene wirkt gequält.

»Mit wie vielen Mädchen hast du schon geschlafen?« Diese Frage geht mir nicht mehr aus dem Kopf, seit er sie mir in jener Nacht in Queenscliff nicht beantworten wollte, und wenn jetzt eh schon alles schiefläuft, kann ich zumindest das noch klären. Das wäre mir wirklich wichtig.

»Wow. Du hast es eindeutig noch sehr viel schlimmer gemacht«, sagt er.

»Mehr als zehn?« Zehn steht in meinen Augen schon für eine riesige Menge an Erfahrung. Ich selbst werde wohl, realistisch betrachtet, mein ganzes Leben lang nicht mit so vielen Leuten schlafen. Wenn Alex das jetzt schon hinter sich hat, kann ich, glaube ich, nicht mit ihm zusammen sein. Nicht mal mehr in seiner *Nähe*. Die Kluft zwischen uns wäre einfach zu groß.

»Zwei.«

»Das ist nicht wahr.«

»Warum sollte das nicht wahr sein?«

»Laut Zach waren das schon viel mehr.«

»Zach hat doch überhaupt keine Ahnung, mit wem ich geschlafen habe oder nicht.«

»Also, wie viele?«

»Zwei.«

»Halt mich bitte nicht für naiv. Du siehst gut aus und hast in einer Bar gearbeitet. Das müssen mehr als zwei sein.«

»Ich bin klein und behaart und hab in der Küche eines Pubs gearbeitet, wo man jeden Abend nach Bratfett riecht und fleckige Klamotten anhat.«

Ich lasse das Schweigen zwischen uns andauern. Schließlich verschränkt er die Hände hinterm Kopf und stößt einen langen Seufzer aus.

»Okay, okay. Es waren sechs. Und das ist die Wahrheit! Ich habe bisher mit sechs Mädchen geschlafen. Eine war meine Freundin, zwei waren eher so lockere Affären und die anderen drei waren One-Night-Stands.«

»Und wie oft hast du mit den ersten dreien geschlafen?«

»Das werde ich nicht beantworten, Natalie. Könnte ich auch gar nicht. Ich führ schließlich keine Strichliste.«

»Ich meine ja nur so einen Schätzwert, keine exakten Zahlen. Zum Beispiel mit Vanessa ...«

»Über Vanessa will ich nicht reden.«

Sprich: Vanessa war super im Bett.

»Und wie viele von ihnen hast du über *Tinder* kennengelernt?«

»Was? Keine einzige!«

»Ich weiß, dass du bei *Tinder* bist«, sage ich in meiner allerentspanntesten »Diese Info macht mir überhaupt keinen Stress«-Stimme.

»Bin ich nicht, wenn du's genau wissen willst.«

Er wirft sein Handy neben mich aufs Bett. »Na los, guck doch nach.«

Ich habe ihn dazu gebracht, dass er mich in seinem Handy rumschnüffeln lässt, als wäre ich von der Polizei. Klingt suboptimal. Ich schiebe das Handy von mir weg.

»Ich schaue doch nicht in deinem Handy nach.«

»Dann musst du mir halt vertrauen.« Die furchteinflößendsten Worte der Welt.

Jetzt, wo ich das Fass schon mal aufgemacht und rausbekommen habe, dass er mit sechs verschiedenen Mädchen Sex hatte, müsste ich ihn eigentlich auch noch nach Krankheiten fragen, auch wenn es mir noch so unangenehm ist. Wenn ich dafür nicht reif genug bin, bin ich auch nicht reif genug für Sex (lautet jedenfalls das Mantra, das wir in der Schule gelernt haben).

»Hast du dich schon mal auf Geschlechtskrankheiten testen lassen?«, frage ich. Na bitte, geschafft. Wahrscheinlich bin ich die Einzige, die diese Frage tatsächlich je gestellt hat, denn der Moment danach ist einfach das Grauen.

»Ja, ein Mal.«

»Und?«

»Nichts. Negativ. Alles in Ordnung.«

»Und mit wie vielen Mädchen hast du danach noch geschlafen?« Vielleicht gibt es irgendeinen Trick, auch so ein Gespräch ganz leicht und locker zu führen, aber bei mir klingt es eindeutig nach Kreuzverhör. Vielleicht sollte ich ihm dabei den Nacken massieren oder so. Nein, das würde bestimmt noch absurder wirken.

»Zwei.«

»Habt ihr Kondome benutzt?«

»Ja.«

»Immer?«

»Ja.«

»Okay.«

Kann also sein, dass er was hat, kann aber auch nicht sein. Was soll ich jetzt damit anfangen? Uns wurde zwar eingebläut, diese Frage zu stellen, aber keiner hat uns erklärt, wie wir mit der Antwort umgehen sollen. Oder falls doch, kann ich mich nicht mehr daran erinnern. Soll ich ihn nach einer schriftlichen Bestätigung fragen? Oder ihn noch mal zum Arzt schicken? Klingt auch nach etwas, das einem die Lehrer empfehlen würden, was man im richtigen Leben dann aber doch nicht tut. Immerhin bin ich gegen HPV geimpft, das ist ja schon mal was.

»Gehen dir langsam die Fragen aus?« Er schaut mich hoffnungsvoll an.

»Mir gehen wahrscheinlich niemals die Fragen aus«, sage ich. Das sollte er doch eigentlich schon wissen.

»Kann ich dich auch mal was fragen?«

»Klar.«

»Warum müssen wir unbedingt heute Sex haben?«

»Willst du das denn nicht?«

»Ich hab eher Sorge, dass du das eigentlich gar nicht willst.«

»Natürlich will ich. War ja schließlich meine Idee.«

»Wir könnten die Dinge doch auch einfach auf uns zukommen lassen. Du weißt schon, aus dem Moment heraus entscheiden.«

»So werden die Leute ungewollt schwanger.«

Mit der Vorstellung, dass Sex etwas ist, das man halt einfach *passieren* lässt, kann ich mich nicht so ganz anfreunden. Ich steige ja auch nicht ins Auto und fahre ziellos herum. Ich brauche immer ein Ziel. Ich kann erst losfahren, wenn ich auch weiß, wo ich hinwill.

»Klar, vorbereitet sollte man natürlich sein, aber man kann doch immer erst mal schauen, wie man sich fühlt. Vielleicht haben wir heute Sex, vielleicht machen wir aber auch was ganz anderes. Vielleicht passiert es in der nächsten Woche, oder in der Woche danach oder auch erst an irgendeinem unbestimmten Zeitpunkt in der Zukunft.«

Ich kann nicht unterscheiden, ob er es einfach nur gut meint oder mich bevormunden will, oder ob er vielleicht auch gar keine Lust mehr hat, mit mir zu schlafen (was nach all meinen Fragen nicht verwunderlich wäre). Jedenfalls würde ich gern irgendwas Pampiges antworten, so was wie *Ich weiß schon selbst, wann ich Sex haben will, vielen Dank.*

»Okay, ich habe jedenfalls schon mal die hier besorgt«, sage ich stattdessen, nehme die Packung Kondome aus der Schublade und knalle sie schwungvoll auf den Nachttisch. Der ist normalerweise mit Büchern, Taschentüchern, Ohrringen und nur halb ausgetrunkenen Teetassen übersät, aber heute habe ich alles weggeräumt. Was ein Fehler war, denn jetzt liegen die Kondome da ganz allein rum, da hätte ich ebenso gut ein blinkendes Neonschild aufstellen können, das SEX SEX SEX schreit.

Die Kondompackung ist noch eingeschweißt und ich frage mich besorgt, ob wir in den Fängen der Leidenschaft nicht zu lange brauchen, um die Folie abzuknibbeln. (Ehrlich gesagt ist mir nicht ganz klar, was mit den »Fängen der Leidenschaft« gemeint ist, vermutlich so was wie »von Begierde übermannt werden«, wobei ich nicht weiß, welche Formulierung ich schlimmer finde.) Vielleicht sollte ich mir eine Schere zurechtlegen. Ich weiß ja nicht mal, wann genau der richtige Moment ist, ein Kondom überzuziehen, oder wie lange das dauern darf – ob man sich Zeit lassen kann oder ob das schnell gehen muss.

Bei all diesen Gedanken bricht mir der Schweiß aus. Ich bräuchte ein Taschentuch, um mir die Stirn abzutupfen.

Alex setzt sich wieder aufs Bett.

»Und mit wie vielen Typen hast du schon geschlafen?«, fragt er. Da ist sie, die Frage, die ich gern vermieden hätte.

»Ähm, nicht sehr viele.« Er ahnt sicher schon, dass ich noch Jungfrau bin, aber ich würde diese vage Information trotzdem lieber im Raum stehen lassen und nicht weiter ins Detail gehen.

»Wie viele sind denn ›nicht sehr viele‹?«

»Sehr, sehr wenige.«

»Wie wenig?«

»Eine statistisch unerhebliche Größe.«

»Natalie.«

»Keiner.«

»Aha.« Er reibt sich mit den Handflächen über die Jeans. Anscheinend schwitzt er jetzt auch.

»Ist das ein Problem?«, frage ich.

»Natürlich nicht«, antwortet er, sieht aber trotzdem besorgt aus.

»Dein Gesicht sagt was anderes.«

»Mein Gesicht ist ganz normal.«

»Ist es nicht.«

»Doch.«

»Du guckst wie jemand, der gerade eine schlechte Nachricht erhalten hat.«

»Kann gar nicht sein.«

»Keine Sorge, ich gehöre nicht zu denen, die ihr erstes Mal irgendwie romantisch verklären.«

»Ich weiß, du hast ja gerade schon gesagt, wie schrecklich es deiner Meinung nach werden wird.«

»Nicht schrecklich. Ich hab nie *schrecklich* gesagt. Nur nicht ganz so toll.«

»Stimmt. Deshalb hast du mich ja hierher eingeladen, um den nicht ganz so tollen Sex hinter dich zu bringen.«

»Damit wir danach zu dem ganz tollen Sex übergehen können. Den Teil solltest du nicht vergessen.«

Alex lässt sich aufs Bett zurückfallen und bedeckt sein Gesicht mit den Händen. Sein T-Shirt rutscht hoch, sodass ein Stück Haut zu sehen ist. Ich widerstehe dem Drang, ihm die Hand auf den Bauch zu legen oder mein Gesicht dagegenzupressen.

»Du bringst mich um«, sagt er.

»Vergiss einfach alles, was ich heute gesagt habe, und lass uns noch mal bei null anfangen.«

»Kann ich nicht, das hat sich alles in mein Hirn gebrannt.«

»Dann brenn es wieder aus.«

»Ich versuchs.«

»Würde es helfen, wenn ich irgendwas Erotisches sage?« Keine Ahnung, warum ich das vorschlage, ich habe mein Leben lang noch nichts Erotisches gesagt, aber irgendwie muss ich das Ruder ja herumreißen.

»Nein.«

»Wieso nicht?«

»Ich glaube, das würde uns nur noch verlegener machen.«

»Ich versuchs mal, vielleicht entspannt uns das ein bisschen.«

»Ich halte das für keine gute ...«

»Du siehst echt scharf aus in diesem Shirt.«

Er nimmt die Hände vom Gesicht und richtet sich ein bisschen auf.

»Ich muss sagen, das war gar nicht so schlecht.«

»Siehst du? Jetzt bist du dran.«

»Dein Haar sieht heute richtig gut aus.«

»Nettes Kompliment, aber nicht sehr erotisch.«

»Na gut: Du siehst echt scharf aus in diesem Top.«

»Das Gleiche hab ich doch auch gerade gesagt.«

»Ja, aber du siehst aus ganz anderen Gründen scharf aus«, sagt er und seine Wangen röten sich ein bisschen. (Ich trage nämlich nicht nur mein Busenwunder, sondern auch meinen am besten sitzenden BH, deshalb weiß ich sofort, was er meint).

»Ich finde, wir machen das schon ganz gut«, sage ich.

Er schiebt sich zu mir rüber und küsst mich, und es ist schön, ihn wieder auf mir zu spüren.

Nach einer Weile löse ich mich von ihm. »Wir werden heute nicht miteinander schlafen«, sage ich.

»Ich weiß«, erwidert er.

»Findest du's schlimm, dass ich ständig meine Meinung ändere?«

»Nein«, sagt er.

28

# Nicht das erhoffte Ergebnis

Jetzt ist er gekommen, der Augenblick der Wahrheit, der über den Rest meines Lebens entscheiden wird, oder genauer gesagt über die nächsten drei Jahre meines Lebens.

Ich habe gelesen und auch in der Berufsberatung gehört, dass heutzutage niemand mehr sein Leben lang im selben Beruf arbeitet, sondern dass wir alle mindestens zwanzigmal den Job wechseln werden und schließlich in irgendwelchen Technologie-Branchen landen, die es heute noch gar nicht gibt und die dann irgendwann von Robotern übernommen werden, bis wir nur noch völlig isoliert in unseren Glaskästen sitzen und über unseren KI-Begleiter Konsumgüter bestellen, während der Meeresspiegel immer weiter ansteigt und uns alle verschlingt (Zach und ich haben letztes Jahr angefangen, einen Science-Fiction-Roman zu schreiben, der auf dieser Idee basiert – es sollte der erste Teil einer neunbändigen Reihe werden, aber nachdem wir uns ungefähr eine Woche lang über den Namen der Hauptfigur gestritten haben, kamen wir irgendwie davon ab und die Sache ist in Vergessenheit geraten), aber gerade ist mir das alles vollkommen egal, jetzt zählt nur dieser Moment, die Frage, kriege ich einen Studienplatz, und wenn ja, an welcher Uni und in welchem Fach? Nur das fühlt sich gerade *wirklich* wichtig an.

Heute um Punkt 14 Uhr wird die Studienplatzvergabe online veröffentlicht. Es ist 13 Uhr 57, aber ich habe schon eine Stunde und 43 Minuten damit verbracht, mich mühsam vom Durchdrehen abzuhalten: mit Tiefenatmung, Rumlaufen, fünf Kaugummis auf einmal kauen, bis mir die Kiefermuskeln wehtun, alle sozialen Medien auf meinem Handy sperren, damit ich nicht die Reaktionen von anderen Leuten sehen muss, und dann versuchen, diese Sperr-App wieder zu entsperren. Seit dem Aufwachen quält mich schon die völlig irrationale Angst, ich könnte mein Abschlusszeugnis falsch gelesen haben, es wäre alles ein Irrtum und mit meinen richtigen Noten würde ich niemals irgendwo einen Studienplatz kriegen.

Aber alles immer noch besser als mein Verhalten vor der Bekanntgabe der Abschlussergebnisse, als ich um sechs Uhr aufgewacht bin und dann stundenlang im Bademantel rumgesessen und mich geweigert habe, auch nur ein Wort mit Mum und Dad zu wechseln.

Der große Zeiger springt auf die Zwölf. Ich logge mich ein und die Seite lädt, sehr, sehr langsam. Und da steht es dann: Literaturwissenschaften an der Uni Melbourne – genau das, was ich wollte.

Na bitte. Geschafft.

Alles wie geplant. Die Entscheidung ist gefallen.

Trotzdem bin ich irgendwie ... enttäuscht.

Eigentlich sollte ich doch glücklich und erleichtert sein, und ein bisschen bin ich das auch. Jetzt liegt zumindest schon mal ein kleiner Teil meiner Zukunft konkret und verlässlich vor mir. Aber nach all der Paukerei im letzten Jahr hätte ich irgendwie mehr erwartet. Ich dachte, ich würde kreischend durchs Zimmer hüpfen und Freudentränen vergießen, aber stattdessen denke ich gleich wieder daran, wie groß und beängstigend ich die Uni finde und dass ich noch gar nicht weiß, in welchem Fach ich meinen Master machen will. Was nutzt einem überhaupt so ein Abschluss in den Geisteswissenschaften? Warum habe ich mich nicht für Jura oder Wirtschaft oder irgendwas ähnlich Pragmatisches beworben? Oder umgekehrt für irgendwas wirklich Mutiges, Kreatives, Spannendes? Warum will ich überhaupt studieren? Ich sollte lieber reisen, das *wahre Leben* kennenlernen. Bisher kam mir noch nichts, was ich gemacht habe, wie das *wahre Leben* vor.

Ich rufe Mum an, und dann Dad, und sie freuen sich beide riesig und sind stolz auf mich, was mich eigentlich auch freuen sollte, aber irgendwie hat es genau die gegenteilige Wirkung, vielleicht auch deshalb, weil ich zweimal fast genau das gleiche Gespräch führen muss.

Jedenfalls scheine ich nicht besonders gut darin zu sein, mich für mich selbst zu freuen.

Ich schreibe eine Nachricht an Lucy, die aber nicht antwortet, was seltsam ist. Zach würde ich auch gern schreiben, aber das geht natürlich nicht, weil wir uns immer noch nicht versöhnt haben und ich auch wirklich noch sauer auf ihn bin, zumal er sich noch nicht entschuldigt hat und ich überhaupt nicht weiß, wo wir gerade stehen, und dieser desolate Zustand unserer Freundschaft ist sicher auch ein wichtiger Grund für mein allgemeines Unbehagen.

Dann klingelt mein Handy und Lucys Name taucht auf dem Bildschirm auf.

»Hi«, sage ich.

»Ich bin schon vor der Tür.«

»Bei mir?«

»Ja.«

»Ich komme.«

Als ich die Haustür öffne, steht Lucy davor und sieht ziemlich unglücklich aus. »Was ist passiert?«, frage ich.

»Ich habs nicht geschafft.«

»Ach, Luce.«

Ich nehme sie in den Arm und führe sie ins Wohnzimmer. Setze Teewasser auf und hänge einen Beutel mit Lucys Lieblingskräutertee in den größten und tröstlichsten Becher, den wir haben, eher eine Schüssel als ein Becher.

Lucy läuft im Wohnzimmer auf und ab. »Okay, sag du mir jetzt erst mal, was du bekommen hast«, fordert sie mich auf.

»Literaturwissenschaften in Melbourne.«

»Sehr gut. Jetzt gehts mir schon ein bisschen besser«, sagt sie.

»Wirtschaftswissenschaften in Melbourne hat also nicht geklappt?« Das war ihre erste Wahl: ein Bachelor in Wirtschaft, und dann ein Master in Jura.

»Nein.«

»Aber Jura hast du bekommen?« Als zweite, dritte und vierte Wahl hat sie sich an verschiedenen Unis für Jura beworben.

»Nein.«

»Nirgendwo?«

»Nee.«

»Wie kann das sein?« Lucy hat ein super Abschlusszeugnis. Ihre Mutter hat ihr eine Lederumhängetasche mit Monogramm geschenkt, weil ihr Abschluss so gut war.

Lucy presst die Lippen zusammen und weicht meinem Blick aus. Sie lässt sich aufs Sofa fallen und legt den Kopf in die Hände. »Ich weiß nicht, wie ich das sagen soll«, stößt sie hervor.

Der Kessel pfeift und ich gehe kurz in die Küche, um den Tee aufzugießen, trage den Becher ins Zimmer und stelle ihn vor ihr auf den Sofatisch.

»Vorsicht, heiß«, sage ich, wie zu einem Kind.

Aber sie hebt immer noch nicht den Kopf. Ich nehme den Becher mit zurück in die Küche und gieße kaltes Wasser nach, weil ich befürchte, dass sie mich gar nicht gehört hat und dann gleich einen großen Schluck nimmt und sich verbrennt.

Als ich den Becher zum zweiten Mal vor ihr abstelle, nimmt Lucy die Hände vom Gesicht und sieht mich an. »Okay, ich sags jetzt einfach.«

»Gut.«

»Bei drei.«

»Okay.«

»Du musst zählen.«

»Eins, zwei, drei.«

»Moment, nicht so schnell. Noch mal.«

»Eins ... zwei ... drei.«

Lucy holt tief Luft, stößt sie dann aber wieder aus. Ihre Hände zittern leicht. »Du musst noch mal zählen.«

»Ach komm, Luce.« Allmählich macht sie mir Angst.

»Ein Mal noch, bitte.«

»Einundzwanzig. Zweiundzwanzig. Dreiundzwanzig.«

»Okay, okay, jetzt kommts. Meine Abschlussnote war gelogen.«

»Die war *was*?«

»Du und Zach, ihr hattet so einen super Durchschnitt, und da habe ich einfach behauptet, den hätte ich auch.«

An dem Morgen der Bekanntgabe haben wir drei in unseren Gruppenchat geschrieben. Zach hat seine Note als Erster gepostet, dann ich meine, aber es hat tatsächlich ziemlich lange gedauert, bis Lucy uns ihre genannt hat. Damals hatten wir es erstaunlich gefunden, aber auch irgendwie richtig, dass unsere Noten so dicht beieinanderlagen. Schließlich waren wir alle zu Leistungsträgern erzogen worden, wir hatten viel und oft zusammen gelernt. Das passte doch. Aber vielleicht auch nicht.

»Ach, Lucy.«

»Mein Zeugnis ist gar nicht mal schlecht. Sogar ganz gut. Durchschnitt, würde ich sagen. Aber halt nicht so super wie eure. Jedenfalls nicht gut genug für Jura. Und schon gar nicht an der Uni in Melbourne. Ich weiß nicht, warum ich euch angelogen habe. Ich bin wohl irgendwie gestört.«

»Du bist überhaupt nicht gestört.«

»Bin ich wohl.«

»Bist du denn überhaupt irgendwo angenommen worden?«

»Ja.«

»Gut.«

»Grundschul-Lehramt.«

»Grundschul-Lehramt?«

»Ja.«

»Seit wann willst du Lehrerin werden?«

»Als ich meine Noten gesehen habe, habe ich auch Lehramt als Option angegeben, weil ... weil das was ist, das ich schaffen kann und worin ich vielleicht auch gut wäre. Keine Ahnung. Ich weiß eigentlich noch gar nicht, was ich werden will.«

»Du wolltest doch immer Anwältin werden.«

»Das habe ich immer gesagt, ja.«

»Aber das war gar nicht so?«

»Ich dachte, das wär so, weil meine Eltern das immer wollten. Die sind gerade auch stinksauer auf mich. Aber ich glaube, ich selbst wollte eigentlich nie Anwältin werden. Erst recht nicht nach meinem Berufspraktikum in dieser Kanzlei, wo ich dann ja feststellen musste, dass Anwälte eigentlich den ganzen Tag lang nur total komplizierte, langweilige Verträge lesen, in Meetings sitzen und Telefonkonferenzen abhalten. Und das jeden Tag für, keine Ahnung, zehn, zwölf Stunden.«

»Stimmt, das klang wirklich nicht sehr aufregend.« Genau genommen klingen alle Bürojobs irgendwie langweilig. Ich habe mein Berufspraktikum im Gemeindeamt gemacht, wo alle offenbar den ganzen Tag nur Mails lesen, über Mails schimpfen, sich Sorgen machen, ob im Kühlschrank genug Platz für ihr Mittagessen ist, und sich auf die Kaffeepause freuen.

»Außerdem muss man als Anwältin einen Anzug tragen«, fährt Lucy fort. »Und ich seh im Jackett einfach lächerlich aus.« Keine von uns beiden hat je ein Jackett getragen, jedenfalls nicht dass ich wüsste, aber ich nicke trotzdem.

»Weil du so schmale Schultern hast.«

»Ich kann gut mit Kindern. Und ich bin klein, da wirke ich nicht so einschüchternd.«

»Stimmt, das ist wichtig«, sage ich, obwohl ich null Ahnung habe, ob das wichtig ist. Als ich in der ersten Klasse war, kamen mir alle Lehrer wie Riesen vor.

»Oh Gott, ich weiß überhaupt nicht, was ich später machen will«, sagt Lucy.

»Musst du doch auch gar nicht. Wir sind doch noch jung.«

»Jedenfalls studiere ich jetzt erst mal Lehramt, so viel ist sicher.«

»Das ist doch schon mal was. Ich bin hier diejenige, die auf irgendeine brotlose Kunst zusteuert.«

Ich nehme sie wieder in den Arm, und sie schluchzt ein bisschen an meiner Schulter. Ich kann noch gar nicht begreifen, dass Lucy, die sonst nie lügt, uns so eine Lüge aufgetischt hat. Und jetzt plötzlich Lehrerin werden will. Dabei hatte ich mir sogar schon überlegt, was ich ihr zum Jura-Abschluss schenken würde. Meine ganze Zukunftsplanung hatte darauf basiert, dass sie später mal sehr viel mehr Geld verdienen würde als ich. Ich wäre die Kreative von uns beiden, die immer knapp bei Kasse ist und deshalb im Gästezimmer ihres großen, schönen Hauses wohnt, und sie wäre die reiche, hartgesottene Firmenanwältin, die immer das Taxi und das Essen vom Lieferservice bezahlt, mich aber insgeheim um mein freies Künstlerleben beneidet. Jetzt sieht das alles ganz anders aus. Jetzt wird sie Kinder begeistern und ein erfülltes Leben führen, während ich weiterhin ziellos und nutzlos vor mich hin dümpele.

»Ich bin total gestört. Jetzt kann mir doch keiner mehr vertrauen«, sagt sie.

Ich spüre ihr Zittern und würde sie am liebsten für immer festhalten. »Ich vertraue dir«, sage ich.

»Solltest du aber nicht.«

»Ich werde dir für immer und ewig vertrauen.«

»Und wenn ich nicht mehr aufhören kann zu lügen?«

»Wir finden schon einen Weg, damit du aufhörst.«

»Zach habe ich es auch noch nicht erzählt.«

»Wir erzählen es ihm zusammen.«

»Nein, nein. Das muss ich schon selbst machen.«

»Dann überlegen wir zusammen, wie du vorgehen solltest. Ich hol einen Stift und wir schreiben auf, was du sagen kannst. Wir machen ein Rollenspiel. Du weißt doch, dass ich Zach ziemlich gut nachahmen kann.«

»Er trennt sich bestimmt von mir.«

»Sei nicht albern, wegen so was trennt er sich doch nicht von dir. Er liebt dich.«

»Eigentlich wollte ich euch schon zu Silvester alles erzählen, aber ich konnte es irgendwie nicht.«

»Alles gut, Lucy. Letztlich gehen uns deine Noten doch auch überhaupt nichts an.«

»Natürlich gehen sie euch was an. Außerdem habe ich euch *belogen*. Das ist unverzeihlich.«

»Keine Sorge, Lucy, alles wird wieder gut. Trink deinen Tee, dann gehts dir bestimmt gleich besser.«

Halbherzig hebt Lucy den Becher an die Lippen und tut so, als würde sie trinken, während ich im Schneidersitz vor ihr auf dem Boden sitze und sie aufmunternd anlächele, als hätte ausgerechnet ich für alles eine Lösung.

# 29

## Lauter lustig leuchtende Leute

Ich bin auf einer Neon-Party.

Alex hat ein neongelbes Tanktop an, eine neongelbe Sonnenbrille auf, eine neongrüne Wasserpistole unterm Arm und neongelbe Streifen auf den Wangen. Die meisten Mädchen tragen leuchtend bunte Bikini-Oberteile, superknappe Jeansshorts und wildes Augen-Make-up, dazu viel buntes Haarspray und Glitzer, fluoreszierende Armbänder und im Dunkeln leuchtenden Nagellack. Die Musik hämmert ohrenbetäubend und alle sehen betrunken oder high aus. Eigentlich ist das hier eine Rave Party, nur halt bei irgendwem zu Hause, dessen Eltern sehr viel Geld haben müssen, und ich hocke verlegen auf dem Sofa und zupfe die ganze Zeit an dem pinkfarbenen Sport-Shirt meiner Mutter herum (das einzige annähernd neonfarbene Teil, das bei uns zu finden war).

»Willst du auch einen Streifen im Gesicht?«, fragt Alex und hält einen orangen Schminkstift hoch.

»Klar.« Ich schließe die Augen und lasse mir von ihm die Wangen bemalen. Meine Haut wird davon garantiert aufblühen – die flippt ja schon bei parfümhaltiger Feuchtigkeitscreme aus, gar nicht zu reden von diesem fettigen, farbstoffhaltigen Zeug, das vorher schon mit wer weiß wie vielen anderen Gesichtern in Berührung gekommen ist. Sicher nicht das letzte Zugeständnis, das ich heute Abend dem Spaß zuliebe machen muss.

»Auch auf den Armen?«, fragt er.

Ich halte sie ihm hin, und er schreibt ein Wort auf meinen linken Arm und eins auf meinen rechten.

Ich verdrehe den Kopf, um sie zu lesen. Links steht GOOD und rechts BAD. Das könnten Lucy und ich jetzt wieder wochenlang analysieren. Am liebsten würde ich ihr gleich schreiben, lasse es dann aber, weil ich ihr quasi nonstop geschrieben habe, seit sie heute Nachmittag bei mir gewesen ist, und ich glaube, sie braucht jetzt mal ein bisschen Abstand. (Ich glaube das, weil sie mir irgendwann zurückgeschrieben hat, dass es lieb von mir ist, mir solche Sorgen um sie zu machen, aber dass sie schon klarkommt und jetzt einfach mal ein bisschen Abstand braucht).

»Jetzt bei mir«, sagt Alex, und ich überlege kurz und schreibe ihm dann LOVER und HATER auf die Arme.

»Das sollten wir uns tätowieren lassen«, sagt Alex und spritzt im Vorbeigehen einen Typen mit seiner Wasserpistole nass, der ohne Zögern seinen Mittelfinger hochstreckt.

Das mit den Tattoos war hoffentlich nicht ernst gemeint, oder?

Ich mustere Alex aus dem Augenwinkel. Ob er was genommen hat? Um zu sehen, ob seine Pupillen erweitert sind, müsste ich direkt vor ihm stehen. Schwitzt er? Ja, aber es ist auch wirklich heiß hier drin und alle schwitzen. Macht er komische Kieferbewegungen? Kann ich aus diesem Blickwinkel nicht beurteilen.

Ich weiß nicht, wie ich das fände, wenn er wirklich was genommen hätte. Ziemlich beunruhigend, glaube ich, denn wenn er high ist, wird er mich nicht retten können, und ohne Retter werde ich diese Party auf keinen Fall überstehen. Die andere Party war eine Anfängerparty, allenfalls Mittelstufe. Die hier ist für Fortgeschrittene. Ich bin nicht gut genug für »fortgeschritten«. Werde ich auch niemals sein.

»Komm, wir gehen mal hoch«, sagt Alex und ich folge ihm eine breite Treppe hinauf. Hier wohnt jemand, der richtig reich ist, was mein Unbehagen nur noch verstärkt. Oben ist die Musik noch sehr viel lauter, und alle Möbel sind an die Wand geschoben worden, um den großen Bereich in der Mitte als Tanzfläche nutzen zu können. Der Boden besteht aus poliertem Beton und ein riesiger Teppich lehnt zusammengerollt in einer Zimmerecke. Der hat wahrscheinlich Tausende von Dollar gekostet. Wenn nicht sogar Zehntausende. Mir wird schon mulmig, wenn ich ihn nur ansehe. Am liebsten würde ich ihn mit einem Laken abdecken.

Die Leute grölen rum und hüpfen im Rhythmus der Musik auf und ab. Der Bass ist so laut, dass man den Rest der Musik kaum hört, nur dieses tiefe, dröhnende Wummern, das sofort meinen ganzen Brustkorb erfasst. Ein Typ, der fast vollständig mit gelber Neonfarbe und pinkfarbenem Glitzer bedeckt ist, liegt in einer Ecke auf dem Boden und hämmert mit den Fäusten im Takt der Musik.

Ich befinde mich in meiner ganz persönlichen Neon-Hölle. Wenn wenigstens Zach und Lucy hier wären.

»Komm, wir tanzen«, sagt Alex. Mit der Wasserpistole, die an einem Riemen über seiner Schulter hängt, sieht er aus wie ein absurder Neon-Actionheld.

Die Party war natürlich Alex' Idee. Er fand, wir müssten feiern, dass ich an der Uni angenommen wurde, und dann auch noch an der meiner ersten Wahl. Ich habe Ja gesagt, weil ich an ein gemütliches Picknick oder so dachte. Oder dass er mir was Schönes kocht. Blumen mitbringt. Mir ein hübsches Notizheft schenkt, zum Mitschreiben in den Seminaren. Eine Spotify-Playlist mit Gute-Laune-Songs zusammenstellt. Mit mir die Küste runterfährt, wo wir uns auf eine Klippe setzen, über unsere Zukunft reden und den Sonnenuntergang betrachten. In nicht einmal zehn Sekunden lief ein kompletter romantischer Film vor meinem inneren Auge ab.

Stattdessen sagte er: »Ein Kumpel von mir schmeißt heute Abend eine Party, das wird bestimmt lustig«, und ich habe gesagt: »Klar, klingt gut«, was bedeutet, dass ich überhaupt keine Lust habe und allein schon den Vorschlag total bescheuert finde. Aber er kennt mich noch nicht gut genug, um diesen Subtext zu verstehen.

Dann hat er noch hinzugefügt, das wäre eine Neon-Party, als würde mir das irgendwas sagen. Ich habe gelacht, aber dann habe ich Panik bekommen und nach »Neon-Party« gegoogelt, um dann vollkommen hysterisch jedes einzelne Kleidungsstück aus dem

Schrank zu zerren. Ich war drauf und dran, Lucy anzurufen und um Hilfe zu bitten, aber da hatte sie schon das mit dem Abstand geschrieben, und ihre Krise erschien mir dann doch ein bisschen ernster als meine.

Und jetzt sind wir also hier. Alex stellt mich die ganze Zeit irgendwelchen Leuten vor, und ich nicke und lächele und überlege krampfhaft, was ich sagen soll. Alex ist ziemlich komisch drauf. Seine Begeisterung wirkt irgendwie aufgesetzt. Ich dachte, es müsste doch viel einfacher sein, mit ihm zusammen auf eine Party zu gehen als allein, aber wie sich zeigt, ist es eher noch schwieriger, weil ich das Gefühl habe, dass alle mich beobachten.

Mein Gesicht scheint mein Unbehagen zu verraten, denn Alex kommt einen Schritt näher und streicht mir eine Strähne hinters Ohr.

»Nicht richtig tanzen. Nur so rumhüpfen. Das macht echt Spaß, glaub mir.«

Oh, nur so rumhüpfen, cool. Wir großbusigen Mädchen finden Hüpfen ganz toll.

Auf einem Tablett stehen knallgelbe und -grüne Jelly Shots und Alex kippt gleich zwei hintereinander weg, bevor er auf die wogende Masse von hüpfenden Körpern zusteuert. Ich zögere kurz, schnappe mir dann auch einen und trinke ihn in einem Zug aus. Schmeckt wie Götterspeise mit was Scharfem drin. Jedenfalls sehr viel besser als richtiger Alkohol. Diese Shots sind wahrscheinlich das einzig Gute an dieser Party. Und die Cupcakes mit Leuchtglasur, die ich unten gesehen habe.

Ich versuche, nicht daran zu denken, dass mir von der Musik fast die Trommelfelle platzen und ich in dem Gedränge sofort Beklemmungen bekomme. Das Wummern ist so intensiv, dass mir die Zähne vibrieren.

*Das macht Spaß, das macht Spaß, das macht Spaß.*

*So was macht den Leuten Spaß.*

Ich hüpfe zu dem Beat auf und ab und schließe die Augen, was mir das nicht gänzlich unangenehme Gefühl verschafft, mich außerhalb von Zeit und Raum zu befinden, und einen Moment lang verstehe ich den Reiz, sich einfach gehen zu lassen und an gar nichts zu denken. Der Jelly Shot hilft dabei.

Ich stoße mit jemandem zusammen, der sehr, sehr verschwitzt ist. Sein Schweiß klebt jetzt an mir. Aber kein Problem, damit komme ich klar. Der ganze Raum ist heiß und stickig. Ich merke, wie die Streifen auf meinem Gesicht verlaufen, und mein Shirt hat bestimmt schon Schweißflecken. Ich muss demnächst mal ins Bad gehen und meine Abdeckcreme erneuern.

Von hinten fasst mich jemand um die Taille und ich weiß, dass es nicht Alex sein kann, weil der vor mir rumhopst und grinst und die Leute mit seiner Wasserpistole nass spritzt und sich anscheinend königlich amüsiert. Als ich mich umdrehen und nachsehen will, hebt mich diese Person auch schon in die Luft, hoch und runter, als wäre ich federleicht. (Ich bin *nicht* federleicht.)

Ich winde mich aus seinem Griff, und als ich mich umdrehe, steht Owen Sinclair vor mir.

»Huuhuuuu!«, brüllt er und winkt mit beiden Händen. Sein Blick ist unruhig und verschwommen, sein Haar nass vor Schweiß. So unattraktiv hat er noch nie ausgesehen.

Mich überkommt das allumfassende Gefühl, dass ich hier nicht sein will. Und schon gar nicht will ich mich von Owen Sinclair wie eine Puppe hochheben lassen.

Alex kommt auf mich zu.

»Alles in Ordnung?«, formt er mit den Lippen – die Musik ist zu laut, um seine Worte zu verstehen.

»Nicht wirklich«, forme ich zurück.

Alex beugt sich dichter heran. »Was ist los?«

Eigentlich will ich ihm in aller Ruhe und Gelassenheit erklären, wie ich mich fühle, aber es kommt dann doch ein bisschen anders.

»Ich hasse das!«, brülle ich.

»Was denn?«

»Das alles hier!«

Ich umfasse mit einer Handbewegung den ganzen Raum und mein wütender Blick bleibt kurz an Owen Sinclair hängen, der mir im Gegenzug das Daumen-hoch-Zeichen macht.

»Was ist denn passiert?«, fragt mich Alex.

Mein Herz rast und ich spüre, wie mir die Tränen kommen, was mir eine Auf-Partys-heul-Rate von hundert Prozent verschaffen würde.

»Ich muss mal raus«, stoße ich hervor und stolpere die Treppe hinunter und in den Garten. Lasse mich dort auf einen Stuhl fallen und schnappe gierig nach Luft. Mein Herz pocht immer noch in Lichtgeschwindigkeit. Vielleicht war das der Jelly Shot. Vielleicht bin ich allergisch gegen Alkohol.

Ich beuge mich vor, schließe die Augen und zähle bis zehn – eins, zwei, drei, vier, fünf, sechs, sieben, acht, neun, zehn – und es geht mir ein bisschen besser, also mache ich das noch mal. Eins, zwei, drei, vier ...

»Was ist denn los mit dir?« Alex kauert sich neben mich.

Ich öffne die Augen. »Ich hätte nicht mitkommen sollen«, sage ich.

»Wieso nicht?«

»Weil ich wusste, wie es hier sein würde.«

»Und wie ist es hier?«

»Na, so. Mit lauter bescheuerten Leuten. Ich hasse sie alle.« Es ist mir gerade komplett egal, dass viele davon seine Freunde sind.

»Ich hätte dich nicht einladen sollen«, sagt Alex in einem Ton, der mich total anpisst.

»Allerdings. Ich dachte, wir wollten meine Aufnahme an der Uni feiern.«

»Und ich dachte, eine Party wär genau das Richtige zum Feiern«, sagt er.

»Falls du's noch nicht mitbekommen hast: Ich bin nicht so die Partylöwin.«

»Natalie.« Er klingt erschöpft, als wäre ich ein nerviges Kleinkind, das er bei Laune halten muss.

»Du klingst so, als wäre ich dir nur noch eine Last«, sage ich. Meine Panik hat sich inzwischen in heiße Wut verwandelt.

»Und du klingst so, als würde ich dich absichtlich quälen!«, erwidert er und steht auf.

»Für mich ist das hier auch eine Qual.« Ich stehe ebenfalls auf, um nicht zu ihm hochschauen zu müssen.

»Dann geh doch«, sagt Alex.

»Vielleicht ist die ganze Sache ein Fehler«, sage ich. Ich bin noch lange nicht fertig mit dem Sauersein.

»Vielleicht«, sagt er.

»Damit meine ich uns. Dass wir zusammen sind.« Na bitte, jetzt klinge ich schon wie Dad, der es auch nicht lassen kann, immer noch eins draufzusetzen.

»Ich hab dich schon verstanden«, sagt Alex.

Wir starren uns an, beide schwer atmend.

Wenn ich mich mit meinen Eltern streite, oder auch mit Zach und Lucy, weiß ich immer, in welche Richtung sie als Nächstes gehen werden, was sie voraussichtlich sagen, welche Schalter sie betätigen und welche Haken sie schlagen werden. Aber Alex ist anders. Und ich bin bei ihm auch auf andere Art verletzlich, deshalb kann ich seine Reaktion überhaupt nicht voraussagen.

Außerdem finde ich ihn selbst jetzt, wo ich superwütend bin, noch attraktiv. Was mich nur noch wütender macht.

Ich drehe mich um und gehe los.

»Warte«, sagt er, was ich ihm hoch anrechne, weil es für mein Selbstbewusstsein unerlässlich ist, dass ein Typ bei meinem wütenden Abgang wenigstens noch »Warte« sagt.

»Nein«, sage ich, ohne mich umzudrehen, so wie ich es mir in meiner Fantasie immer ausgemalt habe, und ich bin richtig stolz darauf, dass ich nicht mal mehr über die Schulter zurückblicke.

30

# Kernschmelze

Ich habe mein Smartphone in der Hand und will mir gerade ein Uber bestellen – den Tränen nahe, aber immer noch zu wütend, um sie zuzulassen (diese Phase kommt dann erst später, im Bett) –, als ein Anruf von Lucy auf meinem Bildschirm erscheint. Gott sei Dank. Sie ist jetzt genau der Mensch, mit dem ich reden muss.

»Natalie.« Ihre Stimme klingt zittrig. Irgendwie fremd.

»Luce?«

»Kannst du mich hier abholen?« Sie ist betrunken. Sie lallt nur noch. Ich habe Lucy schon öfter mal betrunken erlebt, aber so, wie sie sich jetzt anhört, rinnt mir ein kalter Schauer den Rücken hinunter.

»Wo bist du?«

»Ich weiß nicht.«

»Ist Zach bei dir? Wo ist Zach?«

»Vorhin war er noch da, aber jetzt ist er weg.« Sie stößt einen kleinen, kläglichen Schluchzer aus. »Kannst du mich hier abholen, bitte?«

»Klar, mach ich.«

»Bitte. Ich brauch dich!«

»Ich komme, Lucy. Sag mir nur noch, wo du bist.«

»Ich weiß nicht, wo ich bin.« (Schniefen und Weinen.)

»Kannst du nicht Google Maps aufrufen und deinen Standort bestimmen?«

»Nein!« (Tränenreicher Hickser.)

»Bitte, Lucy, versuchs wenigstens mal. Die App ist auf deinem Startbildschirm. Der Bezirk würde mir schon reichen.«

»Ja gut, ja gut.«

Ich höre scharrende Geräusche. Eine lange Stille. Dann ein Scheppern und Fluchen. Noch mehr Stille. Endlich ist Lucy wieder am Apparat.

»Brunswick.«

»Okay, das ist doch schon mal ein Anfang.«

»Bitte hol mich hier ab.« Jedes Wort ist ein bisschen zu lang gezogen.

»Wo denn in Brunswick?«

»Auf einer Straße.«

»Gehts vielleicht etwas genauer?«

»Bitte hol mich hier ab!«, schreit sie plötzlich los und vor Schreck lasse ich fast das Handy fallen, aber dann fängt sie an zu lachen.

»Was ist denn so lustig?«

»Ich hab meine Schuhe verloren!«

»Alles klar, ich komme, Lucy, ich leg jetzt auf, aber ich ruf bald wieder an, okay?«

»Ich hab sie gefunden!«

»Sehr gut. Lucy? Wenn du siehst, dass ich dich anrufe, gehst du ran, okay?«

»Ich hab dich lieb.«

»Ich dich auch.«

Ich lege auf und rufe Zach an, aber es springt nur die Mailbox an. Ich versuche es noch zwei Mal, um sicherzugehen. Ich könnte natürlich auch meine Mutter anrufen, aber es kommt mir wie ein Verrat an Lucy vor, wenn jemand von unseren Eltern sie in diesem Zustand sieht. Dann muss ich wohl ein Taxi oder ein Uber nehmen, aber es kann natürlich eine Weile dauern, bis ich Lucy finde. Ich verziehe das Gesicht bei der Vorstellung, wie teuer das werden könnte.

Gedankenverloren gehe ich durch den Vorgarten des Neon-Party-Hauses und merke erst zu spät, dass jemand vor mir ist. Ich laufe von hinten in die Person hinein und habe den Mund voll glänzender schwarzer Haare.

»Aua.« Sie dreht sich um, es ist Vanessa. Das war ja klar.

»Oh, tut mir leid.« Ich ziehe den Kopf ein und laufe weiter, aber anscheinend wirke ich so verstört, dass Vanessa hinter mir herkommt.

»Hey, alles in Ordnung?«

»Ja, alles gut.«

»Ich kenn dich doch«, sagt sie.

»Kann nicht sein.«

»Doch, du bist Alex' neue Freundin.«

Jetzt schaue ich sie an. »Wer hat das gesagt?«

Sie grinst. »Oh, alle reden doch von nichts anderem.«

Meine Augen fühlen sich an, als würden sie mir gleich aus den Höhlen springen. »Wer, alle?«

»Na ja, okay, nicht *alle*. Nur ein paar Leute. Aber ich bin seine Ex, ich werde natürlich als Erste informiert.«

»Tja, die Informationen sind aber nicht ganz korrekt.«

»Und wo willst du so eilig hin?«

»Nach Brunswick.«

»Soll ich dich mitnehmen?«

Ich mustere sie, um zu sehen, ob das ernst gemeint war. »Kannst du denn fahren?«

»Würde ich's dir sonst anbieten?«

»Nein, ich meine, hast du was getrunken?«

»Keinen Tropfen. Ich trinke nicht.«

»Du meinst, nie?«

»Zurzeit jedenfalls nicht.«

»Oder hast du ... was anderes genommen?«

»In diesem Moment bin ich hundertprozentig nüchtern und biete dir an, dich nach Brunswick mitzunehmen. Ja oder nein?«

Ich habe einen ganzen Haufen Bedenken, mich mit Vanessa auf engstem Raum zu befinden, aber mein Wunsch, möglichst schnell bei Lucy zu sein, setzt sich über alle hinweg.

»Dann: Ja. Und vielen Dank.«

Sie lächelt. »Super. Ich wollte sowieso längst gehen. Owen dreht heute völlig am Rad, den kann ich keine Sekunde länger ertragen.«

Sämtliche Vorurteile, die ich Vanessa gegenüber vielleicht mal gehegt habe, lösen sich spontan in Luft auf.

Sie hat einen neonfarbenen Blumenkranz auf dem Kopf, knallpinken Lippenstift aufgelegt und trägt ein weißes Kleid, das atemberaubend kurz und fast durchsichtig ist und das ich sofort kaufen möchte, auch wenn ich es niemals anziehen würde.

Ich folge ihr zu einem uralten Kombi.

»Musst du niemandem Bescheid sagen, dass du gehst?«

»Nö.«

Sie schließt die Tür auf und ich setze mich auf den Beifahrersitz. Ihr Auto ist vollkommen zugemüllt, aber das scheint sie nicht zu stören.

»Schmeiß einfach alles nach hinten«, sagt sie. Ich sammle Klamotten, Papierkram und einen Fahrradhelm vom Boden auf und lege sie auf den Rücksitz. Überall sind Hundehaare.

»Mein Hund haart ein bisschen. Oder vielmehr sehr. Du bist hoffentlich nicht allergisch?«

»Nein, alles gut.«

Einen Hund hat sie also auch noch. Sie ist einfach alles, was ich immer schon gern sein wollte. Ich bin kurz davor, ihre Identität stehlen zu wollen.

Als wir losfahren, sehe ich aus dem Augenwinkel, wie Alex gerade auf die Straße läuft und uns dann entgeistert hinterherschaut, das Gesicht mit Schminke verschmiert.

Gleich darauf klingelt mein Handy und sein Name erscheint auf dem Bildschirm. Ich gehe nicht ran und nur Sekunden später taucht eine Nachricht von ihm auf.

– Hab ich dich eben mit Vanessa wegfahren sehen?????

Es fühlt sich gut an, nicht zu antworten und ihn in Ungewissheit zu lassen. Ich bin eine Frau voller Geheimnisse – er wird meine Abgründe niemals ermessen können.

»Wo müssen wir hin?«, fragt Vanessa.

»Nach Brunswick.«

»Schon klar, aber wo genau in Brunswick?«

»Weiß ich noch nicht. Irgendeine Straße in Brunswick.«

Sie wirft mir einen Blick zu, den ich absichtlich ignoriere. Ich wähle Lucys Nummer, aber es klingelt nur endlos. »Mist.«

»Was denn?«

»Sie geht nicht ran.«

»Wer ist ›sie‹?«

»Lucy, meine Freundin. Sie hat gerade angerufen, völlig betrunken, und gefragt, ob ich sie abholen kann. Ich weiß, dass sie irgendwo in Brunswick ist, aber mehr auch nicht.«

»Keine Sorge, Betrunkene aufzuspüren ist meine Spezialität.«

Vanessa hat eine sehr beruhigende Ausstrahlung, stelle ich fest.

»Sie ist bestimmt in einem Pub oder so, wo's laut ist«, fährt Vanessa fort.

»Als ich vorhin mit ihr gesprochen habe, war sie draußen auf der Straße.«

»Wir finden sie schon.«

»Und wenn sie irgendwo bewusstlos herumliegt?«

»Wir finden sie schon«, sagt sie wieder. Ihre Stimme klingt entschlossen. Ich glaube ihr.

Ich rufe noch mehrmals bei Lucy an. Sie geht immer noch nicht ran, aber ich versuche, ruhig zu bleiben. Ihr Handy ist immer leise gestellt, wahrscheinlich hat sie gar nicht bemerkt, dass es klingelt.

»Und wo ist Alex?«, fragt Vanessa.

»Noch auf der Party.«

»Nein, ich meine, warum ist er jetzt nicht hier?«

Vanessa ist heute Abend meine Rettung, mein Ritter in schimmernder Rüstung, da hat sie wohl die Wahrheit verdient.

»Wir haben uns gestritten.«

»Schlimm?«

»Ziemlich schlimm.«

»Trennungsschlimm?«

Ich schaue sie an. Mein Vertrauen in sie gerät ein bisschen ins Wanken. Ich habe keine Ahnung, ob Alex und ich uns getrennt haben. Möglich. Wahrscheinlich. Aber ist das Wort »Trennung« überhaupt anwendbar, wenn von einer »Beziehung« noch gar nicht die Rede war? Vielleicht würde irgendeine Vorstufe von »Trennung« eher passen: Sich nicht mehr sehen. Die Sache beenden. Den Kontakt abbrechen. Sich zurückziehen. Eine Auszeit nehmen.

»Jetzt mach nicht so ein Gesicht. Ich hab nicht vor, ihn dir wieder wegzunehmen«, sagt Vanessa.

»Warum habt *ihr* euch eigentlich getrennt?«, frage ich. Ich weiß, dass ich das nicht tun sollte, dass ich damit eine Regel breche. Nicht mal Alex habe ich diese Frage gestellt, und jetzt will ich sie von seiner Ex beantwortet haben.

»Oh, das hatte viele Gründe. Mir gings in der Elften und Zwölften nicht besonders gut. Ich bin ein bisschen aus der Bahn geraten und hab ihn oft weggestoßen, gleichzeitig aber erwartet, dass er für mich die Scherben kittet, wenn ich wieder irgendwas Dummes gemacht hatte. Ich weiß nicht, wie oft wir uns getrennt haben und dann doch wieder zusammengekommen sind. Spätestens nach der Schule wäre es eh mit uns vorbei gewesen.«

Sie klingt jetzt schon lebenserfahrener, als ich es mit dreißig sein werde.

»Aber ihr macht immer noch ziemlich viel zusammen.«

»Diesen Sommer hat es sich öfter mal ergeben, weil unsere alte Highschool-Clique sich noch mal zusammengefunden hat. Aber letztes Jahr haben wir uns manchmal monatelang nicht gesehen.«

»Und fehlt er dir?«

»Manchmal schon, ja.« Sie zuckt die Achseln.

Einen Moment lang sitzen wir schweigend nebeneinander. Ich würde sie gern nach dem Fremdgehen fragen. Ich *muss* sie danach fragen. Auch wenn ich das nicht sollte. Eigentlich geht mich das ja überhaupt nichts an.

»Hat Alex dich mal betrogen?«, stoße ich so hastig hervor, dass ich mich frage, ob sie mich überhaupt versteht.

Tut sie aber offensichtlich, denn sie dreht sich abrupt zu mir um, und der Wagen macht einen kleinen Schlenker.

»Wer hat dir das erzählt?«, fragt sie überrascht.

»Er selbst.«

»*Alex* hat dir das erzählt?«

»Na ja, er hat es bestätigt, nachdem sein Bruder es mir erzählt hat.«

»Oha. Ja, er hat mich mal betrogen.«

Sie unterbricht sich, wechselt die Spur, schimpft leise über einen anderen Fahrer, und ich warte.

»Es war aber nur ein Kuss auf einer Party, und dann auch noch nach einem Streit, bei dem ich ihm ... ein paar ziemlich schlimme Sachen an den Kopf geworfen habe. Alex ist nicht perfekt, aber dieser eine Fehler ist sicher nicht das, was mir von unserer Beziehung in Erinnerung bleiben wird.«

»Was sollte ich denn sonst noch wissen?«

»Das ist eine seltsame Unterhaltung.«

»Eindeutig. Aber was sollte ich sonst noch wissen?«

»Okay, er kann gut zuhören. Er wird dich immer ernst nehmen und sich um dich kümmern, wenn du zu viel getrunken hast. Er ist lustig. Und aufmerksam. Und auch wenn mir dieser Kuss damals fast das Herz gebrochen hätte, würde ich schon sagen, dass man ihm vertrauen kann.«

»Als Mensch oder auch als Freund? Das ist ja noch nicht dasselbe.«

»Stimmt«, sagt sie.

Wir wechseln einen Blick.

»Eigentlich hätte ich dir das gar nicht erzählen dürfen«, sagt sie.

»Und ich hätte dich nicht danach fragen dürfen.«

»Dann schlage ich vor, dass dieses Gespräch unter uns bleibt, okay?«

»Auf jeden Fall.«

Der Weg nach Brunswick dauert eine gute Viertelstunde, und wir sind fast schon da, als ich es noch mal bei Lucy versuche, und endlich, endlich, geht sie ran.

»Lucy!« Ich bin so froh, ihre Stimme zu hören, dass ich heulen könnte.

»Natalie.« Sie klingt so, als würde sie tatsächlich heulen.

»Was ist los? Alles in Ordnung bei dir?«

»Ich hab mich übergeben. In den Rinnstein.«

»Ich bin gleich da. Wo steckst du denn jetzt?«

»Ich will nach Hause.«

»Ich bringe dich ja nach Hause.«

»Aber beeil dich.«

»Sag mir nur noch, in welcher Straße du bist.«

»Kann ich nicht.«

»Klar kannst du.«

»Es ist so dunkel hier. Ich kann nichts sehen und ich bin ganz allein.«

»Geh einfach bis zur nächsten Ecke und sag mir, was auf dem Straßenschild steht.«

»Ich kann nicht. Ich hab mich hingelegt. Ins Gras. Ich kann nicht mehr aufstehen.«

»Doch, du schaffst das. Ganz bestimmt.«

Es folgt eine längere Stille, in der ich nur ihren Atem höre, laut und rasselnd und ungleichmäßig, und dann sagt sie »Wilson Street«.

»Klasse, Lucy! Und jetzt bleib, wo du bist. Rühr dich nicht vom Fleck.«

»Ich versteck mich hinter einem Auto.«

»Okay, mach das. Und bleib am Telefon.«

»Das kann ich nicht.« Sie klingt fast schon hysterisch.

»Okay, keine Sorge, wir sind gleich da.«

Sie legt auf, und Vanessa schaut mich an.

»Sie ist in der Wilson Street.«

»Alles klar.«

Das mit dem Übergeben verschweige ich lieber, weil Vanessa sie sonst vielleicht nicht mehr mitnehmen will.

Ich rufe noch mal bei Zach an, aber es springt wieder nur die Mailbox an. Ich spreche ihm kurz was drauf und sage, er soll bei mir zu Hause auf mich warten. Ich kann mich nicht erinnern, Zach schon mal irgendwann eine Nachricht hinterlassen zu haben. Keiner, den ich kenne, hört je seine Mailbox ab, aber ich finde, in diesem Fall muss ich es wenigstens versuchen.

Wir biegen in die Wilson Street ein und ich rufe Lucy wieder an, aber ihr Handy ist jetzt offenbar aus und ich erreiche auch bei ihr nur die Mailbox.

Vanessa bremst bis auf Schritttempo ab und ich kurbele mein Fenster runter.

»Lucy?«, rufe ich jedes Mal, wenn wir an einem parkenden Auto vorbeirollen.

»Die Leute, die hier wohnen, sind sicher begeistert«, sagt Vanessa, nachdem ich mehrmals vergeblich gerufen habe.

»Natalie!« Lucy taucht hinter einem roten Opel Astra auf. Ihr Make-up ist verschmiert und das Haar zerzaust.

Vanessa bremst, aber noch bevor der Wagen zum Stehen kommt, drücke ich schon die Tür auf und springe raus. Ich renne auf Lucy zu, die sofort in Tränen ausbricht und auf dem Gehweg zusammensackt. Ihre Füße sind nackt.

»Ich fühl mich so schrecklich«, sagt sie. Tränen strömen ihr über die Wangen.

Ich streiche ihr übers Haar. »Kannst du aufstehen?«

»Nein.«

»Na los. Du brauchst nur ins Auto zu steigen, und dann bringen wir dich nach Hause.«

»Ich kann nicht nach Hause.«

»Dann bringen wir dich zu mir. Oder zu Zach.«

Als Zachs Name fällt, stößt sie einen gequälten kleinen Seufzer aus.

»Wo ist Zach?«, frage ich.

»Weiß ich nicht. Wir haben uns gestritten.«

»Alex und ich haben uns auch gestritten.«

»Und du und Zach auch. Und ich mich mit Mum. Und deine Eltern lassen sich scheiden. Alle streiten sich. Ich wäre am liebsten tot.«

Noch mehr Tränen.

Ich tätschele ihr den Kopf. »Aber wir beide streiten uns nicht«, sage ich.

Vanessa taucht neben uns auf und geht in die Hocke.

»Hi, Lucy, ich bin Vanessa«, sagt sie in einem Tonfall, als spräche sie mit einem Kleinkind.

»Ich werde keine Anwältin«, antwortet Lucy, dreht dann den Kopf weg und würgt ein bisschen.

Ich traue mich nicht, Vanessa anzusehen, weil sie jetzt bestimmt sagt, dass sie Lucy so nicht mitnehmen kann.

»Kannst du aufstehen, Lucy?«, fragt sie stattdessen klar und sachlich.

»Nein, nein, nein«, antwortet Lucy, während ihr Kopf von einer Seite auf die andere rollt.

Ich packe sie an den Armen und will sie hochziehen, aber sie jault nur auf und sackt wieder in sich zusammen.

»Wir müssen sie tragen«, sagt Vanessa. »Sie ist ja ziemlich klein. Du nimmst die Schultern, ich die Beine.«

»Nein, nein, nein«, jammert Lucy wieder, als wir sie mühsam anheben. Ich halte sie unter den Achseln, so gut ich kann, aber ihr Hintern schleift trotzdem noch über den Boden.

»Sie hängt zu tief durch«, sage ich keuchend.

»Egal«, sagt Vanessa und packt Lucys Beine noch fester.

So muss es sich anfühlen, wenn man eine Leiche wegschafft. Vanessa würde eine gute Komplizin abgeben. Vielleicht hat sie schon Übung im Leichenwegschaffen. Vielleicht haben sie und Alex mal versehentlich jemanden umgebracht und mussten dann alle Spuren beseitigen, und jetzt …

Wir hieven Lucy den Bordstein hinunter und sie stöhnt auf, als ihr Po gegen die Kante knallt.

»Höher, höher«, sagt Vanessa und packt Lucys Beine weiter oben. Ich beiße die Zähne zusammen und halte ihre Schultern, so hoch ich kann, während wir aufs Auto zuwanken.

Vanessa stellt Lucys Beine kurz auf dem Boden ab, um die hintere Tür zu öffnen, nimmt sie dann wieder hoch, und gemeinsam schieben wir Lucy möglichst sanft ins Auto. Vanessa holt einen Eimer aus dem Kofferraum und drückt ihn mir in die Hand. (Wer hat denn einen Eimer im Kofferraum? Vanessa scheint öfter mal betrunkene Freunde einzusammeln.)

»Setz dich zu ihr auf die Rückbank, und wenn sie kotzen muss, sieh zu, dass sie den Eimer trifft.«

Das ist so ziemlich das Letzte, was ich möchte, aber als beste Freundin bleibt mir wohl nichts anderes übrig.

Vanessa setzt sich hinters Steuer und dreht sich noch mal zu Lucy um. »Halt durch, Süße, bald bist du zu Hause.« Das Mitgefühl in ihren Augen beschämt mich, weil ich selbst so viel Abstand wie möglich zu Lucy halte und mich weit vorbeugen muss, um den Eimer auch nur in ihre Nähe zu halten. Also rutsche ich jetzt weiter in die Mitte und Lucy schmiegt sich an mich. Ich streiche ihr übers Haar, während sie sich über den Eimer beugt und leise vor sich hin wimmert: »Ich bin ja so blöd, so blöd.«

»Schsch«, sage ich. Ihr Haar ist an den Schläfen feucht vom Weinen.

»Lehrer dürfen sich nicht so betrinken«, ruft sie aus.

»Erstens bist du noch keine Lehrerin, und zweitens bin ich sicher, dass die sich ständig betrinken«, sage ich.

»Ich will aber ein Vorbild sein«, sagt Lucy. Und dann übergibt sie sich in den Eimer.

# 31

## Zeig mir deine Wunden

»Sieh mal an, wer da ist«, sagt Vanessa, als sie vor meinem Haus anhält.

Lucy ist auf meinen Schoß eingeschlafen, und ich hebe ihren Kopf ein bisschen an, um mich zur Seite zu drehen und aus dem Fenster zu schauen.

Zach und Alex sitzen auf den Stufen zur Veranda, einträchtig nebeneinander. Normalerweise würde mir bei dem Anblick, wie sie da beide auf mich warten, das Herz aufgehen. Aber heute Abend macht es mich einfach nur müde. Ich bringe für keinen von beiden die Energie auf.

»Oh nein«, sage ich.

»Zu spät«, antwortet Vanessa. »Jetzt haben sie uns schon gesehen.«

Sie blicken zu uns rüber, die Gesichter beide im gleichen Winkel angehoben. Im Licht von Vanessas Scheinwerfern sieht man ihre Ähnlichkeit: die Haare, die Augenbrauen, Zachs Gesicht eine weichere, glatt rasierte Ausgabe von dem von Alex.

»Ist jemand bei dir zu Hause?«, fragt Vanessa.

»Nee, keiner da«, antworte ich. Ich habe den Verdacht, dass meine Mutter sich mit Eric verabredet hat, ohne mir davon zu erzählen. *Meine Mutter hat gerade ein Date.* Diese Worte werden mir niemals *nicht* komisch vorkommen.

Zach steht auf und kommt auf uns zu, während Alex auf den Stufen sitzen bleibt. Vanessa steigt aus und verschränkt die Arme wie eine Leibwächterin.

»Warte«, sagt sie, als Zach näher kommt, und hebt eine Hand.

»Wo ist Lucy?«, fragt er.

»Im Auto. Aber warte. Bist du hier, um ihr zu helfen, oder um ihr noch mehr Kummer zu bereiten?«

Vanessa ist unsere Superheldin. Wir drei gegen den Rest der Welt.

Zach schüttelt den Kopf.

»Ich will überhaupt niemandem Kummer bereiten. Ich will sie einfach nur sehen.«

Er steckt den Kopf durchs Autofenster. Lucy vergräbt das Gesicht in meinem Schoß.

»Natalie.«

»Zachary.«

Einen Moment lang starren wir uns an. Dann beuge ich mich vor und halte ihm den Kotzeimer hin.

»Pfui Teufel«, sagt er.

»Kannst du den leer machen und dann mit dem Schlauch ausspülen, damit ich ihn Vanessa zurückgeben kann?«

»Und was ist mit Lucy?«

»Die bringen wir ins Haus.«

Er streckt die Hand aus und berührt Lucy kurz an der Schulter, mit sanftem Blick. Dann geht er in unseren Vorgarten, leert den Eimer aus und sucht nach dem Gartenschlauch, während Vanessa am Auto lehnt und Alex immer noch auf den Verandastufen sitzt. Ohne das Licht der Autoscheinwerfer ist es zu dunkel, um sein Gesicht zu sehen, bis auf das Schimmern der Neonfarbe auf seinen Wangen.

Zach kommt mit dem Eimer zurück und reicht ihn Vanessa, die ihn achtlos auf den Beifahrersitz wirft. Unordnung scheint ihr wirklich nichts auszumachen.

Zach steckt wieder den Kopf durchs Fenster. »Und was jetzt?« Anscheinend hat er akzeptiert, dass Vanessa und ich hier das Sagen haben.

»Jetzt bringen wir sie rein«, antworte ich.

Lucy ist wach, jedenfalls so halb. Ich habe gesehen, wie ihre Augenlider kurz geflattert haben, und ich spüre auch eine leichte Spannung in ihrem Körper, aber sie gibt vor, immer noch zu schlafen, als Zach, Vanessa und ich sie vorsichtig aus dem Wagen heben.

»Wir müssen sie tragen«, sage ich. Vanessa und ich stellen uns schon in Position, um je eins von Lucys Beinen zu packen, aber Zach hebt Lucy mit einer einzigen schwungvollen Bewegung vom Boden auf.

»Alles gut«, flüstert er ihr zu und küsst sie auf die Stirn, was mir so intim vorkommt, dass ich schnell den Blick abwende. Zach trägt Lucy auf den Armen zum Haus.

Jetzt ist auch Alex aufgestanden und schaut uns besorgt entgegen. »Was hat sie denn?«, fragt er.

»Nichts, alles gut«, antworte ich.

»Und warum trägst du sie dann?«, fragt Alex, an Zach gewandt.

»Weil sie müde ist. Und betrunken. Und sich übergeben hat«, antworte ich an Zachs Stelle.

Ich schließe die Haustür auf und Zach, mit Lucy auf den Armen, geht als Erster rein, gefolgt von Vanessa. Alex zögert auf der Schwelle und wirft mir einen fragenden Blick zu, den ich mit einem leichten Nicken beantworte. Erst dann tritt er ins Haus. Er hat immer noch die Wasserpistole unterm Arm.

Zach hat Lucy auf mein Bett gelegt, und wir stehen alle um sie herum. Wie sie da so zusammengerollt liegt, sieht sie wie ein betrunkener kleiner Engel aus, und anscheinend ist sie jetzt wirklich eingeschlafen, denn sie gibt leise Schnarchgeräusche von sich. Ich decke sie zu und fühle mich dabei sehr mütterlich.

Zach geht ins Wohnzimmer zurück, und wir anderen folgen ihm und stehen dann in betretenem Schweigen ums Sofa herum.

»Will jemand was trinken?«, frage ich, hauptsächlich an Vanessa gerichtet, weil ich mit Alex und Zach ja vielleicht immer noch Streit habe, aber es antwortet mir sowieso niemand. Als ich in die Küche gehe, laufen mir alle hinterher.

»Ich habe, ähm, Wasser?«, sage ich, während ich in unseren

Kühlschrank starre, in dem nichts Trinkbares zu finden ist außer drei Packungen abgelaufener Milch, weil Mum immer vergisst, dass Dad bei uns der Milchtrinker war und wir jetzt kaum noch welche brauchen. Ich spüre, wie sie alle drei hinter mir stehen und schweigend den Inhalt unseres Kühlschranks begutachten, deshalb schlage ich ihn hastig wieder zu und schiebe sie ins Wohnzimmer zurück.

»Wie wärs mit einem Tee? Ich mach uns allen einen Tee«, sage ich, um die Stille zu füllen und etwas zu tun zu haben. Wahrscheinlich sollte ich sie einfach alle rauswerfen, zumal ich keine Ahnung habe, warum Alex und Zach überhaupt hergekommen sind.

Ich weiß, wie Zach seinen Tee trinkt, und Vanessa bittet um einen grünen Tee. Alex sagt nichts. Ich kenne seine Tee-Vorlieben nicht, will ihn aber auch nicht danach fragen, weil ich uns vor Zach und Vanessa nicht bloßstellen will (irgendwie erscheint es mir wichtig, so was zu wissen – das *musste* ja schiefgehen mit uns beiden, wenn wir dem anderen noch nicht mal einen Tee machen können).

Also bringe ich Alex eine Tasse weißen Tee. Er bedankt sich und nippt daran, und ich habe den Verdacht, dass er überhaupt keinen Tee mag, weiß es aber zu schätzen, dass er das vor den anderen offenbar ebenfalls geheim halten will.

Dann suche ich in unseren Schränken nach Mums Schokoladen-Notration und breche die Tafel in kleine Stücke. Zach verdrückt ein Stück nach dem anderen, obwohl er Traube-Nuss eigentlich gar nicht mag: reines Stressfuttern.

»Was ist denn nun eigentlich passiert?«, frage ich ihn.

»Lucy und ich waren bei einem Freund ...«

»Bei welchem?«

»Braydon.«

»Ich hasse Braydon«, sage ich. Braydon gehört zu denen, die sagen *Ich spiel jetzt mal den Advokaten des Teufels,* wenn sie eigentlich meinen *Ich bin jetzt mal ein Arschloch.*

»Ich weiß.«

»Wie kannst du mit ihr zu Braydon gehen, wenn es ihr eh gerade nicht so gut geht?«, frage ich. Vanessa hebt die Augenbrauen und Alex nippt weiterhin demonstrativ an seinem Tee.

»Hinterher ist man immer schlauer«, sagt Zach und nimmt sich ein weiteres Stück Schokolade.

»Und was genau ist passiert?«, frage ich.

»Sie hat zu viel getrunken und dann haben wir uns gestritten.«

»Hat sie dir von … der Sache erzählt?«, frage ich, um Lucys Geheimnis nicht vor Alex und Vanessa zu verraten.

»Ja.«

»Und warst du sauer?«

»Nein! Oder doch, vielleicht ein bisschen. Keine Ahnung.« Er reibt sich übers Gesicht.

»Und wieso war dein Handy die ganze Zeit abgeschaltet?« Ich merke, dass mich das aus irgendeinem Grund furchtbar aufregt.

»Ich hab mein Ladegerät verloren.«

»Wie kann man denn bitte schön sein Ladegerät verlieren?«

»Warum tust du eigentlich die ganze Zeit so, als wäre ich hier der Böse?«, fragt Zach.

»Weil du's bist!«

»Na klar, ich bin an allem schuld.«

»Nicht an allem. Aber an einigen Sachen schon. Eigentlich an den meisten.«

»Das ist unfair.«

Ich sehe, wie Alex und Vanessa einen verlegenen Blick miteinander tauschen, aber das ist mir egal.

»Warum habt ihr euch denn gestritten?«, frage ich.

»Darum.«

»Na los, sag schon.«

Zach antwortet nicht.

»Weil Zach dir auch noch was anderes erzählen muss«, sagt Alex.

»Was soll das heißen?«

Zach wirft Alex einen wütenden Blick zu, bevor er sich wieder mir zuwendet. »Ich hab dir bisher noch nicht erzählt, dass ich Medizin nicht nur nach zwei Wartesemestern in Melbourne studieren kann, sondern auch gleich jetzt in Adelaide.«

»Oh mein Gott! In Adelaide könntest du sofort anfangen? Das ist ja der Wahnsinn, Zach!«

»Ich weiß. Und ich werde das wohl auch machen.«

»Natürlich machst du das.«

»Aber das bedeutet auch, dass ich aus Melbourne weggehe.«

Stimmt, daran hatte ich noch gar nicht gedacht. Wahrscheinlich haben sich Zach und Lucy auch deswegen gestritten. »Du hast uns gar nicht erzählt, dass du dich auch in Adelaide beworben hast.« Ich spüre, wie mir die Tränen kommen. *Wir wollten doch alle zusammen studieren,* möchte ich schreien. *Was ist mit Unserem Plan?* Erst meine Eltern, dann Lucy und jetzt Zach. Ab jetzt ist jede Heimlichtuerei strengstens verboten und alle müssen mir vertraglich zusichern, für den Rest ihres Lebens jede Entscheidung erst mal mit mir abzusprechen, und sollte das jetzt irgendwie diktatorisch klingen, nehme ich das gern in Kauf, wenn ich dafür über alles und jeden die Kontrolle behalten kann.

»Ich hab doch gesagt, dass ich mich in ganz Australien bewerben werde. Aber ich hätte nie gedacht, dass ich tatsächlich irgendwo angenommen werde«, sagt Zach.

»Und jetzt also Medizin in Adelaide.« Ich bin hin- und hergerissen zwischen Freude und Wut.

»Ja, stell dir vor.«

»Ich glaub, ich geh jetzt mal«, wirft Vanessa ein.

»Ich auch?« Alex schaut mich fragend an.

»Du auch«, bestätige ich, weil ich immer noch sauer auf ihn bin. Oder vielleicht will ich auch nur, dass er denkt, dass ich immer noch sauer auf ihn bin.

»Soll ich dich mitnehmen?«, bietet Vanessa ihm an, um dann unsicher und leicht zerknirscht zu mir rüberzuschauen und lautlos »Wär das in Ordnung?« zu fragen.

Ich nicke.

Alex zögert und schaut mich ebenfalls an. Er ist hergekommen und hat auf der Verandatreppe auf mich gewartet. Wahrscheinlich wollte er noch mal mit mir reden. Wenn er jetzt geht, fühlt sich das irgendwie endgültig an.

»Bist du sicher, dass ich gehen soll?«, fragt er. Ich verspüre den Drang, einen Lappen zu nehmen und ihm die zerlaufenen Streifen von den Wangen zu wischen.

*Nein, bin ich nicht. Eigentlich will ich, dass du bleibst. Hier, bei mir, in meinem Bett. Ich will, dass du mir wieder so schön über den Arm streichelst, aber erst musst du dich entschuldigen.*

»Ja«, sage ich, denn wenn ich eine absolut verlässliche Fähigkeit habe, dann die, mein eigenes Glück zu zerstören.

Ich bringe sie beide zur Tür. Vielleicht sollte ich Vanessa nach allem, was wir heute zusammen erlebt haben, zum Abschied umarmen, auch wenn ich sonst nicht so die große Umarmerin bin, aber ich lasse es lieber, denn sonst muss ich Alex womöglich auch umarmen, und wenn ich das tue, breche ich garantiert in Tränen aus.

»Vielen Dank«, sage ich zu Vanessa.

»Schon in Ordnung«, antwortet sie.

Wir lächeln uns zu, und ich tätschele ihr so halb die Schulter, was sich total schräg anfühlt, aber ihr scheint es als Geste der Dankbarkeit zu genügen.

Sie geht schon mal zu ihrem Wagen und steigt ein, während Alex und ich noch an der Tür stehen bleiben.

»Warum bist du hergekommen?«, frage ich ihn. Wir stehen ganz nah beieinander.

»Weil ich wissen wollte, ob du heil nach Hause gekommen bist«, sagt er. Er schaut auf seine Füße und dann zu mir hoch. Ich erwidere seinen Blick einen Moment lang, bevor ich wieder wegschaue.

»Tja, bin ich wohl«, sage ich.

Er setzt noch mal zum Sprechen an, lässt es aber und wendet sich zum Gehen. Dann dreht er sich doch noch mal um.

»Ich habs meinen Eltern heute erzählt. Dass ich keinen Job mehr habe«, sagt er leise.

»Und wie haben sie es aufgenommen?«, frage ich.

»Ganz okay. Geht so. Nach außen hin verständnisvoll, aber ich glaube, unter der Oberfläche kriegen sie langsam Panik. Zach wird Arzt, aber ihr Erstgeborener ist ein Versager und so.«

»Du bist kein Versager«, sage ich. Jetzt würde ich ihn wirklich gern in den Arm nehmen, aber ich tu's nicht. Ich versuche ihn anzuschauen, aber er hält den Kopf gesenkt und ich glaube, er kämpft mit den Tränen.

Er fummelt einen Moment an der Wasserpistole herum, dann holt er tief Luft. »Tschüss«, sagt er und geht los und vielleicht wünscht er sich, dass ich ihm »Warte« hinterherrufe, aber ich tue auch das nicht, denn wer »Warte« ruft, zeigt sich auf eine Weise verwundbar, die ich mir nicht leisten kann, niemals, selbst wenn ich damit alles kaputt mache.

Es schmerzt mich mehr, als ich gedacht hätte, ihm hinterherzusehen, wie er auf Vanessas Auto zugeht. Jetzt führen die beiden bestimmt ein sehr intimes, vertrauliches Gespräch, bei dem all ihre alten Gefühle wieder an die Oberfläche kommen, und das habe ich mir dann alles selbst zuzuschreiben, ich darf gar nicht daran denken.

Alex steigt ein, ohne sich noch mal umzusehen, und auch das tut mir weh, denn wenn ich schon nicht hinter ihm herrennen will, hatte ich doch gehofft, er käme vielleicht zu mir zurückgerannt, um mir eine dramatische Liebeserklärung zu machen. Oder er würde das Fenster runterkurbeln und so laut »Ich liebe dich!« brüllen, dass es die ganze Nachbarschaft hört. (Oder nein, das wäre dann doch zu peinlich.)

Aber nichts dergleichen passiert, und ich habe keine Ahnung, was ich jetzt machen soll.

# 32

# Ein sympathisches Gesicht

Als ich ins Wohnzimmer zurückkomme, ist Zach nicht mehr dort. Ich schaue in mein Zimmer und sehe, dass er sich neben Lucy zusammengerollt hat. Seine Augen sind offen und wir starren uns einen Moment lang an.

»Du hättest uns sagen sollen, dass du dich landesweit bewirbst«, flüstere ich, um Lucy nicht zu wecken, die inzwischen allerdings unüberhörbar schnarcht und so fest zu schlafen scheint, dass nicht mal eine Sirene direkt neben ihrem Ohr sie stören könnte.

»Ich *habe* es euch gesagt«, antwortet Zach mit fast normaler Lautstärke. Lucy rührt sich nicht.

»Aber du hast immer so getan, als hättest du mit deinen Noten ohnehin keine Chance. Als könnte das sowieso nie passieren.«

»Das habe ich ja auch geglaubt«, gibt er zurück. »Außerdem musst *du* gerade reden: Du hast mir ja auch nichts von Alex erzählt.«

»Das kann man nicht vergleichen.«

»Wieso nicht?«

»Weil das mit Alex überhaupt nicht geplant war. Das ist einfach so passiert. Mir blieb gar nicht die *Zeit*, euch davon zu erzählen.«

»Aber ich habe doch auch überhaupt nicht damit gerechnet, einen Studienplatz in Adelaide zu bekommen. Außerdem habe ich den Gedanken auch immer verdrängt, weil ich wusste, wie schwer es mir fallen würde, Lucy hier zurückzulassen. Und dich. Und meine Familie.«

»Aber jetzt gehst du doch«, sage ich und setze mich ans Fußende des Bettes.

»Ja, ich glaub schon.«

»So schwer fällt es dir also doch nicht.« Ich kann dem Drang, ein bisschen gemein zu sein, nicht widerstehen.

»Das ist unfair.« Er schließt die Augen.

Ich seufze. »Stimmt. Ich nehm's zurück.« Ich krabbele höher aufs Bett, quetsche mich neben ihn und starre an die Decke.

»Ich bin stolz auf dich«, sage ich irgendwann.

»Danke.«

»Und ich finds mutig, in eine andere Stadt zu gehen.«

»Ich finds eher beängstigend.«

»Aber auch aufregend.«

»Es fühlt sich so an, als würde ich meine Karriere wichtiger nehmen als meine Beziehung, meine Freundschaften und meine Familie. Wer weiß denn schon, ob dieses Studium es wirklich wert ist, das alles aufzugeben?«

»Wir bleiben ja hier.«

»Das wird trotzdem nicht mehr das Gleiche sein. Vor allem für Lucy und mich. Was wollen wir denn machen, *sechs Jahre lang* eine Fernbeziehung führen?«

»Der Flug dauert doch nur anderthalb Stunden, ihr könntet euch mindestens einmal im Monat sehen, vielleicht sogar öfter, und natürlich in den Ferien ...« Ich mache es mir zur Aufgabe, Zach von diesem Modell zu überzeugen, auch wenn ich mir selbst im tiefsten Innern nicht sicher bin, ob so was funktioniert.

»Und das halten wir dann jahrelang durch?«, fragt er.

»Vielleicht kann Lucy auf eine Uni in Adelaide wechseln?«

»Ich möchte aber nicht, dass sie nur meinetwegen ihr Leben hier aufgeben muss. Andererseits können wir doch auch nicht jahrelang in so einem Schwebezustand leben.«

»Na ja ...« Mehr Optionen fallen mir leider nicht ein. »Kann natürlich auch sein, dass es nicht gut geht.« Mir ist schlecht, als würde ich sie beide verraten, wenn ich das laut sage.

»Aber ich will mich auch nicht von ihr trennen. Niemals«, sagt er.

»Aber du möchtest gern in Adelaide studieren?«

»Ja.«

»Und du hast auch schon zugesagt, stimmts?«

»Ja.«

»Dann ist deine Entscheidung doch schon gefallen.«

»Aber ich weiß nicht, ob es die richtige ist.«

»Natürlich ist sie das.«

»Woher willst du das wissen?«

»Weil es das ist, was du willst.«

Er schaut mich an und ich stupse ihn sanft mit dem Ellbogen an. »Wir werden auch ohne dich klarkommen.«

»Wie wollt *ihr* denn ohne mich klarkommen?«

»Wir tragen einfach immer eine Pappfigur mit deinem Gesicht mit uns rum.«

»Und lasst euch meinen Namen tätowieren.«

»Genau.«

Er seufzt und bedeckt sein Gesicht mit den Händen. Eine Sekunde lang denke ich, dass er weint, aber als er sie wieder wegnimmt und mich anschaut, sind seine Augen trocken.

»Ich hab immer gedacht, dass Lucy und ich in ein paar Jahren zusammenziehen. Wenn wir zwanzig sind oder so. Und mit zweiundzwanzig oder dreiundzwanzig würden wir dann durchbrennen und heiraten, und alle fänden es mutig, dass wir so früh schon heiraten, aber wir wären glücklich und würden um die ganze Welt reisen und ganz viele Abenteuer zusammen erleben.«

»So ähnlich habe ich mir das auch immer vorgestellt. Außer, dass ich in *meiner* Version bei eurer Hochzeit dabei bin und bei euch wohne und all diese Abenteuer mit euch zusammen erlebe.«

»Na klar bist du auch dabei. Du bist unsere Trauzeugin und wohnst bei uns im Gästezimmer, sonst kriegen wir die Miete ja gar nicht zusammen.«

Wenn Zachs Leben ein Film wäre, würde ich für alle Zeiten diese Nebenrolle spielen, was aus seiner Sicht ja auch sinnvoll ist, aber erst jetzt begreife ich, dass ich mir diese Rolle auch immer selbst zugeschrieben habe. Nicht mal in meinem eigenen Leben spiele ich die Hauptrolle.

»Wer weiß, vielleicht werdet ihr ja wirklich eines Tages heiraten, und wir drei werden zusammenwohnen und viele Reisen machen.«

»Kann sein«, sagt er, und auf einmal bin ich mir ziemlich sicher, dass es so nicht kommen wird, dass Zachs und Lucys Geschichte nicht anfängt, sondern zu Ende geht, und dass die Filme unseres Lebens von ganz anderen Dingen handeln werden.

Eine Weile liegen wir schweigend nebeneinander und lauschen auf Lucys Schnaufen und Schnarchen.

»Es tut mir leid«, sage ich, die Stille durchbrechend. »Ich hätte euch die Sache mit Alex gleich erzählen sollen. Aber ich wusste selbst nicht so richtig, was los war. Weiß ich eigentlich immer noch nicht.«

»Ist doch ganz einfach: Er mag dich halt.«

»Weiß der Himmel, warum.«

»Kein ›fishing for compliments‹, bitte.«

»Mach ich gar nicht.«

»So oft, wie du bei uns zu Besuch bist, musste das doch irgendwann passieren.«

»Oh Gott, das ist der Grund, hab ich recht? Ich kam halt gerade gelegen, oder?«

»Nein, ich meinte, dass er über kurz oder lang merken musste, wie clever und lustig und interessant du bist. Ja, *interessant*. Du solltest wirklich mal aufhören, immer nur das Schlimmste anzunehmen.«

»Mach ich doch gar nicht.«

»Klar machst du das.«

»Na gut, kann sein, aber du doch auch. Dieses ganze Theater wegen Alex und mir, das hatte doch auch damit zu tun, dass du nur das Schlimmste angenommen hast.«

»Aber nicht das Schlimmste von *dir*.«

»Das kam bei mir aber ganz anders an.«

»Ja, und das tut mir auch leid, da habe ich völlig überreagiert.« Bei diesen Worten dreht Zach sich auf die Seite und schaut mich an. Sein Ausdruck wechselt zu dem, was ich im Stillen immer sein ernstes Zuhörergesicht nenne. »Und du und Alex, ihr habt euch also gestritten?«

»Ja, ziemlich doll.«

»Er hat nicht viel erzählt, aber das Wesentliche hab ich kapiert.«

»Ihr beide redet wieder miteinander?«

»Ich hab mich bei ihm entschuldigt.«

»Wow, den Tag muss ich mir rot im Kalender anstreichen, das kommt ja nicht allzu häufig vor.«

»Na ja, meistens hab ich ja auch recht.«

»Zachary Russo: Der Typ, der sich niemals irrt.«

»Ich bin manchmal unausstehlich, ich weiß. Das hat mir Lucy nach dem Kinoabend oft genug gesagt.«

»Und warum warst du da so unausstehlich?«

»Keine Ahnung. Ich war einfach nur stinksauer. Als würde Alex dich mir wegnehmen. Nein, wegnehmen ist nicht das richtige Wort, völlig bescheuert, du gehörst mir ja nicht. Gott, das kommt jetzt alles ganz falsch heraus. Ich hatte einfach das Gefühl, dass ... Alex eben nicht der Richtige für dich ist.«

»Und wer wäre deiner Meinung nach der Richtige?«

»Jemand, der deine Witze versteht, der weiß, dass du laute Musik nicht magst und dass du in jeder Textnachricht ein Emoji haben willst. Jemand, der dir gute Bücher empfiehlt und sich deine Fantheorien anhört und dir einen Tee kocht, wenn du gestresst bist.«

Alles, was er gerade aufgelistet hat, sind Sachen, die Lucy und er für mich machen.

»Aber ich weiß doch selbst noch gar nicht, wer richtig oder falsch für mich ist, ich bin ja gerade erst dabei, das herauszufinden, also woher willst du das dann wissen?«

Ich kann kaum in Worte fassen, was ich an Alex mag, zumal mir das meiste davon viel zu peinlich ist, um es offen zuzugeben:

Alex gibt mir das Gefühl, etwas Besonderes zu sein, zum ersten Mal in meinem Leben begehrt und wirklich *gesehen* zu werden. Was natürlich problematisch ist, weil ich mich ja erst mal selbst lieben und akzeptieren soll. Diese Botschaft ist mir schließlich jahrelang über alle nur denkbaren Empfangskanäle eingehämmert worden: Nie im Leben darfst du dein Selbstbewusstsein von einem Typen abhängig machen. Das würde sämtlichen feministischen Grundsätzen widersprechen, von denen ich je gehört habe, jeder Lektion, die mir an meiner fortschrittlichen Mädchenschule beigebracht wurde, jeder positiven Ermächtigungsbotschaft, die jemals irgendwer auf Instagram geteilt hat. *Eine Frau muss nicht gerettet werden, sie rettet sich selbst. Sei die Heldin deiner eigenen Geschichte. Sei Katniss, nicht Bella.* Obwohl ich mich mit Bellas Abhängigkeit immer viel besser identifizieren konnte als mit Katniss' mentaler Stärke.

Aber alle, die immer sagen, man solle sich selbst lieben, haben leider keinen Tipp dafür, wie man damit klarkommt, wenn andere einem »hässliche Schlampe« hinterherbrüllen, oder wie man das Gefühl überwindet, dass gute Tage nur dann gut sind, wenn man möglichst viel von sich verstecken kann, und wie man sich begehrenswert fühlen soll, wenn einen noch nie jemand begehrt hat.

Allein bin ich in dieser Frage noch nicht weitergekommen, aber Alex gibt mir das Gefühl, der Lösung schon ein bisschen näher zu sein.

Außerdem hat er einfach tolles Haar.

»Ich kanns wohl einfach nicht lassen, tut mir leid«, sagt Zach.

»Entschuldigung angenommen«, sage ich. Ich habe eh schon längst aufgehört, auf ihn sauer zu sein.

»Vielleicht war ich auch irgendwie eifersüchtig«, sagt Zach. »Du bist schließlich *meine* Freundin, nicht seine.«

»Ich hätte dich ja auch einfach mal fragen können, statt gleich sauer zu sein. Das war auch nicht okay.«

»Mit dir zu diskutieren, macht einen Riesenspaß, aber mit dir zu streiten, finde ich schrecklich«, sagt er.

»Dann lass uns für immer diskutieren und nie wieder streiten«, sage ich und wir lächeln uns an. Er dreht sich wieder auf den Rücken und schaut an die Decke.

Wir liegen da und hören Lucy beim Schnarchen zu.

»Du solltest mit Alex reden«, sagt Zach.

»Und was soll ich ihm sagen?«

»Was du für ihn empfindest, und was du von ihm willst.«

»Aber das weiß ich doch selbst nicht.«

»Oh doch, das weißt du.«

»Nein, tu ich nicht.«

»Natalie, du weißt ganz genau, was du willst, in jeder Sekunde, aber solange du das immer hinter deinen bescheuerten Komplexen versteckst, wird keiner aus dir schlau.«

»Stimmt doch gar nicht.«

»Eben jetzt machst du's doch auch schon wieder.«

»Gar nicht.« Okay, tue ich doch, aber er stellt etwas Hochkompliziertes gerade sehr vereinfacht dar, und das ärgert mich.

»Sei einfach ehrlich mit ihm.«

»Ich versuchs.«

»Nein, nicht versuchen, machen!«

»Okay, ich machs.«

»Und außerdem«, sagt Zach.

»Was denn noch?«

»Außerdem wollte ich noch sagen, dass ich Angst vorm Weggehen habe. Richtig Angst.«

»Brauchst du aber nicht. Du wirst überall klarkommen, ganz sicher. Du hast so ein sympathisches Gesicht.«

»Das hast du schon öfter gesagt.«

»Weil es stimmt. Und du hast ja auch *uns*, ganz egal was passiert.«

»Ich weiß.«

Ich schließe die Augen, und während ich in den Schlaf hinübergleite, habe ich das Gefühl, als könnten wir vielleicht doch für immer Freunde bleiben, auch wenn Zach weggeht und ich nicht weiß, ob er und Lucy zusammenbleiben und ob unsere Freundschaft, wenn sie nicht zusammenbleiben, ihre Trennung überleben wird, und obwohl so viele Veränderungen vor uns zu liegen scheinen, dass wir die wohl kaum unbeschadet überstehen können.

Lucy schreckt plötzlich hoch. »Ich fühl mich total elend«, stöhnt sie und blinzelt uns schläfrig an.

»Schsch. Leg dich wieder hin«, sagt Zach.

»Wo bin ich?«, fragt sie.

»In Natalies Bett. Bei uns«, sagt Zach.

»Bei uns beiden«, sage ich.

»Gut, gut.« Lucy lässt sich zurücksinken, schließt die Augen und schläft sofort wieder ein.

33

# Ernie und Bert

Ich klopfe an die Tür, was mir seltsam förmlich vorkommt. Ich war noch nie in Alex' Zimmer. Ich bin schon zahllose Male daran vorbeigelaufen, habe hineingeschaut oder extra nicht hineingeschaut und ansonsten keinen Gedanken daran verschwendet, bis zu diesem Moment, wo es mir plötzlich wie der beängstigendste Ort der Welt erscheint.

»Wer ist da?«

»Ich bins.«

Er gibt keine Antwort.

»Natalie«, sage ich, als die Tür aufgeht.

»Ich weiß, wer ›ich‹ ist«, sagt er. Er sieht schläfrig und zerknautscht aus, als hätte ich ihn geweckt.

»Kann ich mit dir reden?«, frage ich.

Er nickt, macht einen Schritt beiseite und ich trete ins Zimmer. Ich kann jetzt keinen Small Talk halten, weil ich das, was ich Alex sagen will, den ganzen Morgen geprobt habe, und wenn ich jetzt erst irgendwas anderes sage, vergesse ich das womöglich.

»Wie gehts Lucy?«, fragt er, an seinen Schreibtisch gelehnt. Na toll, und schon ist alles dahin, was ich mir vorgenommen hatte.

»Ganz gut«, sage ich. Was nicht stimmt. Sie hat einen Kater, liegt immer noch mit ihren Eltern im Clinch, und ihre Zukunft mit Zach sieht nicht rosig aus.

»Das ist gut.«

Ich mache einen Schritt nach vorn und stehe jetzt mitten im Zimmer. Erstaunlicherweise ist es längst nicht so unordentlich wie meins – genau genommen ist es überhaupt nicht unordentlich, sondern sauber und aufgeräumt, dabei wusste er nicht mal, dass ich kommen würde. Offenbar muss ich all meine Annahmen über uns als Einzelwesen und auch als Paar noch mal überdenken. Vielleicht bin *ich* der Ernie, und *er* ist der Bert.

Er schaut mich erwartungsvoll an.

»Gut, also, was ich sagen wollte ... also wegen uns ... ist, dass wir ...«

Ich habe noch keinen ganzen Satz gesagt und fange schon an zu stottern. Der Monolog, den ich mir zurechtgelegt habe, zerplatzt wie eine Seifenblase, ist einfach weg. Alex hebt die Augenbrauen und ich räuspere mich. »Ich kann das nicht so gut. Du hast das alles schon mal gemacht, aber für mich ist das komplett neu«, stoße ich hervor.

»Was soll ich schon mal gemacht haben?«

»Na, alles: daten, Beziehungen und so.«

»Äh, nein. Das hier habe ich auch noch nie gemacht.«

»Hast du wohl.«

»Ich war noch nie bei einem Doppel-Date.«

»Na ja ...«

»Und ich hab auch noch nie jemand zu einer Party mitgebracht. Jedenfalls nicht zu einer, wo ich jeden kenne und du keinen.«

»Okay ...«

»Ich fand noch nie die Freundin meines Bruders nett.«

»Klar, aber ...«

»Ich hab auch noch nie so ein Gespräch geführt.«

»Aber du hast bestimmt schon ...«

»Und meine Gefühle für dich sind auch ganz anders, als ich es sonst kenne. Die sind ganz neu.«

»Ach ja?« Das mit den ganz neuen Gefühlen müssen wir unbedingt noch mal eingehender besprechen.

»Du scheinst mich für eine Art Fachmann zu halten, dabei bin ich eher schlecht in all diesen Dingen. Ziemlich schlecht. Vielleicht sogar eine Katastrophe.«

»So schlecht nun auch wieder nicht.«

»Worin bin ich denn, bitte schön, gut?«

*Im Küssen,* möchte ich sagen. *Du bist in allem gut, was mit Küssen zu tun hat.* »Du bist in allem gut, bei dem wir unter uns sind.«

»Dann werde ich mir Mühe geben, bei den anderen Sachen auch besser zu werden«, sagt er und guckt dabei so ernst und hoffnungsvoll, dass ich ihn abknutschen möchte.

»Dass ich selber das alles auch nicht gut kann, macht es für dich natürlich nicht leichter«, füge ich noch hinzu.

»Und was willst du jetzt mit alldem sagen?«

Ich höre Zachs Stimme im Kopf. *Du weißt, was du willst. Sags ihm einfach.*

Ich hole tief Luft. »Dass ich dich mag und mit dir zusammen sein möchte. Ganz offiziell, ohne Wenn und Aber. Ich bin jemand, der wissen muss, wo er steht. Ich mag Etiketten, ich mag Struktur, ich mag, wenn die Dinge klar sind, sonst kann ich mich nicht entspannen. Also will ich damit sagen, dass ich möchte, dass du mein Freund bist.«

Er öffnet den Mund, aber ich rede einfach weiter, denn ich kann die Worte »Ich möchte, dass du mein Freund bist« nicht einfach so im Raum hängen lassen.

»Ich weiß, dass es mit mir nicht einfach ist. Zum Beispiel bei der Party, wo ich so ausgerastet bin. Oder am Strand. Solche Sachen werden wahrscheinlich immer wieder passieren. Es ist nicht zu erwarten, dass ich irgendwann eine Erleuchtung habe und dann ein völlig anderer Mensch werde. Also musst du sehen, ob du damit klarkommst. Und eigentlich weiß ich auch noch gar nicht, ob wir wirklich zusammen sein können, wenn wir noch nie Sex oder so was gehabt haben, deshalb kann es gut sein, dass das alles jetzt schon viel zu weit geht. Außerdem war ich noch nie in einer Bar und auch noch nie betrunken, und ich überlege, Vegetarierin zu werden, was für einen Koch vielleicht nicht so toll ist …«

»Warte, warte, warte«, fällt er mir ins Wort. »Kommen wir doch noch mal auf den Teil mit dem Freund zurück.«

Jetzt werde ich verlegen. »Was ist denn damit?«

»Sag das noch mal.«

»Na ja, ich mag Etiketten und Struktur …«

»Nein, das danach.«

Die Wiederholung erfordert fast genauso viel Mut wie das erste Mal. »Ich möchte, dass du mein Freund bist.«

Er lächelt, tritt auf mich zu und nimmt mich in den Arm. »Mehr brauchst du doch gar nicht zu sagen.« Ich lehne mich kurz bei ihm an, löse mich dann aber gleich wieder. »Warte, eins muss ich dir trotzdem noch sagen.«

Er schaut mich abwartend an.

»Früher hatte ich ziemlich unreine Haut.« Hastig presse ich die Worte hervor, weil sie so ungefähr das Schlimmste sind, was ich jemals laut sagen musste. *Jetzt kommt das, wofür ich mich am meisten schäme: Hier hast du's.*

»Und …?«, fragt er.

»Und was?«

»Du hattest unreine Haut, und was noch?« Offenbar erwartet er, dass ich noch etwas hinzufüge, als würde das nicht schon alles sagen. Wie soll ich ihm begreiflich machen, dass das, was er da mit einem Achselzucken abtut, mein Leben auch heute noch bestimmt. Wenn er mich wirklich verstehen soll, muss er das wissen.

»Und das war ganz schrecklich für mich. Und ich habe ganz viele Narben auf dem Rücken, die du eines Tages vielleicht zu sehen bekommst.«

»Zeig sie mir jetzt«, sagt er.

Eine ganze Weile schauen wir uns einfach nur an. Ich gehe im Geiste Tausende von Ausreden durch, aber dann sage ich mir *Sei tapfer, sei so mutig wie noch nie* und drehe mich von ihm weg, greife nach dem Saum meines T-Shirts und ziehe es hoch, immer weiter, bis mein ganzer Rücken und meine Schultern zu sehen sind, alle Rötungen, Kerben und Beulen. Die ganze geballte Hässlichkeit. Einen Moment lang bleibe ich so stehen, vielleicht zwei oder drei Sekunden, und höre seinen Atem hinter mir. Dann ziehe ich mein Shirt wieder runter. Als ich mich wieder zu ihm umdrehe, zittern meine Hände so sehr, dass ich sie am liebsten in die Tasche stecken würde.

Er nimmt meine Hände in seine und presst seine Lippen auf meine Finger.

»Weißt du eigentlich, warum ich mich bei Bennys Party nicht getraut hab, dich zu küssen?«

»Nein.«

»Und warum ich seitdem ständig am Rad drehe?«

»Ich wusste gar nicht, dass du am Rad drehst.«

»Weil ich jemand bin, der nicht auf die Uni geht, der im Moment nicht mal mehr einen *Job* hat und keine Ahnung, was er machen will. Und du dagegen bist so clever – du wurdest gerade an einer der besten Unis des Landes angenommen – und so lustig und einfach umwerfend und *wunderschön*. Mir sind diese Narben so was von egal. Ich wusste, dass alle dir erzählen würden, dass ich nicht der Richtige für dich bin, womit sie eigentlich nur meinen, dass du was Besseres verdient hättest. Dass alle denken würden ›Schade, dass sie nicht so jemand wie Zach gefunden hat‹.«

Er redet so schnell, dass ich ihn kaum verstehe. Am liebsten würde ich ihn bitten, jedes Wort noch mal ganz langsam zu wiederholen und mich dann eine Stunde lang allein zu lassen, um das alles zu begreifen.

Und ich möchte ihn in den Arm nehmen und ihm lauter nette Sachen sagen, damit er wieder besser über sich denkt. Es trifft mich wie ein Schlag, dass ich das tun könnte, dass ich das vielleicht eines Tages tun werde, dass er das womöglich *brauchen* wird. Ich bin so sehr daran gewöhnt, die Schwächere zu sein.

»Okay, und was jetzt?«, frage ich.

»Jetzt bin ich dein Freund«, antwortet er und lächelt.

»Ja, das bist du jetzt wohl«, sage ich, beuge mich vor und küsse ihn.

Wahrscheinlich geht das alles schief und wir halten keine drei Monate lang durch, aber gerade jetzt, in dieser Sekunde, fühlt es sich an wie etwas ganz Wunderbares.

34

# Ein neuer Plan

»Das passt da nicht hin«, sagt Zach.

»Das passt da nicht hin!«, brüllt Dad.

»Das passt schon!«, brüllen Mum und Alex einstimmig zurück.

Lucy und ich beobachten interessiert, wie die vier mit einem uralten, völlig durchgesessenen Sofa kämpfen, das wir online gekauft haben, nicht ohne dem Vorbesitzer auch noch eine kostenlose Lieferung abzuringen.

Lucy und ich ziehen nämlich zusammen.

Der Gedanke, mit Mum eine Wohnung zu teilen, während ich nie weiß, ob sie vielleicht ein Date hat, vielleicht aber auch keins, ob sie vielleicht *Sex hat*, vielleicht aber auch nicht, und dann womöglich auch noch mit *Eric*, war einfach zu viel für mich. Und bei Dad geht es mir nicht viel anders. Mir ist klar geworden, dass der Plan, zu Hause wohnen zu bleiben, nur mit beiden zusammen funktioniert. Nur in unserem alten Haus, nur wenn alles wie früher ist. Aber wenn meine Eltern sich gerade beide ein neues Leben aufbauen, bleibt mir wohl nichts anderes übrig, als das auch zu versuchen.

Mum und Dad zahlen mir die Miete, aber für den Rest muss ich mir einen Teilzeitjob suchen. Wenn ich nicht genug Geld zusammenbekomme, um meine Ausgaben zu decken, muss ich wohl oder übel wieder bei ihnen einziehen. Nächste Woche bin ich in zwei Cafés zu Vorstellungsgesprächen eingeladen. Ich habe vor, mich während des Studiums von der Kellnerin zur Verkäuferin und dann zur Buchhändlerin hochzuarbeiten. Das ist mein Plan. Mein neuer Plan.

Der Gedanke an die Uni macht mir immer noch Angst, obwohl sie jetzt schon gleich hinter der nächsten Ecke lauert. Bei der Vorstellung, ganz allein einen Hörsaal zu betreten, habe ich immer noch feuchte Hände. Aber dann sage ich mir immer, dass noch keiner daran gestorben ist, in einem Raum voller Menschen zu sitzen, also werde ich das wohl auch überleben.

Lucy hat ihr Studium um ein Jahr verschoben. Sie will jetzt erst mal irgendwo Vollzeit arbeiten und das Jahr dazu nutzen, herauszufinden, was sie machen will, und nebenher hoffentlich auch noch genug Geld zusammensparen, um einen Monat lang mit dem Rucksack durch Südamerika zu reisen. Vielleicht mit Zach. Vielleicht auch nicht.

Lucy und ich haben ein kleines, ziemlich heruntergekommenes Häuschen angemietet, mit einem uralten Ofen, der vermutlich seit zehn Jahren nicht mehr gereinigt wurde, einer Hintertür, durch die man jeden Lufthauch spürt, einem Badezimmer, in dem das Waschbecken und auch der Spiegel für alles zu klein sind, was übers Zähneputzen hinausgeht, und einer Waschküche, in der es muffig riecht. Wir haben auch noch eine Mitbewohnerin, ein Mädchen in unserem Alter, das Samira heißt und sich in ihrer Mail als ganz ruhig und strebsam beschrieben hat, uns aber bei unserer ersten Begegnung gleich mit einem Kreischen begrüßt hat. Ihr Instagram-Account enthält ausschließlich Bilder von dem Mopshund ihrer Freundin, und sie scheint mindestens fünfzig Paar Schuhe zu besitzen. Ich habe sie jetzt schon beinahe ziemlich gern.

In einer Woche reist Zach nach Adelaide ab, aber Lucy und er wissen immer noch nicht, wie es weitergehen soll. Vielleicht versuchen sie eine Fernbeziehung, vielleicht trennen sie sich aber auch oder legen eine Pause ein, oder sie machen irgendwas dazwischen, das ich, trotz aller Erklärungsversuche, nicht verstanden habe. (»Gefühlsmäßig bleiben wir aber weiterhin zusammen«, sagt Lucy immer wieder und ich nicke dann einfach.)

Und Alex ist von meinen Umzugsplänen völlig begeistert.

»Wie oft in der Woche kann ich denn zum Übernachten kommen?«, hat er gefragt, kaum dass wir das Haus gefunden hatten. Wir sind jetzt schon seit fünf Wochen und zwei Tagen zusammen, und ich finde, es läuft ziemlich gut. Letzte Woche hat er eine neue Stelle gefunden, was ihn ziemlich freut, obwohl der neue Chefkoch auch viel rumschreit, aber, wie Alex sagt, irgendwie anders, auf eine lustige, erträgliche Art.

Ich habe mich immer noch nicht an den Gedanken gewöhnt, dass wir zusammen sind. An manchen Tagen brauche ich nur an ihn zu denken und könnte jubeln vor Freude. Aber an anderen denke ich dann auch, wie viel leichter mein Leben sein könnte, wenn ich nicht auf diese neue Art verwundbar wäre.

Alex braucht immer noch ärgerlich lange, um auf Nachrichten zu reagieren, zieht seine Schuhe auch im Haus nie aus und hat einen völlig anderen Musikgeschmack als ich, aber als er mir mal neulich abends mit einem verzückten Grinsen ein Foto auf seinem Handy gezeigt hat, wo jemand sein Kaninchen für eine Hochzeitsfeier mit Fliege und Zylinder ausstaffiert hat, habe ich ihn angesehen und gedacht *Diesen Typen könnte ich vielleicht lieben*.

Inzwischen haben wir alle Kisten ausgepackt und sind offiziell eingezogen, aber Mum und Dad können sich noch nicht losreißen.

»Vielleicht passt das Sofa da doch nicht so richtig hin«, sagt Mum.

»Doch, tut es«, sage ich.

»Ich fands besser, wo es vorher stand«, sagt sie.

»Dann schieben wir es halt dahin zurück. Später, wenn Samira sich alles angesehen hat.«

»Und hast du auch wirklich genug zu essen?«

»Soll das ein Witz sein? Ihr habt mir Tiefkühlkost für mindestens eine Woche mitgebracht. Die passte doch kaum noch in den Gefrierschrank.«

Ich schiebe sie beide zur Tür und dann nach draußen auf die Straße, wo ihre Autos parken.

»Tja, meine Kleine, das wars dann wohl«, sagt Dad.

Mum hat Tränen in den Augen.

»Ich hab dir gar nicht beigebracht, wie man kocht«, sagt sie. Was stimmt, in erster Linie deshalb, weil sie es auch selbst nicht kann.

»Mum, ich bin mit einem angehenden Koch zusammen.«

»Ja, aber du musst dir doch auch mal selber was machen können.«

»Dafür gibts ja das Internet.«

»Ich hatte nicht damit gerechnet, dass du so schnell schon ausziehen würdest«, sagt sie.

»Tja, ihr hättet euch halt nicht trennen dürfen.«

Das war ein Versuchsballon, um zu sehen, ob sie schon einen Scherz über ihre bevorstehende Scheidung vertragen, aber sie machen beide ein ziemlich betroffenes Gesicht, deshalb habe ich jetzt ein schlechtes Gewissen. So schlecht allerdings auch wieder nicht, denn die Zehn-Monate-Lüge und die Zerstörung unserer Familie habe ich ihnen noch längst nicht verziehen. Das ist alles noch als eine kleine, harte Kugel in mir drin, die ich ignorieren und mit der ich leben kann, aber die sich einfach nicht auflöst.

»War nur ein Scherz«, sage ich. »Ist doch alles gut. Das war ein großer Schritt – einer, von dem wir alle dachten, dass ich ihn frühestens mit dreißig mache.«

»Du kannst ja auch jederzeit nach Hause kommen.«

»Das hatte ich vor.«

»Ich meine, wenn das hier nicht klappt.«

»Ist schon klar. Da wird mir nichts anderes übrig bleiben.«

»Ruf uns jeden Abend an, alle beide«, sagt Dad.

»Ist das nicht etwas übertrieben?«

»Wenigstens in den ersten zwei Wochen.«

»Ich versuchs.«

»Und komm uns jedes Wochenende besuchen.«

»Mach ich«, sage ich. (Auf gar keinen Fall.)

Und das wars. Mehr ist nicht zu sagen. Ich breite die Arme aus, und wir halten uns alle drei ganz fest, ziemlich lange.

Dann drehe ich mich um und gehe rein, wo Zach und Lucy und Alex auf mich warten. Und der Anfang eines neuen Lebens.

# Danksagung

Ich danke Text Publishing, die an mein Buch geglaubt haben und mit dem jährlichen Text Prize einen wichtigen Beitrag zur Förderung der Kinder- und Jugendliteratur leisten. Diese Auszeichnung hat mein ganzes Leben verändert, und ich bin sehr dankbar für diese Chance.

Ein riesiges Dankeschön an meine Lektorin Jane Pearson für ihr ruhiges und einfühlsames Mentoring, mit der sie mein Buch so gut gemacht hat, wie es eben sein kann.

Außerdem danke ich Michael Heyward, Penny Hueston, Shalini Kunahlan, Patti Patcha, Kate Lloyd, Jamila Khodja, Khadija Caffoor und Anne Beilby für die engagierte, hingebungsvolle Betreuung meines Romans sowie Imogen Stubbs und Giulia Rosa für das schöne Buchcover.

Vielen Dank auch an Sarah Balrey von Flatiron für ihre Unterstützung und Beratung.

Danke auch an meine allerersten Leser, Bronte Coates und Emiliy Gale. Ohne euren Zuspruch, eure wöchentlichen Mails, euer unschätzbares Feedback, eure gute Laune und unsere Gespräche wäre dieses Buch nie geschrieben worden. Ich bin ewig dankbar dafür, in eurer Schreibgruppe zu sein.

Und ich danke auch allen Buchhändlern und Buchhändlerinnen in ganz Australien für ihre Mühen und ihr Engagement, vor allem jenen, die dieses Buch noch in Manuskriptform gelesen haben.

Ein ganz besonderes Dankeschön geht an all meine Kollegen in der Buchhandlung Reading. Die Arbeit mit euch ist mir jeden Tag eine Freude und hat mich beim Schreiben mehr inspiriert, als ich je erwartet hätte.

Ich bin durchs Lesen zum Schreiben gekommen, deshalb bin ich auch vielen tollen Autorinnen und Autoren, vor allem von Jugendbüchern, zu Dank verpflichtet, die mir ihre Welten eröffnet haben.

Ebenso danke ich meinen Eltern, die mich immer zum Lesen und Schreiben ermutigt und auch sonst in jeder Weise unterstützt haben, allein schon dadurch, dass ich, seit ich denken kann, von Büchern umgeben war.

Und wie hätte ich die Familiendynamik in diesem Roman beschreiben sollen ohne meine Schwester Carla und meinen Bruder John?! Ich danke euch für die vielen Jahre voller Gelächter, Diskussionen und Spaß.

Zutiefst dankbar bin ich auch für meinen wunderbaren Freundes- und Familienkreis, dessen fortwährendes Interesse an der Veröffentlichung dieses Romans eine ständige Quelle der Freude war. Ein besonderer Dank geht dabei an Alexandria McGearey, die mit mir das Schreibcamp von John Marsden besucht hat, als wir linkische fünfzehn Jahre alt waren und ich erstmals von einem Leben als Autorin träumte.

Und ich danke Dan, meinem Partner und allerbesten Freund, für all deine Unterstützung und deinen Glauben an mich, und für deinen Stolz und deine Begeisterung, als herauskam, dass meine Worte ein Buch werden würden, und für die aufrichtige Freude, mit der du mich während all der Zeit begleitet hast. Ich bin so froh, dass wir uns füreinander entschieden haben.

Und nicht zuletzt schreibe ich diese Danksagung, während ich mit meiner Tochter schwanger bin. Ich kanns kaum erwarten, dich kennenzulernen, Kleines, und ich freue mich schon darauf, viele Bücher mit dir zusammen zu lesen.